—문예×monogatary.com 소설집—

New me

아리테 마도　토사카 레오　사카시마 테토라　메에노 류코　아오이 세아　혼조 나나세　후유무라 미치

GC BOOKS

목차

New me

—문예 × monogatary.com 소설집—

시라야마도리 방화 사건

아리테 마도

1

　나 자신의 감정보다 '아저씨'들의 감정을 우선하게 된 것은 언제부터였을까. 멍청해 보이지 않으면, 사근사근하게 굴지 않으면 이런 아저씨가 밀집한 부서에서는 더더욱 여자에게 있을 곳은 없으니까. 디자이너 팀이라고 해도 그 속을 보면 전부 똑같다.

　"전 타나카 씨 디자인 마음에 드는데요~."

　마음에도 없는 말이 잘도 입에서 튀어나왔다.

　사실은 사내 공모전에 올라온 작품들 중 가장 촌스럽다고 생각하고, 20대 여성이 사용할 상품 배너로 이런 걸 만들다니 제정신이냐며 어깨를 흔들어주고 싶은 심정이었지만, 그런 짓은 절대 하지 않았다.

　그 대신 살갑고 웃음기 어린 말투로 상대방이 좋아할 말을 할 뿐이다. 굳이 내 자리까지 상담하러 온 아저씨에게.

　"진짜? 그렇게 말해주는 건 노조미밖에 없어!"

　"에이, 설마요~."

　존댓말과 반말을 적절하게 섞어가며 듣기 좋게 연출하는 것도 잊지 않았다. 난 진심으로 당신들에게 마음을 열고 있다, 라는 것을 어필하기 위해. 허락하지도 않았는데 이름을 부르는 바람에 돋아난 닭살은 무시했다.

　이전 직장에서는 아저씨들의 방식이 이상할 때마다 이상하다고 계속 반박했더니, 대략『젊은 주제에 건방진 여자』따위의 소리 들으며 순식간에 설 자리를 잃고 말았다.

아저씨가 제안한 것을 조금 높은 아저씨가 채택하고, 정식 절차를 따르지 않고(정식 절차라는 것도 부서의 높은 아저씨들이 정한 거지만), 그들만의 리그 안에서 알아서 이야기가 진행되고 알아서 결정된다. 대개는 젊은 여자는 낄 수도 없는 술자리나 흡연실이 논의의 현장이 된다. 우리는 이미 결정된 무언가를 통보받을 뿐이다. 아저씨들의 규칙 아래서는 정식 절차를 밟아 어떻게든 아이디어를 통과시키려는 인간은 손해만 보고 끝날 뿐이다.

동기인 젊은 남자는 그곳에 뛰어들기로 결심했는지, 고약한 담배 냄새와 맞바꿔 조금씩 일이 진척되기 시작했다. 그도 곧 똑같은 〈아저씨〉가 되어 가겠지. 〈아저씨〉가 되는데 나이는 상관없다. 어쩌면 성별도 상관없을지도 모른다.

다만 확실한 것은 그들만의 리그에 섞이지 않는, 아저씨의 기준에서 가치를 발견할 수 있는 '상식적인 젊은 여자'가 아니라고 판단되면 설 자리는 쉽게 사라진다는 점이었다.

기술이나 감각을 갈고닦거나 유행을 파악하는 것이 아닌 아저씨 군단에 뛰어드는 것이 일을 진행시키는 유일한 방법이라는 것을 이해했음에도, 옛날의 나는 불륜 이야기를 자랑스럽게 늘어놓거나, 스무 살 연하의 여친을 트로피처럼 내세우거나, 젊은 시절에 했던 장난, 그밖에 타인을 어떻게 갖고 놀았는지를 무용

담으로 늘어놓는 아저씨들을 앞에 두고 무릎을 꿇지 못했고, 그 결과, **버려졌다.**

내 주변에 보이지 않는 벽이라도 생긴 것처럼 주변 사람들과 거리가 멀어졌고, 마지막에는 그 누구도 내 편을 들어주지 않았다. '아저씨 제국'에 저항하는 것에 지친 나는 뛰쳐나오듯 그곳을 떠났다. 그리고 다음에는 더 잘 처신하자고 마음먹었다. 옛날의 아저씨에게는 증오밖에 느낄 수 없었지만, 새로운 아저씨들이라면 처음부터 관계를 쌓아나갈 수 있을지도 모른다.

그래서 지금의 나는 아저씨들이 말을 걸기 쉬운 여자처럼 보이도록 시종일관 생글생글 웃고 있었다. 아저씨들의 세계에서 그 존재가 허락되는, '잘나가는 나'를 존경하고 떠받드는 젊은 여자 포지션으로.

그런데 요즘 시대에는 그렇게 한다고 해서 좋은 일만 있는 것은 아니다. 아저씨의 비호를 받는 대신 같은 부서의 여성들에게서는 걱정 반 황당함 반의 시선을 받게 된다.

아저씨에게 아양을 떠는 것처럼 보이기 때문에 부서 안에서는 은근하게 바보 취급을 당하고 있을 것이다. 이전 회사에서의 내 모습을 알고 있는 만큼 더욱 잘 느낄 수 있었다. 난 잘못되지 않았다. 이것이 생존 전략이다. 분명 그렇게 생각하고 있는데, 아저씨를 포함한 사내의 모든 이들에게 무시당하고 있다는 기분이 들었다. 친하게 지내주고 귀여워해 주고 있다는 것은 알겠지만, 왠지 모르게 '아래'로 보여지는 감각이 사라지지 않았다. 태도 곳곳에 그런 것들이 배어 있었다. 어떤 여자 선배에게는 「타타라 씨는 아저씨들한테 상냥하더라(나는 절대 못 해)!」, 「타타라 씨는 잘 꾸미고 다니네(멍청해 보여)!」라는 말을 듣는 상황이었다. 걱정하는 마음은 진심이겠지만 속내가 정말 훤히 들여다보였다.

물론 못한다고 생각하는 마음도 이해는 간다. 실제로 전 회사에서의 나도 못했으니까, 어쩔 수 없다. 하지만 결국 그게 제일 빠르니까, 일적으로 사이가 틀어지는 것보다는 무난한 인간관계를 만드는 편이 훨씬 낫다.

버려진 경험은 의외로 트라우마가 되었는지 내 안의 깊은 곳에 달라붙어서 떨어지지 않았다. 그 쓰라렸던 기억은 지금의 내 행동을 옭아매고 있었다.

나는 그런 생각을 하면서도 자동반사로 생글생글 웃으며, 무슨 대화를 하고 있는지도 제대로 모른 채 타나카 씨의 말에 맞장구를 쳤다.

분명 디자인에 대한 이야기를 하고 있었을 텐데, 모르는 사이에 사적인 이야기로 흘러가고 있다. 이런 것도 아저씨들의 특징인 것일까.

"그나저나 노조미는 연애 안 한 지 얼마나 됐어?"

함부로 넘어서는 안 되는 선까지도 자신에게는 넘어갈 권리가 있다고 믿는 것인지, 그들은 아무렇지도 않게 선을 넘어버린다.

"으음, 아, 대학 때 남친이랑 헤어진 뒤로 없으니까…… 5년 정도? 없는 것 같아요."

"뭐야, 완전 아깝게! 매칭 앱 같은 거 써보지 그래? 나도 쓰거든. 여자 여섯 명 정도 만나서, 전부 다 집까지 갔어."

나도 모르게 「뭐?」라는 소리가 나올 뻔했다. 머릿속의 나는 『하나도 안 아깝거든! 혼자가 편한 사람도 있다고! 애초에 네가 엔조이에 혈안인 와중에 남친을 만들 리가 없잖아!』라고 외치고 있었지만, 현실의 나는 그런 말은 입에 담지 않았다. 생글생글 웃으며 듣기 좋은 대답을 내뱉을 뿐.

"뭐야~ 타나카 씨랑은 만나고 싶지 않아~."

"노조미 너무하네~! 파견, 너도 그렇게 생각하지?"

『으엑, 많고 많은 사람 중에 왜 하필 사사가와 씨한테 묻는 거냐고.』

머릿속으로 그런 비난이 튀어나왔다.

나와 타나카 씨가 잡담을 나누던 바로 뒤편 책상에 앉아있는 그녀는, 디자인 팀과 다른 부서를 이어주거나 외부 디자이너에게 발주할 때 사무 업무를 처리해주는 파견 사원이었다.

이 회사 안에서 누가 파견 사원인지는 바로 알 수 있었다. 회사의 구인 광고에는 복장 자유라고 적혀 있지만, 파견 사원에게는 촌스러운 녹색이 더해진 회색 제복을 입히고 있기 때문이었다. 나를 포함해 정규직인 사람은 이 회사의 어디에 탈의실이 있는지도 알지 못한다. 그리고 사무 작업을 해주는 파견 사원은 여자뿐, 즉, 제복을 입은 사람은 모두 여자뿐이었다. 타나카 씨를 비롯한 아저씨들은 아무리 시간이 지나도 제복을 입은 사람들을 '파견'이라고 불렀다.

하지만 그런 것에 대해서도 희미하게 떠오르는 '싫다'는 감정에도 뚜껑을 덮어버렸다. 그것이 순조로운 생활을 위한 가장 좋은 해결책이라는 것을 알고 있기 때문이었다. 이 '싫다'라는 감정도, 파견이라는 호칭 말고 이름으로 불러야 한다는 말도, 처음부터 이해하지 못하는 사람들이 있다는 것을 나는 알고 있었다.

타나카 씨가 입은 화려한 무늬의 센스 없는 알로하 셔츠와 사사가와 씨가 입고 있는 묘한 색감의 제복. 왠지 나란히 보고 있으려니 눈이 어지러웠다.

한편 사사가와 씨 쪽도 만만치는 않았다. 제복 이외에도 뭐랄까, 만화에서 나올 법한 전형적인 여성 사원을 떠올리게 하는 사람이었다. 나이 불명, 새까만 머리를 단단히 묶고, 옅은 화장에, 안경. 지금 회사에서는 거의 볼 수 없는 분위기였다. 한마디로 말하자면 '아줌마' 같은 느낌을 가진 사람.

나에게도 마음의 문을 조금도 열지 않아 거리감은 느껴지지만, 그래서 그런지 다른 사람처럼 날 아래로 보고 있다는 느낌은 들지 않았다. 그저 '무'만 있을 뿐이다. 어느 쪽이 더 나은지는 모르겠지만.

아니나 다를까 사사가와 씨는 키보드를 두드리던 손을 마지못해 멈추고 차가운 눈으로 이쪽을 바라보았다.

“……저한테는 타나카 씨나 타타라 씨에게 애인이 있든 없든 딱히 상관없지 않나요?”

잠시의 침묵이 흘렀다. 타나카 씨는 설마 자신이 이 정도로 깔끔한 거절을 당할 거라고는 생각조차 못했는지 그대로 굳어 있었다. 그 탓에 그나마 움직일 수 있는 내가 그 상황을 수습해야만 했다.

“에이, 뭐야, 관심 좀 줘~ 나 동료잖아!”

냉정한 대우를 받은 것은 나뿐이다. 은연중에 그런 뜻을 담아 대답하자, 타나카 씨도 뒤늦게 머리가 돌아갔는지 건조한 웃음소리가 울려 퍼졌다. 「파견도 참 까다롭네!」라나 뭐라나. 타나카 씨의 초조함이 자신이 무시당했다는 이상한 분노로 변질되기 전에 나 홀로 수습을 해냈다. 하지만 그런 배려를 눈치 챌 만한 사람은 이 자리에 없었다.

“뭐, 아무튼 노조미는 일단 매칭 앱이나 써봐!”

“에엥, 진심이에요~? 으음, 그런 건 좀…….”

“됐으니까 써보라니까? 아깝잖아, 애인이 없다니!”

나는 마지막까지 어떻게든 미소를 유지하며 「알겠습니다~」라고 대답하고 스리슬쩍 일로 돌아갔다. 여기가 한계였다. 내 마음의.

정말로 애인은 필요 없다, 남자는 필요 없다고 선언하는 데에도 말할 수 있는 자격이 필요하다고 생각한다. 굉장한 미인이거나 혹은 또 다른 장르를 사는 사람 같은.

아까 서릿발 같은 눈빛을 보낸 사사가와 씨는 후자다. 장르가 다르다. 하지만 나는 어느 쪽에도 해당되지 않기 때문에 그런 말을 꺼낼 수 없었다. 그리고 애인이 필요 없는 여자라는 것을 아저씨들은 상상하지 못한다.

"타타라 씨~ 진짜 매칭 앱 할 거예요?"

일로 돌아가려던 순간, 옆자리에서 목소리가 들려왔다. 남자 후배인 이토가 미소를 걸친 채 이쪽을 바라보고 있었다.

다른 사람에게는 그렇지 않은데, 이토는 유독 나에게 말할 때만 모든 발언 끝에 『웃음』이 붙어 있는 느낌으로 말을 걸어온다. 그와는 회사에서 역까지 돌아가는 길에 함께하는 경우가 많아서 대화하는 일이 잦은데, 몇 번을 대화해도 왠지 모르게 대화가 겉도는 느낌이었다.

그건 분명 그의 잘못이 아니라 내가 이토 같은…… 가벼운 타입의 사람과 잘 어울리지 못하는 것뿐이겠지. 검은색 머리인데도 분위기 전체는 가벼운 느낌. 언제나 생글생글 웃고 있고, 좋은 후배라고는 생각하지만 가끔 그 허물없는 모습에서 아저씨들과 비슷한 무언가가 느껴져서 숨이 막혔다. 그렇게 만드는 것이 자신의 태도라는 것을 알고 있기에 더더욱.

"으음, 뭐, 안 하고 넘어갈 수 있는 분위기가 아니었잖아, 선배들이."

"……그렇긴 하죠."

묘하게 의미심장한 말투로 그렇게 말한 이토는 컴퓨터로 다시 시선을 돌렸다. 이상하게 진지한 눈빛을 하고 있는 것이 신경 쓰였지만, 나 역시 그대로 일로 돌아갔다.

2

하기 싫은 일은 바로 끝내버리는 편이 좋다. 그렇게 생각한 나는 괴로움에 몸부림치면서 그날 밤 매칭 앱을 스마트폰에 설치했다. 자신의 영역에 자신의 의도와는 상관없는 것이 파고드는 것에 대한 불쾌함. 그렇지만 싫어하는 것은 빨리 해치워버리는 편이 나중에 더 편하다는 것도 알고 있었다.

남자를 원하지 않는 여자로 존재하는 것이 허락되지 않은 나는 아저씨의 명령에서 도망치지 못했다. 한번 해봤는데 역시 안 됐어요, 라는 면죄부를 얻어야만 다시 애인 없는 나날로 돌아갈 수 있었다.

평소라면 소파 위에서 멍하니 고양이 영상을 감상하고 있을 시간인데, 가고 싶지도 않은 데이트를 가기 위한 준비를 하고 있다.

동시에, 그저 애인 만들기에 실패했다는 실적을 쌓아서 이제 지긋지긋하니 날 좀 놔둬라, 라고 말하기 위해서만 앱에 가입한다는 것에 대한 약간의 죄책감도 있었다. 이 앱에 가입한 사람들은 정말로 애인을 찾고 싶고 데이트를 원하는 사람들 뿐일 텐데…….

그래서 나는 독을 가진 애벌레가 화려한 색으로 자신에게 독이 있음을 주위에 알리듯 외모를 과하게 꾸미기로 했다.

우선 프로필에는 무의미한 이모티콘을 줄줄 늘어놓았다. 아저씨 문체를 상상하며 물총과 하트와 손키스 같은 이모티콘을 연속으로 늘어놓고, 어미에도 꿋꿋하게 이모티콘을 넣었다. 멀쩡한 사람이라면 분명 피할 것 같은, 현란한 색조의 프로필 페이지를 목표로 했다. 완성된 모습은 상당히 괴상해서 마치 글자가 깨진 문장처럼 보였다. SNS에 이런 글을 올렸다간 아마 친구는 만들 수 없을 것 같았다.

남은 것은 사진이다. 사진도 평범한 셀카에 과장된 보정을 더했다. 눈 크기를 두 배로 해서 얼핏 보기엔 평범해 보이지만 자세히 보면 조금 오싹한 느낌이 들게 만들었다. 이런 사진이 나오면 보통은 피하겠지 싶을 정도로.

솔직히 결과는 어떻게 되든 상관없었다. 내 얼굴에 침 뱉기나 다름없는 꼴이었을지도 모른다. 이런 여자에게 말을 걸릴 정도로 누구라도 상관없는 사람과 적당히 메시지를 나누고, 적당히 데이트한 다음 끝내버리자…….

그렇게 생각하고 등록을 마친 순간, 곧바로『좋아요』알림이 날아왔다. 진짜 있구나, 누구라도 상관없는 사람이.

아무 생각 없이 페이지에 올리온『카자마』라는 이름과 얼굴 사진만 확인하고『좋아요』를 돌려주고 메시지를 적기 시작했다. 하지만 카자마라는 사람의 프로필은 썰렁했고, 취미란에는『영화 감상』만 달랑 적혀 있었다. 사진은 앞머리인지 옆머리인지에 가려져서 제대로 보이지 않았다. 뭐, 의외로 어울릴지도 모르겠다. 적당한 데이트 상대로는.

『안녕하세요!「좋아요」감사해요!』

『별말씀을요. 내일 바로 만날 수 있을까요?』

너무 빠른 제안에 조금 놀랐다. 그래도 뭐, 괜찮겠지. 이 사람과 애인이 될 것도 아니고. 그렇게 생각하면 빨리 끝내기에는 안성맞춤인 사람이라 오히려 운이 좋다는 생각마저 들었다.

『주말은 휴일이라 내일 괜찮아요!』

『알았어요. 이케부쿠로역 동쪽 출구 부근에서 11시에『브리핑을 하죠.』

브리핑이라는 단어에 순간 무슨 말인지 이해하지 못해 움직임이 멈췄다. 미팅을 하자는 건가? 일단 데이트라고 말했는데……. 내 의사와는 상관없이 답장을 치고 있는 동안에도, 상대방에게서는 마치 난타처럼 메시지가 계속 이어졌다.

『참고로『노고 호별 유키치[1] 2장『으로『괜찮을까요?』

갑자기 암호 같은 말이 튀어나와서 당황했다. 매칭 앱 내에서 쓰는 암호인가? 데이트 비용을 더치페이로 하자는 건가?

이제 뭐든 상관없었다. 빨리 끝내고 회사 아저씨에게 보고하자. 그리고 그것을 명분 삼아 한동안『애인이 없어도 괜찮은 사람』이라는 허가증을 받기만 하면 된다. 허무하다고 생각하는 순간 지는 거라는 생각이 들었다. 나는 회사에서의 평온함과 편안

#1 유키치 일본의 만 엔짜리 화폐에 그려진 인물

함을 대가로 다른 것들을 내어준 것뿐이다.

『좋아요! 괜찮아요! 내일 동쪽 출구에서 뵙겠습니다!』

빨리 끝내버리면 그만이다. 정말, 그거면 됐다.

3

다음 날 아침, 나는 일단 데이트를 한다는 마음으로 이케부쿠로역 동쪽 출구에서 조금 떨어진 지하 통로 입구 부근에 서 있었다. 직전까지 몇 번이나 그냥 돌아갈까 고민했지만, 마지막 남은 양심도 있는데다, 왜 안 왔냐고 추궁당하는 것이 더 싫다는 겁쟁이 같은 마음이 솟아나 차마 돌아갈 수 없었다.

그보다 이케부쿠로에서 데이트라. 이케부쿠로에는 뭐가 있더라? 수족관? 거기까지 생각이 이어진 타이밍에 「노조미 씨?」라고 부르는 목소리가 들려 퍼뜩 고개를 들었다.

목소리가 들려온 곳을 보자 앱에서 본 것과 똑같은, 눈 위로 앞머리가 드리워진 얼굴이 보였다. 카자마 씨는 나보다 키가 훨씬 더 컸다. 솔직히 앱에서는 얼굴밖에 알 수 없었지만, 우뚝 서 있는 그 늘씬한 모습은 왠지 마음에 들었다. 온몸에 검은 옷을 걸치고 있었는데, 셔츠와 바지, 구두 끝까지 전부 검은색이었다. 헐렁한 셔츠 너머로 마른 체구라는 것이 느껴졌다. 밴드맨 같은 느낌이다. 아니면 배우인가? 패션 센스는 제쳐두고라도 무대 위에 선다면 정말 배우처럼 보일 것 같은, 빈틈없는 수수

께끼의 존재감을 내뿜고 있었다.

내가 그를 빤히 바라보는 것과 똑같이 카자마 씨 역시 나를 빤히 바라보고 있었다. 마치 처음 보는 생물을 바라보는 것처럼 내 머리 끝부터 발끝까지 시선을 주고 나더니 감탄하듯 중얼거렸다.

"……흐음."

"왜요?"

"아니, 좀 드물어서요. 당신 같은 타입은."

"……싫은가요?"

"딱히? 할 일만 하면 그걸로 충분해요."

어제부터 이 사람의 단어 선택은 조금 미묘했다. 나도 모르게 미간이 찌푸려질 뻔한 것을 가까스로 미소를 지어 넘기자, 그도 특별히 신경 쓰지 않고 넘어갔다.

"일단 브리핑 먼저 하죠. 저기 있는 빌딩 카페도 괜찮아요? 거기 푸딩이 맛있거든요."

"추천하시는 건가요? 그럼 거기로 하죠!"

생글생글 웃고 있는 것은 나뿐이었다.

무뚝뚝한 태도를 취해도 상관없다고 생각하는 거겠지, 역시. 그런 것을 깨달을 때마다 내 안의 무언가가 줄어드는 듯한, 결국 살갑게 웃는 쪽이 지는 것만 같은 기분이 들었다. 하지만 이제는 그것 말고는 어떤 태도를 취하는 것이 정답인지도 알 수 없게 되었다.

카자마 씨와 나는 역 바로 앞에 있는 낡은 건물 2층에 있는 아담하고 빛바랜 느낌의 카페에 자리를 잡았다. 같은 빌딩의 1층 빵집은 본 기억이 있는데, 위층이 카페라는 것은 처음 알았다. 번화가의 카페들은 다들 엉덩이가 의자에 붙은 게 아닐까 싶을 정도로 어딜 가나 붐비는 이미지였는데, 텅 빈 가게 안의 광경은 기묘한 인상을 자아냈다.

"실례합니다."

내가 메뉴판을 펼친 타이밍에 이미 카자마 씨는 웨이트리스에게 말을 걸고 있었다. ……데이트에서 저런 행동을 한다고? 물론 입밖으로 불평하지는 않았지만.

"레이디스 세트, 디저트는 푸딩, 음료는 커피로."

"어? 아, 그럼 저도 그걸로 할게요! 커피는 아이스로!"

황급히 말을 전하고 메뉴판을 웨이트리스에게 돌려주고 난 뒤, 문득 카자마 씨를 바라보며 중얼거렸다.

"레이디스 세트라니……."

나도 모르게 새어나온 말에 카자마 씨는 역시나 긴 앞머리 너머로 살짝 웃으며 말했다.

"여자 만나는 거 처음이에요?"

"네? 그럴 리가요……."

"그럼 문제없죠? 그리고 여기 푸딩은 맛있으니까 더더욱 문제없고."

그렇게 단언한 카자마 씨의 말과는 달리 내 말꼬리는 우물거리며 허공으로 사라졌다. 그 앱은 딱히 남자하고만 매칭되는 것은 아닌 모양이다. 몰랐다. 무슨 일이든 해 보지 않으면 모른다. 그것만큼은 아저씨의 말이 맞았다.

혼란과 놀라움으로 심장이 크게 뛰기 시작했다. 확실히 듣고 보니 헐렁한 옷 너머의 몸은 가늘었다. 목소리도 담배 때문에 갈라진 것 같지만 허스키한 여성의 목소리였다.

당황스럽기도 했지만, 어차피 나에게 필요한 것은 앱을 사용했지만 소득이 없었다는 결과였다. 내 목적을 생각하면 상대의 성별이 문제가 될 것은 없었다.

카자마 씨 쪽은 딱히 신경 쓰는 기색도 없이 웨이트리스가 유별나게 조심스럽게 가져다준 푸딩 아라모드를 태연하게 먹고 있었다. 나는 아이스 커피를 마시며, 엄청난 기세로 푸딩을 흡입하는 그녀를 바라보았다.

조금 이해하기 힘든 사람이긴 하지만, 이건 이거대로 재미있을지도 모른다. 데이트로 어디에 갈지 의논하는 것도 그렇다. 회사 밖에서 새로운 사람을 만나는 것은 정말 오랜만이고, 장르가 다른 사람과 외출하는 일은 거의 없으니까.

여자라면 애인은 되지 못하더라도 친구는 될 수 있지 않을까. 아이스 커피를 휘휘 저으며 그런 생각을 하고 있는데, 카자마 씨가 내 앞으로 갑자기 서류 같은 것을 내밀었다.

"자, 받아요. 자료를 만들었어요."

"자료요?!"

"당연히 만들어야죠. 지금은 태블릿으로 공유하는 사람도 많긴 하지만, 결국 물리적인 게 가장 빠르고 은폐도 편하니까요."

데이트 안내서라도 되는 건가? 매칭 앱으로 데이트하는 사람들은 그 정도까지 하는 건가? 나는 조심스럽게 그녀에게 받은 서류를 훑어보다가, 멍하니 중얼거렸다.

"이게 뭐야……."

"공유 자료잖아요. 당신한테, 내가 주는. 5분 안에 읽어주세요."

그 말을 듣고 받아든 자료 제목에, 나는 눈을 휘둥그레 떴다.

"안건 번호, 삼공사공, 암살, 계획……."

달그락, 내 아이스 커피의 얼음이 녹아 잔 안에서 소리를 냈다. 그 소리가 크게 들릴 정도로, 한순간 가게 안이 정적에 휩싸인 느낌이었다. 카자마 씨의 숟가락에서 푸딩 조각이 주르륵 떨어졌다.

"왜 소리를 내서 읽죠? 이 일 시작한 지 얼마 안 됐어요? 아니, 그렇다 해도 그건 좀 아니지 않나?"

이해하기 힘든 생물체를 보는 듯한 표정으로 카자마 씨가 나를 바라보았다. 조금 전까지의 차분한 태도가 거짓말인 것처럼, 말투도 거칠어졌다.

"일? 무슨 말이에요? 전 그냥 데이트하러 온 건데……."

탕, 하는 건조한 소리가 난 것은 그때였다. 내가 알 수 있었던 것은 그 소리가 난 순간 카자마 씨가 내 머리를 테이블 쪽으로 눌렀다는 것뿐이었다.

"?!"

볼에 물방울 같은 것이 튀었고, 테이블에 이마를 부딪힐 뻔했다. 순간적으로 치밀어오른 분노를 느끼며 고개를 들었다. 무슨 짓을 하는 거냐며 한소리 해주려고 했는데, 눈앞의 카자마 씨는 손등에서 피를 흘리며 창문 쪽을 노려보고 있었다.

"고개 숙여요. 경찰서 근처라서 설마 없겠지 싶었는데……."

그녀는 내 쪽은 보지도 않은 채, 무언가를 찾듯이 창문 쪽으로 얼굴을 돌리고 눈동자만 이리저리 움직였다. 무슨 일이 일어났는지도 모르는 나는 뭔가에 젖은 뺨을 만졌다. 손끝이 붉었다.

"어? 혹시 다친 거예요? 뭐예요?"

"총알이 살짝 스친 거예요."

"총알……?"

아까 커피와 푸딩을 조심스럽게 가져다준 내 엄마 또래의 웨이트리스가 놀라울 만큼 민첩한 움직임으로 창문에 다가서더니 블라인드를 스르륵 내려버렸다. 그녀는 말없이 주방 쪽을 가리켰다.

카자마 씨는 그 웨이트리스에게 가볍게 손을 흔들어주며 말했다.

"유리값, 외상으로 달아주세요. 부서지진 않았지만 가장자리에 탄흔이 남아서요."

"알겠습니다. 조심하세요."

웨이트리스가 그렇게 말하더니 작은 소리와 함께 무언가를 카자마 씨에게 던졌다. 그녀가 잡아챈 작고 하얀 통은 붕대처럼 보였다. 정말 피가 나고 있는 거야?

나는 카자마 씨에게 이끌리듯 가방을 움켜쥐고 카페의 주방 쪽으로 이동했다.

"안쪽으로 나가죠. 설명은 그쪽에서."

나는 입을 다문 채 고개를 끄덕일 수밖에 없었다.

도착한 조리실은 묵은 기름 같은 독특한 냄새를 풍기고 있었다. 기름으로 미끌거리는 주방 안쪽에 우뚝 서 있는 문. 그 너머, 어두운 계단참으로 둘이 함께 들어서자마자 카자마 씨가 나를 향해 속삭였다.

"당신, 진짜 초보예요?"

"무슨 초보요?!"

「칫」 하고 작게 혀를 차는 소리가 들렸다. 하지만 내가 움찔거리며 몸을 작게 떨자 그녀는 아주 작은 소리로 「미안해요」라고 중얼거렸다.

이해가 되지 않는 상황. 괴팍한 사람이라고 생각했는데 이상한 곳에서 상냥했다.

"당신이 앱에 올린 이모티콘은 청부를 맡고 싶은 사람이 올리는 암호예요."

"청부, 라니……."

"당연히 암살자를 말하는 거죠. 살인에 관련된 전반."

일일이 설명하지 않으면 모르는 것이냐, 라고 말하는 듯한 얼굴이었지만, 내가 알 수 있을 리 없었다.

"그, 그게 뭐야아아……. 지금 그것 때문에 노려진 건가요? 일을 받았다? 라는 이유로?"

내가 힘없는 목소리로 신음하는 것을 무시한 카자마 씨는 주위를 살피며 천천히 계단을 내려갔다. 나는 황급히 뒤를 따라갈 수밖에 없었다.

"그런…… 단순히 나열해놓은 이모티콘으로 일을 거래하는 건가요? 암살자라는 건……?"

아무리 생각해도 너무 바보 같지 않나. 그런 욕이 튀어나올 뻔한 것을 꾹 눌러 참았다.

"아는 사람만 알고 모르는 사람에게는 무의미해 보인다, 라는 조건을 충족하니까. 제법 편리해요. 어디서든 쓸 수 있으니까. 그리고 노조미 씨는 일 모집 이모티콘을 사용했어요."

카자마 씨는 그렇게 말하면서 허리 부근을 긁는 것 같은 제스처를 취했다. 다음 순간 그녀의 손에 작은 권총이 들려있는 것을 보고 흠칫 놀랐다. 「그러고 보니 손은 괜찮으세요?」라고 물어보니 「이제 피는 멈췄으니까」라는 성의없는 대답이 돌아왔다.

총을 든 카자마 씨의 안내를 받으며 계단을 계속 내려갔다.

"그…… 어제 메시지로 보냈던 암호 같은 것도 그거랑 관련된 건가요?"

"그건 고무탄 없는 실탄만, 즉, 살인을 말해요. 호텔은 시체를 처리하는 장소니까 점점 그 일 자체를 가리키게 된 거고."

"네?! 그러니까, 전 지금 이만 엔으로 시체 청소 일을 맡겠다고 한 건가요?!"

"뭐, 싸다고 생각하긴 했지만 신인이라면 그럴 수도 있겠구나 싶어서. 뭐, 그건 됐어요. 내 쪽에서 할 테니까."

"전 카자마 씨가 데이트 더치페이 이야기를 하는 건 줄 알았는데……."

4

계단은 밖에서 빌딩을 봤을 때보다 훨씬 더 아래까지 이어져 있었다. 아마 지하까지 그대로 이어져 있는 듯했다. 이미 오래전에 지상에 도착했어도 이상하지 않을 시간인데, 우리는 아직도 계단을 내려가고 있었다.

카자마 씨는 내 바보 같은 발언을 듣고 이쪽을 보지 않은 채 살짝 웃었다.

"하지만 보통이라면 그런 애매한 건 이쪽 앱에는 나오지 않을 텐데 말이죠. 여기로 나가죠."

지금은 대체 지하 몇 층인지도 알 수 없는 곳까지 내려왔는데, 카자마 씨는 아무 망설임 없이 아무것도 적혀있지 않은 문에 손을 뻗었다.

그 안쪽에는 광활한 공간이 펼쳐져 있었고, 희끄무레한 형광

등에 비친 차량들이 줄줄이 늘어서 있었다. 텅 빈 카페의 주차장이라고는 믿을 수 없는 규모였다.

"주차장……?"

"진짜 차는 조금밖에 없어요. 나머지는 함부로 만지면 터져요."

"네?!"

그렇게 말한 카자마 씨는 주저하지 않고 검은색 미니밴에 손을 댔다. 폭발이라는 말을 듣고 나도 모르게 몸이 굳었지만, 그녀는 별 탈 없이 문을 열고 운전석에 앉았다. 나에게도 조수석에 타라는 듯 눈짓을 보낸다.

남의 차 특유의 어색한 냄새에 휩싸여 있다가, 한숨을 내쉬었다.

"어째서 난 카자마 씨랑 매치된 걸까……. 아, 카자마 씨가 나쁘다는 말이 아니에요! 하지만 얼마나 운이 없으면……."

"데이트 매칭 앱과 암살자 매칭 앱 운영사가 똑같아서 필요하면 연결해 주는 식이거든요. 거기서 연결됐다는 건 아마 노조미 씨는 타깃 쪽인 거 아닐까요?"

"네? 암살자 전용 앱이 있어요? 아니, 운영사가 같다고요? 저, 표적이 된 건가요?!"

"이 세계는 카운터라는 것도 있으니까요. 표적이 되고 있다는 걸 아는 일반인은 거의 없으니 좀처럼 없지만요."

카자마 씨의 대답은 내 의문을 절반 정도밖에 해소해주지 못했지만, 꾸밈없는 표정으로 「엄청나게 운이 좋았네요」라며 웃었

다. 이런 암살이니 뭐니 하는 일에 휘말려서 험한 꼴을 당했다
는 생각은 조금도 하지 않는 얼굴이었다. 오히려 운이 좋은 건
가……. 그녀의 말을 들으니 확실히 그런 것 같다는 생각도 들
었다.

그녀의 말에 따르면 나는 암살자의 타깃이 되었고, 그렇게 되
면 여러 복잡한 절차를 밟아서 암살자 앱에 가입(?)하지 않아
도, 표적이 된 사람 역시 암살자 앱 쪽에 접속할 수 있게 되는
모양이었다. 카자마 씨가 카운터라고 말한 것도 그런 이유 때문
이었다.

자신의 몸을 지키려면 암살자를 고용하라는 말이었는데, 나
는 그러는 대신 나도 모르는 사이에 시체 청소부로 카자마 씨의
일에 자원해버린 것이다.

어쨌든 누가 나를 죽이려 하는지는 알 수 없지만, 타깃이 된
나는 직접 암살자를 맞이하거나 누군가를 고용할 권리가 있다
는 설명이 이어졌다.

"그래서, 어떻게 할 거예요?"

"사, 살려주세요! 싫어요, 죽고 싶지 않아요!!"

가까스로 상황을 이해한 나는 카자마 씨를 향해 소리쳤다.

평범한 차보다 비정상적으로 버튼이 많이 달린 핸들 주위를
툭툭 만지고 있는 카자마 씨의 팔에 나도 모르게 매달렸다. 그
녀는 나를 쳐다보지 않은 채 중얼거렸다.

"뭐, 상관은 없는데…… 돈은 있어요?"

“대, 대출 받을게요!!”

학자금 대출과 합치면 총 얼마가 될까. 그렇게 생각하자 뭔가가 목구멍 안쪽을 턱 막는 것 같은 느낌이 들었다. 하지만 지금은 그런 것을 신경 쓸 때가 아니었다. 그렇게 말하고 나서야, 자신이 엄청 살고 싶어 한다는 것을 깨달았다.

카자마 씨는 대답을 하기 전에 차를 출발시켰다. 미니밴은 타이어 소리를 내며 부드럽게 달리기 시작했다. 의외로 차분한 운전이었다. 창 너머를 조심스럽게 둘러보았지만, 주위에 누군가가 있는 모습은 없었다.

단순히 매칭 앱으로 데이트를 하려고 한 것뿐인데, 어째서인지 생명의 위기에 처하고 말았다.

“데이트하러 온 것뿐인데…….”

팔다리를 시트 위에 두고 몸을 작게 웅크린 채 중얼거리는데, 여전히 이쪽을 보지 않은 채 주차장 안에서 차를 운전하던 카자마 씨가 입을 열었다.

“뭐, 평범한 매칭 앱을 사용해도 생명의 위기가 닥친다거나 그런 위험은 있지 않을까요?”

“그럴 리는! 어? 그, 런가……?”

말려들고 있는 나를 보고, 카자마 씨는 이 상황과는 어울리지 않는 밝은 웃음을 터뜨렸다.

“노조미 씨는 엄청 솔직하네요. 그런 점, 좋아요.”

씨익 웃은 카자마 씨가 나를 바라보며 중얼거렸다.

그것은 한순간이었지만, 기분 좋은 가벼움이었다. 자신의 본질에 가까운 모습을 보고 좋아한다는 말을 듣는 것은 오랜만이었고, 동시에 무척 기분 좋은 감각이었다.

하지만 그런 기분 좋은 기분도 한순간뿐, 금방 불안정한 기분으로 바뀌었다. 이런 가벼운 칭찬조차 순순히 받아들일 수 없었다. 내가 그동안 받아온 칭찬들은 모두, 칭찬했으니까 뭔가를 내놓으라는 식의 조건부 강매 칭찬이었기 때문이다.

좋게 말해줬으니 자신을 특별한 위치에 놔달라고 강요해 온다. 칭찬은 언제나 반환이 불가능한 말이었고, 칭찬과 강탈은 내 안에서 하나의 덩어리가 되어 있었다.

하지만 카자마 씨는 더 이상 이쪽을 보지 않고 있었다. 그저 똑바로 앞만 보고 운전하고 있을 뿐이다. 아까 말한 성의 없는 '좋아'는 단순히 말하고 싶어서 말했다는 듯한 태도였다. 칭찬하고도 아무것도 빼앗아가지 않는 인간을 살면서 처음 만나본 나는, 죽을 수도 있는 상황이라는 말을 들었을 때만큼이나 동요하고 말았다.

존재하지 않는 누군가를 의식하듯 시선을 이리저리 굴리다가, 문득 카자마 씨의 옷에 눈길이 갔다. 몸의 실루엣을 감춰주는 심플한 검은색 셔츠의 가슴팍. 자세히 보니 자른 걸 잊은 듯한 택이 삐져나와 있었다. 옷을 거꾸로 입었나? 암살자인데…….

그런 생각을 하면서 택을 빤히 쳐다보니, 세탁 표시 택이 아니었다. 뭔가 자잘한 영어 문장들이 적혀있는 것이 보였다. 실수로 삐져나온 것이 아니라 디자인으로 삐져나온 택이었다.

이런 특이한 디자인이라면 아마 비싼 브랜드 제품이겠지. 편견일지도 모르지만.

"암살자라는 건 원래…… 개인을 특정하지 못하게 대량생산된 옷을 입지 않나요?"

나는 무심코 그런 질문을 던지고 말았다. 엄청나게 바보 같은 말이 나와버린 느낌이지만, 카자마 씨는 핸들을 잡은 채 성실하게 대답해 주었다.

"물론 실수가 많은 암살자라면 그렇게 하는 편이 좋을지도 모르죠. 근데 제대로 기합을 넣고 일할 때는 좋아하는 옷을 입고 싶은 법이잖아요?"

그 밝은 대답을 듣고 카자마 씨가 이 옷을 무척 좋아한다는 사실을 깨달았다. 이 사람, 암살자인데도 일할 땐 더러워져도 되는 옷이 아니라 좋아하는 옷을 입는구나.

일할 때 좋아하는 옷을 입는다, 라는 말을 듣자 문득 머릿속에 녹색빛이 감도는 촌스러운 회색 제복을 입고 있는 우리 부서의 사사가와 씨가 떠올랐다.

파견이라는 이유로 알 수 없는 부가 규정들을 잔뜩 부여받은 사사가와 씨. 그런 회사에서 제복을 입어야 할 이유는 없는데 굳이 입히다니, 마치 벌칙이라도 주는 느낌이었다.

하지만 제복을 입고 있는 사사가와 씨와도, 이렇게 일할 때 좋아하는 옷을 입는 카자마 씨와도, 나랑은 달랐다. 복장은 자유롭지만 마음은 자유롭지 않았다. 다시 입을 수도 없고, 그런 것에 비해 가격도 싸지 않은 오피스 캐주얼을 갖춰 입는 것에 불만을 갖고 있지만, 그렇다고 해서 좋아하는 옷이 있는 것도 아니다. 언제나 남들이 보기에 『내가 입어도 이상하지 않은』 옷을 입고 있을 뿐이다.

"좋아하는 옷……."

나도 모르게 소리내 중얼거리며 로고를 빤히 바라보았다. 가장 크게 적힌 알파벳이 아마 브랜드 이름일 것 같은데. 영문이 아닌 알파벳이 나열된 것을 무심코 입에 담았다.

"베란다…… 채소밭?"

"맞아, 베란다 채소밭. 여기 옷 좋아하거든요."

알파벳으로 베란다 채소밭이라고 적혀있다. 생각보다 그렇게 비싼 브랜드 이름은 아니네, 라는 실례되는 생각을 했다. 특이한 밴드 이름 같기도 했다. 어쩌면 좋아하는 밴드의 굿즈 같은 옷을 입고 있는 것인지도 모른다. 하지만 무척 잘 어울리고, 본인도 그 옷을 마음에 들어하는 것 같으니 분명 행복한 만남이었을 것이다.

다시 진지한 눈으로 돌아온 그녀를 보고 나도 모르게 몸이 굳었다.

"일단 지금부터 일반 도로로 나갈게요. 상대방의 동향을 보고 싶어서 일부러 몸을 드러내는 거예요."

카자마 씨가 그렇게 말한 직후 차는 어두운 지하에서 햇빛 아래로 나갔다.

이케부쿠로역에서 조금 벗어난 지하 주차장 출구로 나온 것 같았다. 그렇게 많이 이동한 느낌은 없었는데 역에서 꽤 떨어져 있다. 지하의 넓이에 조금 놀랐다.

나는 몸을 시트에 파묻은 채 눈으로만 창문 밖을 살피며 두리번거렸다.

캉캉, 조약돌이 금속에 부딪히는 것 같은 소리가 나기 시작한 것은 그로부터 얼마 지나지 않았을 때였다.

"아, 총 맞았네."

"저, 정말요? 이거 총이에요?!"

"소리를 봐서는…… 사선 뒤편에 어떤 차가 있는지 보여요?"

카자마 씨의 말에 조심스럽게 뒤를 돌아보려 하는데, 확인하기도 전에 콰앙 하는 큰 소리가 나더니 차체가 붕 떠올랐다. 멀리서 짐승이 울부짖는 소리가 들린다 싶었는데, 내 비명이었다. 기적적으로 달리는 것에는 문제가 없어 보였지만, 뒷좌석 창문은 연기에 가려져서 아무것도 보이지 않았다.

"뭐, 뭔가! 쏘고 있어요! 엄청 큰 거! 도로에 구멍이 뚫리는 거!"

"받아치면 돼요. 핸들 잡고 있어요—."

그렇게 말한 카자마 씨는 조수석에 앉은 나에게 무리한 자세로 핸들을 잡게 하더니 아무렇지도 않은 얼굴로 창문을 열었다.

"왜 저런 총에 맞자마자 창문을 여는 거예요?!"

"저쪽은 다음 장전까지 시간이 걸리니까 괜찮아요. 그리고 열지 않으면 맞힐 수 없으니까요."

말이 끝나기가 무섭게 우리 뒤를 자욱하게 뒤덮고 있던 연기 속에서 하얀색 차 한 대가 튀어나왔다. 그 모습은 당장이라도 이쪽으로 달려들기 직전의, 살기 가득한 짐승 같았다.

카자마 씨는 차를 향해 한 손으로 들 수 있고 총알이 연속으로 날아갈 것 같은 총을 겨누고, 쐈다.

차가 날아갈 정도의 위력은 아니었지만 정확하게 차 앞유리에 큰 균열이 생겼다. 타이어에도 제대로 맞은 모양이었다. 펑 하는 큰소리를 내더니 그대로 제자리에서 빙글빙글 돌며 미끄러져갔다.

부디 말려든 행인이 아무도 없었기를. 그렇게 기도하는 것 말고는 할 수 있는 것이 없었다.

그대로 우리는 그 자리를 벗어났다.

심장이 입밖으로 튀어나올 것 같은 사람은 나뿐이었고, 카자마 씨는 기쁜 얼굴로 작게 환호성을 지르고 있었다. 고스족 같은 비주얼과는 다르게 그녀는 다양한 감정들을 숨기지 않았다.

"다행이네요. 상대가 이걸로 끝이라면 좋겠는데 말이죠."

그렇게 말하며 운전석에서 웃는 카자마 씨를 보며 마주 웃어주었다. 쓰러뜨리고 나자, 마치 영화 같은 경험을 한 기분이었다.

그렇게 생각한 순간, 카자마 씨의 얼굴 너머 옆길에서 오토바이가 이쪽을 향해 돌진해 오는 것이 보였다.

“위……험해!”

나는 옆에서 핸들을 꽉 쥐고 반강제로 왼쪽으로 꺾었다. 오토바이는 급격히 방향 전환을 한 우리 차에 부딪혀서 그대로 미끄러지듯 넘어졌다.

곧장 카자마 씨가 내 손 위에서 핸들을 고쳐 잡고는 그대로 좁은 골목으로 들어가 주택가를 빠져나갔다.

“고마워요, 덕분에 살았네.”

카자마 씨에게 그런 말을 들으니 무척 기뻤다. 하지만…….

“저것, 도, 암살자, 맞겠죠……?”

그런 확인을 하지 않을 수 없었다. 차 엉덩이로 날려버렸는데, 뒤늦게 평범한 사람이었으면 어쩌나 하는 두려움이 솟구쳤다.

“뭐, 그렇지 않을까요? 아마 암살자일 거예요. 신경 쓰지 마세요.”

카자마 씨는 대수롭지 않게 말하면서 비슷한 집들이 늘어선 거리를 폭주하듯 달려나갔다.

이전과 같은 방식으로 다시 큰길가로 돌아오자, 또 다른 차가 쌩하고 가까이 다가오더니 우리 차를 추월했다. 그리고는 급격히 감속하며 충돌을 유발하려는 움직임을 취했다.

“시비를 거네…….”

그렇게 속삭이는 카자마 씨의 시선을 따라간 곳, 난폭 운전을 계속하는 차의 뒷좌석에서, 눈을 희번덕거리며 이쪽을 노려보는 낯익은 얼굴이 보였다.

“어라……? 이토?”

회사에서 옆자리에 앉아있는 남자 후배. 특별히 기억에 남을 만한 교류는 없었지만, 그렇다 해도 옆자리에 앉은 사람의 얼굴 정도는 알고 있었다.

"아는 사람? 대화가 통할 만한 사람인가요?"

"네? 하지만 우연일지도 모르는데……."

"상황 파악 안 돼요? 눈앞에서 난폭 운전을 하고 있는 차에 아는 사람이 타고 있는데 우연일 리가 없잖아!"

그런 말을 들으니 아무런 말도 할 수 없었다. 이토가 나를 죽이려 한다는 건가? 죽이고 싶을 정도로 못된 선배는 아니었다고 생각하는데, 단지 내가 그렇게 믿고 싶은 것뿐일까? 조금 전까지는 단순한 재해 같은, 의지 없는 무언가에 습격당하는 감각이었다는 것을 깨달았다. 하지만 아니었다. 명백하게 가까운 인간이 날 죽이려 하고 있었다. 그 감각은 등골을 서늘하게 만들었다.

"저 녀석이 아마 의뢰인이겠죠. 저 녀석을 죽이거나 움직이지 못하게 만드는 게 가장 빠르겠지만…… 뭐, 대화라는 선택지도 아주 없지는 않아요. 어쩔래요?"

운전자는 아닐지라도, 연속으로 계속 부딪히려 하며 난폭 운전을 이어가는 차에 탄 사람과 과연 말이 통하기는 할까. 하지만 아무것도 묻지 않고 죽임을 당하거나 죽이는 것보다는 낫겠다는 생각이 들었다.

내가 천천히 고개를 끄덕이자, 카자마 씨는 작게 고개를 끄덕이더니 대시보드에 있는 의문의 버튼을 눌렀다.

『대화 희망. 장소는 세이프존 스가모.』

카자마 씨가 그렇게 말하자 차의 라디오가 지지직거리는 소리를 냈다. 낯선 남자의 목소리가 『스가모 확인』이라고 대답하는가 싶더니, 눈앞에서 시비 운전을 하던 차량은 휙 핸들을 꺾으며 유턴하듯 왔던 길을 되돌아갔다.

"스가모……?"

"스가모에는 은퇴한 암살자가 많거든요. 은퇴했기 때문에 살인이 금지된 세이프존으로 지정되어 있죠."

"은퇴 암살자……?"

"일단 가죠."

5

이케부쿠로 부근에서 오츠카를 빠져나와 스가모로 향하는 짧은 길 위. 조수석에서 한참 입을 다물고 있는 나를 알아차린 카자마 씨가 조금 걱정스러운 얼굴로 이쪽을 힐끔거렸다.

"그 녀석을 좋아했나요? 우울해 보이는데."

"딱히 좋아한 건 아닌데, 좀 놀라서……. 그리고 무서워요. 절 죽이려고 했던 사람이랑 대화하는 거잖아요. 이유도 모르겠고……."

"뭐, 겁나는 마음도 이해해요."

카자마 씨의 운전은 무언가에 쫓기지 않을 때는 무척 차분하고 매끄러웠다. 마치 차가 정지해 있는 것이 아닌가 싶을 정도로. 고요하고, 편안했다.

“카자마 씨도 겁나는 순간이 있었나요?”

“겁에 질려 있었고, 계속 화를 냈었고, 그래서 암살자가 된 거예요.”

“그게 무슨 뜻이에요?”

“어른이 되기 전까지, 우리 집은 여자를 배척했거든요. 그렇게 되니 살아갈 선택지가 아무것도 없어서 암살자가 될 수밖에 없었죠. 하지만 암살자가 된 뒤로 완전히 후련해질 수 있었으니까 오히려 좋아요.”

그 후련해진 내용에 대해서는 되도록이면 깊이 묻지 않기로 했다. 그보다, 강하고 뭐든 다 해낼 수 있을 것 같은 그녀에게도 그런 식으로 화를 내야 하는 일이 있었던 것일까. 화를 내고 나서야 비로소 후련해질 수 있었던 것일까.

차는 커다란 절 뒤편에서 멈춰 섰다. 시동이 꺼지자, 차 안은 급격히 조용해졌다.

먼저 대화를 해보겠다고는 했지만, 역시 무서워지기 시작한 내 마음을 카자마 씨도 눈치채고 있었다.

“괜찮아요. 무슨 일이 있으면 내가 죽여줄게요.”

카자마 씨는 방해될 것 같은 앞머리 너머로 눈을 가늘게 뜨고 웃고 있었다.

“그 말…… 절 죽이겠다, 는 말은 아니죠?”

“물론 노조미 씨를 죽일 마음은 없지만, 때에 따라서는 단숨에 편하게 해주는 게 더 나을 수도 있죠.”

“당신, 너무 솔직하잖아요……!!”

이를 악물며 신음하듯 그렇게 말하자, 카자마 씨는 웃음으로 얼버무리며 말을 이었다.

“본모습이 드러나니까 보기 좋네요! 다녀오세요. 옆에 있을 테니까 겁먹을 필요 없어요. 세이프존이니 기본적으로 폭력은 없을 거고요.”

그 설득에 등을 떠밀린 나는 차에서 내렸다. 몸이 바깥 공기에 닿자, 햇살은 따뜻한데도 몸이 떨렸다. 지금까지는 총에 맞아도 끄떡없는 튼튼한 차 안이었고, 바로 옆에는 카자마 씨가 있어 주었다. 그것이 얼마나 내 두려움을 덜어주었는지 새삼 실감했다.

그리고 곧바로 문이 닫히는 소리가 이어졌다. 뒤를 돌아보니 카자마 씨가 무언가를 주머니에 쑤셔 넣으며 차에서 내리고 있었다.

“가죠.”

“아, 네…….”

혼자 가는 거라고 생각했는데, 지금 생각해 보니 약속 장소가 어디인지도 몰랐다. 그녀가 곁에 있어준다는 것을 알게 되자마자 몸에서 힘이 쭉 빠져나갔다.

주말의 낮, 스가모 거리는 관광객들로 북적였다. 어디선가 들었던 말대로 노인들이 엄청나게 많아서, 도쿄라기보단 시골의 절에 온 듯한 착각이 들었다.

키가 큰 카자마 씨가 인파로 가득찬 보행자 거리를 헤치며 빠르게 걸어갔고, 나는 급히 그 뒤를 따라갔다.

절의 붉은 문을 통과하자 사람의 수가 더욱 늘어났다. 어디선가 향 냄새가 났다. 사람들이 대화하는 목소리가 서서히 커지고, 간간이 웃음소리도 섞여서 들리기 시작했다. 평화롭고 날 좋은 주말의 경내. 지금부터 이곳에서 나를 죽이려 하는 후배와 대화를 나눈다는 사실이 믿기지 않았다.

사람들이 모여있는 본당 쪽이 아니라 벤치가 늘어선 탁 트인 곳에 서 있는데, 카자마 씨가 내 귓가에 속삭였다.

"왔어요."

두리번거리며 주위를 둘러보자, 마치 플라스틱으로 굳혀서 만든 사람처럼 조금도 인간답지 않은 얼굴을 한 이토가 내 쪽으로 성큼성큼 걸어오고 있었다.

나도 모르게 몸이 굳어졌다. 한 발짝 뒤로 물러서자 카자마 씨의 존재가 느껴졌다. 어쩐지 그녀가 날 받쳐주는 것 같은 기분이 들었다.

이토는 미간을 잔뜩 찌푸린 채 이쪽을 보고 있었다.

"……안녕하세요."

그 낮은 목소리는 평소 들었던 목소리보다 훨씬 더 날카로웠다. 어제까지 생글생글 웃으며 말을 걸어왔던 사람과 도저히 같은 인물로는 보이지 않았다.

"응, 아, 그, 저기, 암살자, 고용한 게 이토야? 날 노리고 있다는 게 사실이야?"

그 의문을 말하자 무척 이상하다는 생각이 들었다. 이런 소리를 현실에서 말하게 되는 날이 올 줄은 몰랐는데.

"맞아요."

"이유는—."

내가 거기까지 말한 순간, 이토가 고성을 지르며 내 말을 가로막았다.

"당신이! 매칭 앱을 쓴다느니 뭐니 하는 헛소릴 하니까 그런 거잖아요! 대체 왜! 내 호감을 알고 있으면서 왜 그런 짓을 한 거예요?!"

"어……?"

"이 여자는 대체 머릿속에 뭐가 든 거야? 그렇게나 좋아한다는 태도를 드러내놓고 대체 뭐냐고! 라고 생각했어요!"

"어휴, 무서워라."

할머니가 이쪽을 보고 작게 중얼거리더니 자리를 피했다. 겸사겸사 사람이 떨어뜨린 음식을 노리던 비둘기도 푸드덕 소리를 내며 날아갔다.

"좋아해……?"

방금 들은 말이 조금도 이해되지 않아 멍하니 중얼거렸다.

"이제 와서 모른 척하는 거예요? 변명 불가거든요?"

"그치만 정말 그런 생각은 한 적 없는데……!"

희미한 거부감은 있었을지언정 그 외의 감정은 갖고 있지 않았다. 애초에 회사에서의 자신의 모습을 좋아하지 않으니 직장의 자신을 좋게 봐주는 사람을 좋아하게 될 리 없었다. 너무나도 인연이 먼 말에 나도 모르게 그런 말이 튀어나와버렸다.

하지만— 아, 실수했다. 나는 그의 얼굴을 보며 그런 생각을 했다. 나도 모르게 받아치기는 했는데, 눈앞의 이토는 강한 분노가 담긴 표정을 하고 있었다. 미간은 잔뜩 구겨지고 얼굴은 거무죽죽한 붉은색에 가까운 색으로 변해 있었다. 살면서 처음이었다. 이 정도로 누군가의 화난 얼굴이 나를 향한 것은.

이토는 이쪽을 힐끔거리는 사람들에게 시선을 돌리더니, 또 한걸음 나에게 다가와 말했다.

"몸 파는 여자랑 뭐가 달라요? 제가 있는데 여기저기서 헤실거리기나 하고, 심지어 매칭 앱이라니, 믿을 수가 없어요. 이래서 여자들은 안 된다는 거예요."

그가 한걸음씩 다가올 때마다 나는 나도 모르게 카자마 씨 쪽으로 몸을 바짝 붙였다.

"좀 무서운 일을 겪게 해주려고 했어요. 거기서 제가 진심을 다해 당신을 지키는 모습을 보여주면 정신을 차릴 거라고 생각했는데."

희번덕거리는 그의 눈이 내 옆에 선 카자마 씨를 노려본다.

"아직도 이해가 안 가요? 뭐예요, 저 못생긴 놈은?"

그가 주장하는 논리를 단 하나도 이해할 수 없었다. 다만 이 녀석이 나를 마치 자신의 소유물처럼 여기고 있다는 사실만은 알 수 있었다. 그리고 카자마 씨에게 심한 말을 했다는 것도 알았다.

"시, 시끄러워! 대체 어디가 호감이라는 거야! 왜 그걸 자기 좋을 대로 포장해! 이, 이, 멍청아!"

기세 좋은 목소리 같은 건 나오지 않았다. 순간적으로 상대방을 비난할 말도 떠오르지 않았다. 하지만 뒤집힌 목소리로 나는 필사적으로 소리쳤다.

"이놈이고 저놈이고, 뭐냔 말이야! 나를! 얕보기나 하고! 네, 네 것도 아니고! 역겨운, 회사 아저씨들 것도, 아니라고!"

계속해서 더듬거리는 입. 그럼에도 한마디 한마디 입 밖으로 나올 때마다, 마음속 깊은 곳에 굳어있던 무언가가 풀어지는 기분이 들었다. 그 모든 말이 이토에게 하고 싶은 말은 아니었지만, 그럼에도 입이 다물어지지 않았다.

"다들 나를 우습게 알고! 우스운 상대니까 쉽게 생각해도 된다는 것처럼 멋대로 굴고! 웃기지 말라 그래!"

내 안에서도 조금도 정리가 되지 않았지만, 관자놀이 주변이 분노로 뜨거워지는 것이 느껴졌다. 그 대신 두려움이 조금씩 사라져갔다. 나는, 화가 나 있었던 것이다, 아마 줄곧. 주위 사람들에게도, 나 자신에게도.

"뭐야. 타타라 씨 따위가 지금 저한테 불평하는 건가요? 진심으로?"

그렇게 말한 이토의 얼굴은 진지하던 표정에서 비웃으며 무시하는 표정으로 바뀌어 있었다.

이쪽이 받아들일 마음이 없다는 것을 알게 된 순간에는 왜 모두들 똑같은 반응을 보이는 것일까. 상대방이 자신보다 아래이고, 자신보다 못났다고 믿기 때문에 나올 수 있는, 그 태도.

"정말 무서운 꼴을 당해봐야 정신을 차리는 건가요? 목숨이 노려지는 걸로는 부족했어요?"

그렇게 말하면서 이토는 주머니에서 작은 은색 칼을 꺼냈다.

영화 같고 현실감이 없던 총에 비해 햇빛 아래 빛나는 칼날은 등골을 서늘하게 만들기에 충분했다.

"오."

카자마 씨가 조금 기쁨이 담긴 목소리를 냈다. 설마 싶은 마음에 뒤를 돌아보니 정말 그녀의 표정이 밝아서 나는 내 눈을 의심했다.

"왜 기뻐하는 거예요?!"

"이쪽이 정당방위가 됐으니까요. 일이 더 편해지겠네요."

"뭘 떠들고 있는 거야! 무시하지 말라고! 내가 바본 줄 알아?!"

내가 카자마 씨와 대화하는 모습을 보고 이토는 더욱 언성을 높였다.

"아량을 베풀어서 무슨 소릴 지껄이는지 들어줄까 했더니……역시 뻔뻔한 여자였네! 매번 느려터진 당신 일이 끝날 때까지 기다려주고, 역까지 바래다주고, 당신도 매일 나에게 웃어주고,

상냥하게 대해줬으면서 이제 와서 거부한다니…… 이 정도면 갖고 논 거 아니에요? 당신이 타나카 때문에 곤란해할 때도 나서서 도와줬는데, 그동안 이용만 해먹었다는 거잖아요?”

“무슨…….”

그의 말대로 역까지 돌아갈 때 자주 함께 돌아간다고 생각하긴 했지만, 일부러 그런 것인 줄은 몰랐다. 아저씨가 뱉은 놀림이라는 명목의 괴롭힘에 메마른 웃음밖에 나오지 않았을 때, 이토가 아저씨들과 동조하며 『타타라 씨가 그런 면이 있긴 하죠』라며 웃었던 모습은 기억에 있지만, 그의 안에서는 그것이 나를 돕는 일이었던 모양이다.

“부…… 부탁한 적 없어, 그런 거!”

하지만 이토는 그렇게 생각하지 않는지, 또 다시 비웃음을 흘리며 입을 열었다.

“뭐야, 그럼 진상이랑 뭐가 달라요? 남에게 시켜놓고 나몰라라 하다니, 최악 아닌가요? 자기가 지금 무슨 소리 하는지 알아요? 당신은 나한테 그런 태도 취할 권리 없지 않아요?”

분노에 찬 비웃음을 유지한 채 이토가 말했다.

직장 생활을 원만하게 보내고 싶었다. 그러기 위해 만들었던 미소나 밝은 모습들. 과거의 실패를 거치며 이번에는 좀 더 쉽게 일하고 싶어서, 나를 위해 필사적으로 해왔던 감정 노동에 그는 제멋대로 가격과 의미를 부여하고 있었다. 팔 마음도 없는 것을 상품으로 보고, 멋대로 자기 자신을 고객이라고 말하고 있었다.

항상 그랬다. 나는 늘 품평당하는 쪽이었고, 서비스를 제공하는 쪽이었고, 값이 깎여나가는 쪽이었고, 클레임을 받는 쪽이었고―. 그렇기 때문에 이토 역시 나에게 이런 말을 하고 있는 것이었다. 먼저 강매한 건 나라고 하면서.

"……."

나는 그저 살아가고 있을 뿐인데, 멋대로 오해하고, 이렇게 무서운 일까지 당하고 있었다. 그 사실을 깨달은 순간, 이번에야말로 뱃속 깊은 곳에서 소리가 터져나왔다.

"너, 너, 너한테 줄 건 아무것도 없어! 내가 언제 너한테 뭔가 준다고 한 적 있어?! 언제부터 네가 내 손님이었다는 거야! 이쪽은 아무것도 줄 마음이 없는데 멋대로 가져가지 마! 돌려줘! 돌려달라고! 멍청이! 머저리!"

초등학생 수준의 폭언을 쏟아내면서, 방금 전 칼에 겁을 먹었다는 것도 잊고, 나는 분노한 얼굴로 이토에게 한걸음 더 다가갔다. 화난 얼굴이 제대로 지어졌는지 어떤지조차 자신이 없었다. 하지만 음량 조절에 실패한 것 같은 큰 소리에 놀란 것인지, 흠칫 몸을 떤 이토는 내가 내딛은 한걸음에 당황하며 소리쳤다.

"무슨, 대체 누구한테 말하는 거야, 이 쓰레기가! 멋대로 다가오지 말라고! 이……."

이토는 이쪽으로 칼을 겨눈 채 두리번거리며 주위를 둘러보았다. 이토의 바로 옆에는 도망가지 못한, 아니 구경꾼의 마음으로 스마트폰을 계속 들이대고 있는 대학생 정도의 남자가 있었다. 이토는 순간 그에게 시선을 보냈다. 하지만 곧 그 남자에게서 시선을 돌려 그곳을 벗어나려던 할머니 두 명에게 시선을 고정했다. 허리가 굽은 작은 할머니가 휠체어를 탄 할머니를 데려가고 있었다.

"함부로 움직이면 이 할매들이 다칠 거야! 이건 전부 다 네 탓이야! 네가 날 이렇게 만든 거라고! 진상 주제에 날 유혹했으니까! 전부 네 잘못이야!"

이토는 그렇게 말하더니 휠체어를 밀고 있던 할머니를 밀치고, 휠체어를 탄 할머니를 뒤에서 끌어안아 칼을 들이밀었다.

"뭐 하는……!"

"누가 봐도 건장한 남자 쪽을 보고 나서 할머니를 노렸네……볼품없게."

카자마 씨가 또 내 등 뒤에서 쓸데없는 소리를 하고 있었다. 나도 모르게 몸을 돌려 소리쳤다.

"누구를 노렸다 해도 볼품없는 게 아니라 최악이에요! 그보다 지금 그렇게 도발하는 말을 하면……!"

어쩌면 최악의 일이 생길지도 모른다. 나와 아무런 관련이 없는 사람이 다치기라도 한다면 정말 그의 말대로 되는 것이다.

"나, 나 때문에…… 할머니가 나 때문에 다칠 거야……!"

휠체어에 앉은 할머니는 아주 느린 움직임으로 주위를 둘러보았다. 갑자기 나타나 자신의 옷을 움켜쥔 팔을, 태양 아래서 흐릿하게 빛을 반사하는 칼을, 『갑자기 나타난 이건 대체 뭔가』하는 얼굴로 가만히 바라보고 있었다.

제발 무슨 일이 일어났는지 모르고 있기를. 무서운 일을 당했다는 사실을 깨닫기 전에 어떻게든 구할 수 없을까.

반면 휠체어를 밀고 있던 할머니는 작게 욕설을 뱉으며 몸을 일으켰다. 다친 곳은 없는 것 같아 안심했다.

이러지도 저러지도 못한 채 패닉에 빠져 있는데, 카자마 씨가 다시 한번 입을 열었다.

"당신 잘못은 아니잖아요? 하나부터 열까지 저 녀석 잘못이고. 게다가 정말 괜찮아요."

"아까부터 뭘 그렇게 속닥거리는 거야! 이봐, 할매, 당신도 움직이지……?!"

그때였다. 휠체어에 앉아있던 할머니가 자신에게 칼을 들이밀고 있는 이토의 손을 잡더니, 침대에서 기지개를 켜듯 몸을 위로 쭉 뻗었다.

바로 다음 순간, 둔탁한 소리와 함께 이토가 코를 누르고 뒤로 휘청거렸다. 휠체어를 탄 할머니가 이토의 팔을 붙잡아 달아나지 못하게 한 다음 조용히 박치기를 먹인 것이다. 그리고 아까 이토에게 밀쳐진 할머니가 재빨리 그의 등 뒤로 돌아가더니 정확히 칼을 든 손을 때려 칼을 떨어뜨렸다.

챙강, 소리를 내며 칼이 바닥에 부딪혔다. 무슨 일이 일어났는지 이해하지 못한 이토의 옆을 빠져나간 할머니 두 명은, 어느새 빠르게 그 자리를 벗어나고 있었다.

"지금 그건……?"

너무나도 현란한 솜씨에 멍하니 보고만 있었는데, 옆에서 가벼운 웃음소리가 들려왔다.

"말했잖아? 여긴 은퇴한 암살자들이 많다고."

카자마 씨는 히죽히죽 웃으며 저 녀석 바보네, 라는 듯한 말투로 말했다.

다시 묻기도 전에, 아까까지 서로 속닥거리며 이쪽을 바라보던 할머니들이 가방 속을 뒤지기 시작했다. 사탕이라도 꺼낼 것 같은 움직임으로 일제히 검은색의 무언가를 꺼내든다.

"기다려! 야, 추녀!"

할머니들이 무엇을 하는지 미처 보기도 전에 이토가 날카로운 목소리를 내며 다가왔다.

"가요! 여기서 벗어나요. 나머지는 OG 사람들한테 맡기죠!"

카자마 씨가 내 손을 잡고 달리기 시작했다. 그녀는 실로 기쁜 얼굴로 웃고 있었다.

"잘 말했어요! 애썼어!"

"지금…… 지금 칭찬하지 마요! 다리…… 다리! 안 움직여요!"

"안 움직이는 건 입 같은데?"

반쯤은 그녀에게 끌려가듯 달려서 차를 세워둔 곳까지 돌아왔다. 「차를 타고 여기서 벗어나면 안전해요」. 그런 카자마 씨의 중얼거림을 부정하듯, 바로 뒤에서 고성이 날아왔다.

"전부 다, 불타버려어어어!"

쫓아온 이토가 무대 배우 같은 위압감을 내뿜으며 외쳤다.

그 순간 타려고 했던 차가 이상하게 진동하는가 싶더니, 눈앞에서 굉음와 함께 터지며 불길이 치솟았다.

카자마 씨가 잡고 있던 손의 힘이 풀려서 나는 콘크리트 바닥에 세게 부딪쳤다.

은퇴 암살자가 많은 거리라고는 해도 역시나 그곳에 있던 전원이 암살자인 것은 아닌 것 같았다. 관광객으로 보이는 사람들에게서 비명이 터져 나왔다.

나는 기침을 하면서 휘청휘청 몸을 일으켰다.

그러고 보니 이토가 고용한 암살자는 대화할 때 모습을 드러내지 않았다. 아무래도 그 사이 차에 폭탄을 설치해 둔 모양이었다.

"이런 건 안 되는 거 아니에요?! 세이프존이라면서요!"

"응, 딱 여기 공공도로까지는 세이프존에 해당이 안 되거든요."

"암살자 주제에 깐깐하네!"

"암살자니까 더 깐깐하게 해야 한다고요!"

가벼운 말을 농담처럼 주고받았지만, 잘 생각하면 엄청난 위기 상황 아닌가. 어딘가에 숨어있는 이토가 고용한 암살자, 그리고 이성을 잃어버린 이토. 그 두 사람에게 둘러싸인 상태였다. 게다가 여기까지 전속력으로 달려왔다. 스가모의 암살자 OG 사람들은 아마 제시간에 도착하지 못할 테니 원군을 기대

하기도 어려울 것이다. 암살 기술이 체력을 영원히 보강해주는
것은 아닐 테니까.

"어, 어쩌지……."

"지키면서 싸우는 건 좀 어려운데……."

이토는 칼을 쥔 채 이쪽으로 돌진해왔다. 굳어진 얼굴과 거침
없는 기세는 게임 영상에서 봤던, 그래픽이 무너진 공포스러운
인간의 모습을 떠올리게 했다. 그리고 그는 굉장히 빨랐다. 폭
발로 다친 우리에게 순식간에 다가왔다.

이대로는, 찔린다— 그렇게 생각한 순간이었다.

"타타라 씨?!"

정비 불량이 아닐까 싶을 정도로 엄청나게 끼기긱거리는 경차
한 대가 나와 이토 사이로 기세 좋게 미끄러져 들어왔다. 이름
을 부르는 소리에 놀란 내 눈앞에는, 회사에서 늘 나를 눈엣가
시로 여긴다고 생각했던, 꽉 묶은 머리에 안경을 쓴 사사가와
씨가 있었다. 지금은 머리를 풀고 있어서 순간 누구인지 몰라봤
지만.

고물 같은 소리를 내는 경차에 탄 채 겁에 질린 표정을 지은
사사가와 씨는, 운전석에서 조수석으로 몸을 내민 채 문을 열고
초조한 모습으로 손을 뻗어왔다.

가장 먼저 소리를 낸 것은 카자마 씨였다.

"당신, 노조미 씨 지인이에요?"

"그런데요? 당신도 빨리! 이거 테러 아니에요? 도망쳐야죠!"

"노조미 씨를 데리고 도망가요."

나는 사사가와 씨의 손에 붙잡힌 채 놀란 얼굴로 뒤를 돌아보았다.

"네? 카자마 씨도 같이 가야죠! 저기, 사사가와 씨, 괜찮죠? 뒤에 탈 수 있죠?"

거기서 그녀 쪽을 보다가 문득 깨달았다.

"그보다 카자마 씨! 옷이……."

"아…… 응, 괜찮아."

본인은 그렇게 말했지만, 일할 때 입는 '좋아하는 옷'인 검은 셔츠는 어깻죽지가 크게 찢어져 있었다. 방금 폭발로 넘어졌을 때 찢어진 것인지도 모른다.

만난 지 얼마 안 됐을 때, 차 안에서 조금 뿌듯한 얼굴로 좋아하는 옷이라고 말하던 그녀의 옆모습이 떠올랐다. 뒤에서 나를 죽이려는 사람이 쫓아오는 것도 반쯤 잊고 심장이 꽉 조여왔다.

"하지만 그거…… 비싼 거잖아요? 좋아하는 브랜드 옷인데……."

그러자 어쩔 줄 몰라하는 나와 똑같은 표정을 짓고 있던 사사가와 씨가 문득 카자마 씨에게 시선을 고정했다. 정확하게는 카자마 씨의 찢어진 셔츠 쪽에.

"저…… 저기! 그 셔츠 보내주세요!"

"네……?"

사사가와 씨가 한 말의 의미를 파악하지 못한 나는 조금 당황한 표정을 지었다.

"행사 같은 곳에 오실 수 있으면 거기서 주셔도 돼요. 깨끗하게 고칠 수 있어요!"

카자마 씨가 관찰하는 시선으로 사사가와 씨를 빤히 바라보았다.

"당신…… 응, 고마워요. 또 갈게요!"

그 두 사람의 대화를 나만 이해하지 못했다. 멀리서 남자의 고함 소리가 들려와 나는 흠칫 몸을 떨었다.

"뭐야뭐야뭐야?! 저기, 뭐든 상관없으니까 카자마 씨, 빨리 차에 타요!"

"됐다니까, 빨리 가! 저 녀석을 쓰러뜨리고 보너스를 받으려는 것뿐이니까! 빨리 가! 괜찮아, 오늘은 안 죽어. 나도, 너도!"

연쇄 폭발이 시작됐는지 멀리서 또 한 번 큰 폭발음이 들려왔다.

폭발인지 뭔지에 방해받은 것일까. 멀리서 우리를 찾는 듯한 이토의 「어디 간 거야!」라는 고성이 들려왔다.

내가 조수석으로 기어들어간 순간, 사사가와 씨는 다시 끼기긱거리는 소리를 내며, 경차가 부서지지 않을까 걱정될 정도의 기세로 액셀을 밟아 그 자리에서 벗어났다.

나는 필사적으로 뒤를 돌아보았다. 멀리서 카자마 씨와 이토로 보이는 인영이 마주보고 있는 것이 보였다. 그것이 점점 멀어지더니 이윽고 연기 너머로 사라져 보이지 않게 되었다.

6

나는 망연자실한 심정으로 차에 몸을 싣고 있었다.

"……사사가와 씨, 왜 거기 계셨던 거예요?"

나는 조금 화난 어조로, 그 자리에서 날 데리고 와준 사사가와 씨에게 그렇게 물어봤다. 그러기 싫었지만, 어쩔 수 없이 가시 돋친 목소리가 나와버렸다.

"본가가 근처거든요. 그래서 돌아오는 길에……."

"도내에 본가가 있다니, 성공하셨네요."

아아, 아니야. 이런 말을 하고 싶은 게 아닌데. 사과해야 하는데. 그렇게 생각하면서도 입에 제대로 떨어지지 않았다.

그런 내 마음을, 사사가와 씨는 이미 눈치챈 것 같았다.

"무슨 일이 있었던 거예요?"

우리가 온 방향을 향해 소방차와 구급차가 달려갔다. 그 차들이 내는 사이렌 소리를 들으면서, 어느새 나는 그녀에게 모든 것을 털어놓고 말았다. 회사 아저씨들에 관한 것도, 그것을 따르기로 결정한 자신도, 매칭 앱도, 카자마 씨에 관한 것도, 갑자기 폭발해버린 이토에 관한 것도. 이야기하고 있는 사이에 이유를 알 수 없는 눈물이 흘러나와, 훌쩍거리면서도 전부 이야기했다. 「아, 그건 말이지」, 「아니, 근데」, 「그렇지만」 등등, 상대방의 말이 틀렸다고 단정지으며 끼어드는 일 없이, 누군가가 이렇게 이야기를 들어준 것은 무척 오랜만이었다. 아니, 처음이었을

지도 모른다. 내 말은 언제나 가벼웠다. 여자에게나 남자에게나 내 말은 언제나 가로막혔고, 틀린 것이고, 하찮은 것으로 여겨져왔다. 한 사람의 인간으로서 나를 봐준 것은 정체를 알 수 없는 암살자와 「아줌마」뿐이었다. 얼마나 무례한 생각을 하고 있었던 것일까. 지금이라면 확실히 알 수 있었다.

"그건, 정말 화날 일이었네요."

사사가와 씨는 내가 말을 다 마치고 나서야 그 한마디만을 말해주었다.

"무슨 권리로 남을 함부로 대해도 된다고 생각하는 걸까요."

그 말에 조금 놀라움을 느끼며 그녀를 향해 속삭였다.

"사사가와 씨는 절 싫어하는 줄 알았어요."

"모르겠어요. 좋은지 싫은지……. 하지만 그 상황을 본 이상 도와줄 수밖에 없었어요."

솔직한 사람이라고 생각했다. 하지만 나에게 솔직한 모습을 보여준 것이 기뻤다. 동료라는 것은 얼마든지 꾸밀 수 있는 관계이고, 얼마든지 거짓말을 해도 되는데, 그녀는 솔직했다.

"그리고 타타라 씨는 괜찮을 거라고 생각했어요. 아저씨들과 그런 대화를 나누는 거요."

차가 끼기긱거리는 소리를 내며 커브를 돌았다.

"그게 아니었는데, 멋대로 그렇게 속단하고 불쾌한 시선을 보냈다는 걸 깨달았으니까, 사과하고 싶어요."

"그럴 필요 없어요. 저야말로 여러모로 사과하고 싶은 걸요……"

속으로 아줌마라고 불렀던 것도, 촌스러운 색의 제복을 입은 것을 가엾다고 생각하면서도 그저 생각으로 끝낸 것도. 싫다고 생각해도 머릿속으로 생각만 하고 끝난다면, 사사가와 씨를 제복의 기호 정도로만 인식하며 계속「파견」이라고 부르는 아저씨들과 대체 무엇이 다르단 말인가.

무언가를 말했다가 억압당하는 것도, 말없이 자신의 형태를 주위에 억지로 끼워맞추는 것도 양쪽 모두 괴로웠다. 어느 쪽이 더 나았는지도 잘 모르겠다.

하지만 어느 쪽이든 확실히 말할 수 있는 것은, 좀 더 화를 내고 소리쳤으면 좋았을 것이라는 점이었다. 누군가의 앞에서도, 나 자신의 앞에서도.

조금씩 마음이 가라앉고, 그제서야 차 안을 둘러볼 여유가 생겼다. 쉬는 날의 사사가와 씨는 당연하지만 제복은 입고 있지 않았고, 어쩐지 카자마 씨와 비슷한 검은색의 셔츠를 입고 있었다.

"전 옷을 만들고 있어요."

"옷……?"

내 시선을 눈치챘는지 사사가와 씨가 중얼거렸다.

"혼자서 만드는 거라 정말 취미 같은 거지만……."

뒤에 있는 것도 마찬가지예요, 라고 말하는 그녀의 중얼거림에 뒷좌석을 보니 경차의 좁은 시트 위에 커다란 천뭉치가 여러 개 굴러다니고 있었다.

"언젠가 이 일을 본업으로 삼고 싶어요."

"그렇군요……."

사사가와 씨가 해 준 이야기는, 내가 멋대로 털어놓은 이야기에 대한 조용한 보답처럼 느껴졌다. 나 혼자 주절주절 떠든 것뿐인데, 그녀는 받아주었고, 그리고 조금이나마 나에게 마음을 열어주었다.

"본업은 한참 먼 꿈이라고 생각했는데…… 카자마 씨, 였나요? 아까 그 분."

"네?"

"거리에서 처음 봤어요. 제가 만든 옷을 입어준 사람을."

나는 사사가와 씨의 희미한 미소를, 그 순간 처음 보았다. 회사에서 언제나 보는, 날카롭고 접근하기 어려운 얼굴이 아니었다.

내가 아저씨들에게 동조하며 살아가려 했다면, 그녀는 아마도 벽을 만들어서 살아가려 했을 것이다. 그녀 역시 나와 마찬가지로 다른 사람에게 몇 번이나 경계선을 함부로 침범당하지 않았을까. 문득 그런 생각이 들었다.

사사가와 씨의 낡은 경차는 조심스러운 운전에도 심하게 덜컹거려서 카자마 씨의 운전과는 전혀 달랐다.

회사에서는 살해당하는 것만큼 부당한 일을 겪고 있다고는 말할 수 없었다. 하지만, 이토의 논리는 최악이지만 아저씨들의 논리와 얼마나 다르다고 할 수 있을까. 둘 다 사람을 얕본다는 점에서는 변함이 없는 것 같았다.

헤실거리지 않으면 짓눌리고, 헤실거리면 가벼운 사람으로 취급한다.

"짜증 나."

나도 모르게 흘러나온 말을, 사사가와 씨가 조용히 다시 담아 주었다.

"그렇군요. 짜증나네요."

그렇게, 반복해 주었다.

7

이토는 회사 컴퓨터를 통해 암살자에게 의뢰를 했다고 한다. 그 일 때문에 회사 네트워크에 순식간에 바이러스가 침투해 온갖 데이터가 모조리 날아갔고, 그런 혼란 속에서 나는 결국 회사를 그만두게 되었다.

회사도 그 후에 금방 문을 닫았다고 들었다. 내가 매달리려 했던 것은 허무할 정도로 작디작은 것이었다. 이토는 그날 이후 행방불명되었다고 들었다. 발견되지 않았다는 건, 다시 말해 그가 또다시 내 눈앞에 나타나서 그 부당한 집착과 살의를 나에게 뿌릴 수도 있다는 뜻이었다.

하지만 겁을 먹어도 이상하지 않은 상황인데, 지금의 나는 신기하게도 무섭지 않았다. 그것은 겨우 몇 시간 함께 지냈던 카자마 씨를 믿을 수 있기 때문이었다. 그녀가 자신에게 맡기라고 말했으니, 분명 괜찮을 것이다.

그리고 사사가와 씨는 나보다 먼저 일을 그만두었다. 「베란다 채소밭」을 운영하기 위해서. 회사를 때려쳤다는 기분을 느끼고 싶어서 별생각 없이 일을 그만둔 나와는 달리, 그녀는 착실하게 이전부터 준비해오던 것이 앞당겨진 것에 지나지 않았다.

나는 언제나 그 자리에 있는 것, 그 순간 내게 부딪혀 오는 것들을 필사적으로 받아치기만 하고 있었다. 그 행위는 눈앞에 놓인 나 외의 존재에게 휘둘리느라 애쓴 것에 지나지 않았다.

사사가와 씨에게는 하고 싶은 일이 있었고, 게다가 그 일은 누군가의 마음을 지지해주는 특별한 복장이 되어주기도 했다. 그런 확고한 중심을 가진 사사가와 씨가, 나에게는 눈부시게 보였다.

『사사가와 씨는 훌륭해요. 하고 싶은 일이 있잖아요.』

경차에서 내렸을 때 채팅 앱 ID를 교환했다. 그 후 채팅에서 사사가와 씨의 미래에 대한 이야기를 들었을 때, 나는 나도 모르게 이런 문장을 보내고 말았다. 사사가와 씨는『하고 싶은 일에서 물러서거나 도망칠 수 없는 것도 힘든 일이에요』라는 딱딱한 문체로 답장을 보내왔지만, 나는 그렇게 생각하지 않았다. 나는 그런 생각조차 하지 못했으니까. 애초에 자신이 원하는 것이 무엇인지조차 몰랐다.

그녀와는 그 후에도 가끔 연락을 주고받지만, 계속 함께 있는 것은 아니었다. 하지만 확실하게 내 편이 되어줄 사람이 있다는 것은 묘하게 편안한 감각을 안겨주었다.

다시 매칭 앱을 시작해서 이모티콘을 나열하면 또 한 번 카자마 씨를 만날 수 있을지도 모른다. 그런 생각도 했지만, 같은 전화번호로는 더 이상 계정을 만들 수 없었다. 이것은 카자마 씨의 상냥함 같았다. 더는 가까이 오지 말라는, 그녀의 숨은 배려가 아닐까.

그날의 일, 그리고 그날 전까지의 일은 모두 내 주위에서 벌어진 일이었지만, 그 모든 것에서 난 동떨어져 있었다. 사람들이 날뛰는 것을 그저 바라보고 있었을 뿐이다.

내 눈앞에 지금은 아무도 없다. 아무것도 팔지 않는 나에게 와서 멋대로 손님이 되려 하는 사람도, 상냥함이나 연민 없이 당연한 얼굴로 투박한 도움을 주었던, 특이한 브랜드의 옷을 좋아하는 암살자도 없었다.

하지만 혼자가 되고 나서야 나는 내 욕망의 형태를 이해할 수 있게 되었다. 나는 귀찮은 여자가 되고 싶었다. 다루기 힘들고 귀찮고 어려운 여자가 되고 싶었다. 그리고 그런 대우를 받는 것에 대한 결심을, 스스로 하고 싶었다.

카자마 씨는 자신의 힘으로 「후련함」을 손에 넣었다고 말했다. 그래서 나도 스스로 손을 뻗어야겠다고 생각했다. 무엇이 옳고 무엇이 정답인지보다, 내 마음이 어떻게 하고 싶은지, 단지 그것을 솔직하게 살아가고 싶었다.

그래서 나는, 이번에는 제대로 된 「도구」를 들고 이케부쿠로

역 동쪽 출구 지하 통로 입구 부근에 서 있었다.

검은 그림자가 다가왔다. 지금은 말을 걸어오기도 전에 나에게 다가오는 기척을 알아차릴 수 있었다. 훈련의 성과가 조금은 있었던 모양이다.

나는 먼저 뒤돌아서서 활짝 웃었다.

"푸딩, 먹을래요? 저번에는 결과적으로 얻어먹은 셈이니까, 이번엔 제가 살게요."

사이보그가 되고 싶은 파파게노

토사카 레오

1

이 세상에 환생이라는 것이 있다면, 나는 사이보그가 되고 싶었다.

띠링, 하고 가벼운 전자음이 울렸다.

인사과 상사인 에토 씨의 부름에 나는「네」라고 대답했다. 원격 근무였기에 일일이 소리 내어 대답할 필요는 없지만, 나는 노트북의 화면을 향해「역시 안 되는군요. 죄송합니다」라고 먼저 사과했다.

본가 2층에 기생한 지도 벌써 10년— 이 방은 지금에 와서는 나의 일터이기도 했다.

다시 한번 가벼운 전자음이 울리고, 에토 씨의 메시지가 채팅 화면에 표시되었다.

『사사키 씨에게 부탁한 불합격 사유 메일, 확인했습니다. 정중하고 좋긴 한데 너무 빙 돌린 느낌입니다. 소설이 아니니까 더 간결하게 써도 됩니다. 클레임이 들어오지 않을 정도로만, 이유도 그럴싸하기만 하면 굳이 사실을 쓰지 않아도 되고요. 사실을 전하는 게 상대방에게 늘 도움이 되는 건 아니니까요. 그리고 메일을 작성하는 데 30분이나 걸렸는데, 좀 더 효율적으로 작업할 수 있도록 개선해 주시면 좋겠습니다.』

균일하게 나열된 고딕체 글자를 눈으로 좇고, 나는「네」라고 소리 내어 대답하고 채팅 화면에 『죄송합니다. 알겠습니다』라고 입력했다.

초안으로 저장했던 메일을 첫 문장부터 전부 삭제했다. 30분에 걸쳐 만든 경력직 채용 지원자에게 보낼 불합격 통지 메일이 5초 만에 이 세상에서 사라졌다. 나는 혀로 앞니 안쪽을 핥다가 「아, 리테이너……」라고 중얼거리고, 내 방을 나와 주방으로 향했다.

11시 15분. 나는 거실의 시계를 보고 나서 시간을 역산했다. 교정한 후 치열이 다시 돌아가지 않도록 나는 매일 리테이너라는 기구를 치아의 위아래에 착용하고 있었다. 하루 대략 8시간 정도 착용하지 않으면 다음 날에는 더 이상 리테이너가 들어가지 않을 정도로, 치아는 날마다 움직인다. 인류의 신비. 불필요한 신비. 사이보그라면 키캡을 커스터마이징 하듯이 크기도, 색도, 형태조차 자유롭게 바꿀 수 있었을 텐데.

"7시 정도까지 끼고 있으면 되려나……."

그러면 대략 8시간 남짓.

역산을 마치고 세정제로 리테이너를 소독하고 있는데, 빨래를 다 널어놓은 어머니가 온실에서 주방으로 들어왔다.

"어휴, 더워. 어머, 세척하는 거니?"

내가 아끼는 머그잔 안에서 인공적인 파란 액체가 부글거리는 것을 본 어머니가 이마의 땀을 닦으며 물었다. 산 지 얼마 안 된

티셔츠가 벌써부터 꽉 끼는 것 같다.

"그렇게 매일 살균할 필요는 없지 않아?"

어머니는 그렇게 말하며, 주방에 가득 찬 세정제의 묘한 냄새에 완벽한 매부리코를 찡긋거렸다. 그녀는 이 냄새를 좋아하지 않았다.

"아니, 세척은 매일 해야지. 틀니랑 똑같아. 일상생활에서도 오염은 되니까."

"그래도 네 입에 들어가는 거잖아? 좀 더러우면 어때."

"싫어. 입안에 세균이 늘어나면 불쾌하잖아."

"입안은 원래 세균이 우글거리는 곳이야."

"이 이상 늘리고 싶지 않다고. 교정 때문에 이도 몇 개나 뺐는데, 남아있는 이는 소중히 해야지."

어머니는 냉장고에서 2리터 페트병에 담긴 아이스 커피를 꺼내 투명한 잔에 따르더니 「흥」 하고 말하며 단숨에 들이켰다.

세대 탓인지 어머니의 입안에는 은나나 의치가 많았다. 잦은 충치도 유전되는 것인지 나도 어릴 때 치료한 치아가 몇 개나 있었다. 그것이 삐뚤어진 치열과 함께 내 오랜 콤플렉스였다.

"그나저나 그건 언제까지 착용할 거니?"

어머니의 질문 의도를 바로 이해하지 못한 나는 고개를 갸우뚱했다.

"뭐를?"

"리테이너 말이야. 벌써 10년 넘게 착용했잖아."

나는 머그잔을 내려다보며 혀로 앞니 안쪽을 꾹 눌렀다.

"계속. 죽을 때까지 계속해야 돼. 이는 평생동안 계속 움직이니까……."

"계속이라니. 병원도 먼데."

"하지만 어쩔 수 없잖아. 전철로 2시간이나 걸려도 정기 검진은 다녀야지. 이렇게 매일 열심히 리테이너를 끼고 있는데도 치열이 또……."

나는 위아래 치아를 소리나게 맞물린 다음 어머니에게 보여주었다.

"정말이네. 이가 살짝 덧니로 돌아왔네."

내 치열을 본 어머니가 진지한 표정으로 말했다.

"그러니까 계속 껴야 해. 리테이너를 게을리하면 덧니가 더 심해질 거라고. 오픈바이트가 더 심해지면 그동안의 노력이 다 물거품이 되잖아. 그게 최악이야. 그동안 아픈 시간을 얼마나 견뎌왔는데."

"어째서일까. 아빠도 나도 덧니가 아닌데."

"그래도 치열이 고른 건 아니잖아?"

"그렇긴 하지만."

나는 무의식적으로 혀끝으로 앞니 안쪽을 누르던 것을 멈추고 혀를 위턱에 바싹 갖다 붙였다. 이게 올바른 혀의 위치라고 한다. 최근에 본 건강 프로그램에서 처음 알게 된 사실이었다. 일반적인 사람들은 이 위치에 항상 혀가 놓여 있다는데, 내 혀는 완전히 다른 곳에 있다. 물론 의식하면 놓을 수는 있는데, 이를 테면 커피의 구수한 향에 마음을 빼앗겨 안심하면 그 순간 혀는 길을 잃고 만다. 혀의 위치 같은 것은 내 역대 주치의들 중 그 누구도 알려주지 않았다.

어린 시절 구강 교정을 시작해, 상악 전방 견인장치를 착용하고 자던 초등학생 시절. 대학생이 된 뒤로는 턱 변형증 진단을 받고 턱을 자르는 전신마취 수술을 하고…… 그 후엔 치아에 브래킷을 착용하고 치열을 다듬는 데 2년. 그 후로는 리테이너를 착용하고 치열을 유지하는 생활을 15년째 이어오고 있다. 현재는 38세로, 인생의 대부분을 치아 문제로 계속 고민하며 살아왔다.

"하긴, 치아 때문에 고민하는 사람은 많지. 엄마도 싹 다 새 걸로 바꾸고 싶어."

어머니가 은니를 반짝이며 말했다.

"그건 다들 그렇지."

"네 치아도 그렇게 나쁘지는 않잖아."

"오픈바이트라고. 8020 운동 있잖아. 그거, 80살에 치아 20개가 남아있는 사람들 중에 오픈바이트인 사람은 한 명도 없대."

위아래 어금니만 맞물리고 앞니가 서로 맞물리지 않는 상태를 『오픈바이트』라고 부른다. 치열에는 여러 가지 유형이 존재하지만 그중에서도 치료가 가장 곤란한 사례로 꼽히며, 일본인 중에는 몇 퍼센트 밖에 되지 않는 것이 바로 이 오픈바이트였다. 그

몇 퍼센트에 내가 선정되고 말았다.

"불쌍하기도 하지."

어머니가 수도꼭지에서 잔을 헹구며 낮은 목소리로 말했다. 별로 깊은 뜻은 없는 단순한 혼잣말. 『흐음』이나 『그렇구나』 등의 맞장구 같은 것이리라.

하지만 일상 속의 그 무심한 한마디가, 갑자기 내 심장에 푹 박히고 말았다.

"불쌍해?"

내 말은 너무 작아서 물소리에 묻힌 탓에 어머니한테는 닿지 않았다.

불쌍하다니, 뭐가? 남들과 비교하면 내 인생은 역시 불쌍하다는 거야?

목구멍까지 차오른 말을 삼키고, 나는 입가에 미소를 지었다. 저녁 장을 보러 다녀오겠다는 어머니를 현관까지 배웅하고 다시 주방으로 돌아왔다.

세정제가 이미 제 역할을 마쳤는지 머그잔 안은 고요했다. 나는 푸른 수면을 바라보면서 뺨을 손바닥으로 문질렀다.

"싫다. 또 아프겠지……."

매일 8시간이나 착용하고 있는데도 리테이너를 착용하면 치아 전체가 꽉 조이는 듯한 감각이 매번 찾아왔다. 어쨌든 하루는 24시간이나 된다. 나머지 16시간 동안 깔끔하게 정리되었어야 할 치열이 또다시 원래의 카오스로 돌아가기 위해 움직이는 것이다.

“으윽, 역시 힘들어…….”

세정액을 수돗물에 헹군 후 치아에 장착했다. 마치 맞지 않는 마우스피스를 착용한 것처럼 왼쪽 어금니 부근의 철사가 약간 떠 있다. 리테이너를 끼고 있는 편이 오히려 치아에 안 좋은 게 아닐까 하는 생각마저 들 정도였다. 하지만 리테이너 외에 내 치아를 구해줄 존재는 알지 못한다.

꾹 참고, 머그잔과 손을 씻고 시계를 확인했다.

“또, 기원 메일 문장을 만들어야 하는데…… 싫다아.”

매일매일 싫은 일만 가득하다.

IT 기업 인사과의 경력직 채용 담당이 되면서 이른바 『기원 메일』이라 불리는 불합격 통지서를 수없이 작성하고 클릭 하나로 보내왔다. 일이라고 생각하며 넘겨버리면 그만이지만, 이 찜찜한 감각을 어떻게든 하고 싶어서 매번 메일 내용이 소설처럼 되어 버렸다.

“사이보그라면 통증 처리나 멀티태스킹 처리도 빠르겠지…….”

그런 푸념을 늘어놓으며 2층의 내 방으로 돌아가기 위해 계단을 올라갔다. 비가 그친 후의 흙냄새 나는 바람을 느끼고 걸음을 멈췄다. 먼지가 내려앉은 커튼. 노린재가 앉은 방충망. 작은 창밖의 경치를 멍하니 바라보았다. 흘러가는 구름과 푸른 하늘. 산과 민가와 전봇대. 아침인지 낮인지 알 수 없는 풍경 속에서,

불현듯 어떤 감정이 솟아올랐다.

"죽고 싶……."

말을 하려다가 화들짝 놀랐다. 혀끝으로 리테이너의 플라스틱 부분을 꾹꾹 누르며 나는 황급히 방으로 들어갔다.

"정신 차려야지."

스마트폰으로 영상 앱을 키고 내전으로 고통받는 외국인과 투병 중인 젊은이 영상을 누른 다음 천천히 십호흡을 했다. 자신보다 불행한 사람을 보자 서서히 정신이 안정되는 것이 느껴졌다.

"치아 교정에 실패한 것 정도로 뭘 그렇게 호들갑이야……."

쿵쾅거리는 소리가 들릴 정도로 맥박이 빨라지고, 치아는 욱신욱신 쑤셔왔다.

빨리 일을 시작해야겠다고 마음먹고 의자에 앉아 팔을 걷어붙였다. 이력서에서도 선한 인품이 엿보이는 지원자에게 보낼 기원 메일을 만들면서 한숨을 내쉬었다.

요즘은 살아있는 의미를 모르겠다.

2

동창회에 불려간 것은 그로부터 두 달 후의 일이었다.

초등학생 때부터 주변을 잘 챙기던 미소라가 고등학교 3학년 때 같은 반이었던 애들을 몇몇 모아 술집을 예약한 것이다. 나는 참가할 생각이 없었지만, 미소라가 「너무 틀어박혀 있으면 사회에서 도태될 거야」라는 말을 했다. 지금의 삶의 방식에 대해서도 느끼는 바가 있었던 나는 싫지만 참여하기로 했다.

일요일 오후 7시. 미소라의 건배사와 함께 떠들썩한 모임이 시작되었다.

최근 TV 광고에서 자주 나오는 연예인과 닮은, 이름도 모르는 여성이 꼬치구이를 손에 들고 당당하게 말했다.

"그래서, 너희들은 지금 무슨 일을 하고 있어? 참고로 난 도쿄에서 네일 아티스트."

"어? 진짜? 나도 도쿄야."

호스트 같은 외모를 한 남자가 반가운 얼굴로 손을 들었다.

"여기, 나도 도쿄야. 무역회사 다녀."

"어? 그럼 도쿄에 사는 사람 손 들어볼래? 도쿄에 사는 사람~?"

"저요~."

그러자 방 안의 절반이 손을 들었다.

나는 구석 자리에서 그 모습을 바라보며 얼음으로 묽어진 우롱차를 한 손에 쥐고 멍하니 귀를 기울였다.

"의외로 많네, 도쿄."

"우리 반, 단결력 하나는 최고였잖아."

"그럼 다음 달에 도쿄에 있는 사람들끼리 회식할까?"

"아, 하자하자!"

깔깔거리는 웃음소리와 함께 차례차례 잔이 비워져갔다. 다들 어느샌가 표준어를 사용하고 있었고, TV에서나 보던 세련된 옷차림을 하고 있었다.

그런 모두를 보고 나는 진심으로 놀랐다. 일은 늘 재택근무였고 쇼핑도 어머니에게 맡길 뿐. 동갑내기 친구들의 평소 복장도 말투도 몰랐기에, 갑자기 시마무라[#2]에서 산 옷을 입고 온 것이 부끄럽게 느껴졌다.

처음 교정했을 때와 같은 신선한 통증이 스멀스멀 마음속에 되살아났다. 이것은 어떤 종류의 통증일까. 자신에 대한 실망? 아니…….

자문자답하며 다다미 위를 걷는 책벌레를 바라보던 내 옆에 돌연 하시다가 나타났다.

"안녕, 사사키."

옆에 아무도 앉지 못하도록 일부러 방석 위에 핸드백을 올려두었는데, 그것을 발로 치우고는 모델처럼 긴 팔다리를 능숙하게 접어 방석 위에 책상다리로 앉는다.

"잘 지냈어?"

가벼운 말투로 묻는 질문에 나는 우롱차가 담긴 잔을 테이블에 내려놓았다.

"네, 잘 지내요. ……하시다도 건강해 보이네요."

"나? 나는, 응, 엄청 잘 지내지. 그보다 술 하나도 안 마셨네. 그거 우롱차지?"

#2 시마무라 일본의 저렴한 의류 브랜드

“저, 술을 못 마셔서……”

“어? 거짓말. 그런 여우짓도 하는구나. 의외네.”

눈이 휘둥그레지는 하시다의 모습에 내가 더 놀랐다.

“여우짓이 아니라, 패치 테스트에서도 반응이 나올 정도라서……”

“패치 테스트?”

“그…… 대학 때 하지 않았어요? 술 먹을 수 있는 체질인지 아닌지 확인하는 거. 생협[#3] 같은 곳에서, 1학년 때 단체로……”

“아ー, 응, 그건 됐고. 그보다 우리 애가 교정을 하고 싶다고 해서.”

하시다가 내 설명을 가볍게 흘려듣고는 그렇게 말했다.

교정ー 그 말에 애써 웃고 있던 내 얼굴이 그대로 굳었다.

“사사키, 교정했었지? 대학 때 했었다고 타쿠로한테 들었어. 그거 돈 얼마나 들었어? 엄청 아프지? 아니다, 지금 이~ 해 봐, 이~. 고른 치열 좀 보여줘.”

입을 「이」 형태로 만들고 다가오는 하시다의 모습에 나는 턱을 당기고 몸을 뒤로 젖혔다.

그때, 바닐라 향수 냄새와 함께 아케히 유이나가 산뜻한 얼굴로 다가왔다. 화장실에서 막 돌아온 모양이었다. 그녀는 나를 힐끔 보더니 「너 적당히 해」라며 하시다의 머리를 때렸다.

“약한 사람 괴롭히는 거 금지야.”

#3 생협 일본의 대학원생, 교직원 등이 운영 및 이용하는 생활협동조합

“뭐야, 아케히 유이나. 한창 사사키를 꼬시는 중이었는데.”

“퍽이나. 곤란해하잖아. 불쌍하니까 그만해. 양아치 토건 업자 주제에 술주정 부리지 말라고.”

“아직 맥주 세 잔밖에 안 마셨거든. 그보다 아케히 유이나 너도 치열 난리났네. 교정하지 그래?”

“뭐? 너 죽을래?”

티격태격하며 싸우기 시작한 두 사람을 보며 왜 그녀를 『아케히 유이나』라는 풀네임으로 기억하고 있었는지를 이제서야 깨달았다. 서열 최상위인 하시다가 그녀를 부를 때마다 『아케히 유이나!』라고 불렀기 때문이다.

“그래서, 치열 안 보여줄 거야?”

넋을 잃을 정도로 잘생긴 하시다가 씨익 웃자 방에 있던 여성들이 순간 숨을 죽였다. 야생동물이 사냥감을 노리는 것 같은 분위기는 그 시절과 조금도 변하지 않았다. 나 같은 평범하고 소심한 인간을 타깃으로 삼아 갖고 노는 것도, 그 시절과 조금도…….

나는 위아래 치아를 딱 소리 나게 맞물리며 이, 하고 입술을 벌렸다.

“아, 예쁘다. 연예인 같아.”

그렇게 말한 사람은 아케히였다.

“어, 그런가? 덧니 있는 거 같은데?”

그렇게 말하며 눈살을 찌푸린 것은 하시다였다.

아케히가 탁 하고 하시다의 등을 때렸다.

「하지 마」,「됐으니까 이제 그만해」,「뭘 그만해」라며 두 사람이 티격태격하는 소리를 들으면서 나는 천천히 입술로 이를 가렸다.

테이블에 놓여있던 우롱차를 단숨에 마셨다. 얼음으로 차가워진 우롱차에 이가 시렸다. 지각 과민으로, 덧니로, 오픈바이트로, 매일 통증을 견디면서도 조금도 보상받지 못하는 나의 치아. 맙소사.

"저기, 전 이 뒤에 일이 있어서. 일찍 가볼게요."

그렇게 말한 나는 하시다의 발에 차인 핸드백을 주워 들고 자리에서 일어섰다. 방석 위에서 정좌를 하고 있던 탓에 두 다리의 감각이 없었다. 상석 쪽에는 총무인 미소라의 모습이 보였지만, 자녀를 가진 동창들끼리 한창 열띤 대화 중이었기에 말을 걸지 않고 방을 나갔다. 내가 나갔다는 사실을 신경 쓰는 사람은 그 누구도 없었다.

밖으로 나가자 서늘한 가을바람이 불어왔다.

바로 얼마 전까지 여름이었는데, 9월도 끝이다. 이제 한 달도 채 안 되어 나는 서른아홉 살이 된다. 또 한 살을 더 먹게 된다. 그렇게나 좋아했던 가을이라는 계절이 늙어갈수록 정말 싫어졌다.

"춥다아……."

매일 반복되는 아무것도 변하지 않는 나날. 가족도, 자고 일어나는 방도, 일도. 내 인생은 마치 죽은 사람의 심장 같았다.

그런 일상에서 다른 차원으로 떨어져 나간 것처럼, 이 치아만이 끊임없이 변해갔다. 혼돈에서 완벽으로. 완벽에서 완벽하지 않은 쪽으로. 인체는 잔인하다. 바보 같아.

정신을 차려보니 눈물이 흐르고 있었다. 바람이 불 때마다 볼이 차가워졌다. 나는 주차장 끝에 세워둔 차에 올라타려다가 우뚝 멈춰 섰다.

"그 정도로, 덧니가 심한가……."

새카만 유리창에 비친 새하얀 치아. 밤의 어둠 속에서도, 마치 합성 사진처럼 기묘한 존재감을 뿜어내고 있었다.

"사사키!"

그때, 맑은 목소리로 내 이름을 부르는 소리에 고개를 번쩍 들었다.

주차장에 하이힐 소리가 경쾌하게 울려 퍼졌다. 입을 이, 하고 벌리고 있는 내 얼굴을 보고 아케히가 달리던 발을 멈췄다. 천천히 내게 다가오며 어색한 얼굴로 사과한다.

"미안. 아까 하시다 최악이었지."

"……"

"신경 쓰지 마. 그 녀석 자영업 하잖아. 일이 잘 안 풀려서 신경질 부리는 거야. 애 교정 이야기도 정말 궁금해서 물어본 건 아닐 거고."

"……일부러 그 말을 하러 와준 건가요?"

"어?"

"감사합니다, 신경 써주셔서."

나는 우는 얼굴을 보이지 않으려고 재빨리 고개를 숙였다. 시선 끝에, 90년대에 유행했을 법한 호피 무늬 통굽 부츠가 보였다.

"저기. 나 좀 봐봐, 사사키."

그 목소리에 나는 아케히의 눈을 보지 않으려 애쓰며 고개를 들었다.

"사실은 말이지, 부러웠어. 사사키가."

"네?"

보지 않으려고 했는데, 그녀의 눈을 쳐다보고 말았다.

"이제야 나를 봐주네."

초록색 아이섀도가 찡긋거리고, 빨간 립스틱을 바른 입술이 호선을 그린다. 대단한 미인은 아니지만 그녀는 그 시절 반에서 가장 인기가 많았다. 38살이 된 지금은 화장도 패션도 유달리 화려해서 조금 놀랐지만, 그것이 그녀와 무척 잘 어울렸다.

"죽는대. 나. 하지만, 교정은 하고 싶어."

부웅 하는 낮은 소리가 울리며 공기가 축축할 정도로 무거워졌다. 이 동네에서는 밤 9시가 되면「부웅」하는 묘한 사이렌 소리가 도시 전체에 울려 퍼진다. 어린 시절부터 이 소리가 죽을 만큼 싫었다.

하지만, 그런『죽음』과는 전혀 다른, 날 것 그대로의『죽음』이라는 단어의 울림이, 새하얀 치아와 새빨간 혀를 통해 다시 한 번 반복되었다.

“죽는대. 위암으로.”

“위암…….”

“4기. 잘은 모르겠지만 한 달도 안 남았대. 전이가 됐다더라. 그래서 의사가 술도 음료도 마시지 말래. 너무하지 않아?”

“그게 무슨…….”

부웅, 하고 또 한 번 사이렌이 울렸다.

아케히는 고개를 끄덕이며 말을 이었다.

“난 아직 38살이야. 애도 안 낳고 결혼도 안 했어. 입고 싶은 옷도 많고, 앞으로 성형도 교정도 하고 싶어. 도쿄 걸즈 컬렉션[#4]에서 오프닝 모델로 걷고 싶어. 꿈도 있어. 내 최애인 타츠히데랑 같이 일하고 싶어. 전 아이돌이자 배우인 타츠자와 히데히코. 그 사람의 무대 의상을 만들어 보고 싶어.”

어둑어둑한 주차장에서, 낡은 가로등의 희미한 불빛을 받으며 아케히가 담담하게 말했다.

이럴 때는 뭐라고 말해야 할까. 나는 덧니 때문에 입을 반쯤 벌린 채, 바싹 마른 입술을 떨며 일단 떠오른 것을 말했다.

“우리 세대는…… 타츠히데죠.”

“맞아!”

그렇게 말하자 그녀는 단숨에 밝은 표정을 지으며 고개를 끄덕였다.

“나 타츠히데 광팬이야. 무대도 전부 갔어. 그 사람 진짜 굉장

#4 도쿄 걸즈 컬렉션 반기별로 개최되는 일본의 패션 페스티벌

하지 않아? 진짜 프로야. 타협이 없어. 이 나이에 이런 소리하
면 한심하게 생각하는 사람도 있지만.”

“저, 저는 연상남이었던 아오이 씨 팬이에요.”

“정말? 나 아오이 씨도 완전 좋아해. 솔로곡 알아? 그 사람은
발라드를 정말 잘하는데.”

“응. 나도 발라드 좋아해…….”

“뭐야, 존댓말 안 쓰고 말할 수 있잖아. 사사키는, 그래……
아오이 씨의 팬이었구나.”

그렇게 말하며 천진난만하게 웃는 아케히는 마치 고등학생 같
아서, 나는 시마무라의 니트 스웨터와 청바지 차림으로 구부정
하게 서서 놀란 표정으로 그녀를 바라보았다.

아케히는 몇 번이나 내 입가를 바라보았다. 하시다의 품평하
는 듯한 시선과는 전혀 달랐다. 그러더니 갑자기 내 치아를 보
고는「저기」라며 입꼬리를 올린다.

“한 달 만에 교정해주는 병원, 아는 곳 없어?”

진심으로 치과 교정을 생각하고 있는 건가. 그녀의 의도를 알
아차린 나는 전율을 느꼈다. 시한부라는 것을 생각하면 교정을
하는 의미는 거의 없었다. 교정 같은 것은 차라리 하지 않는 편
이 낫다.

하지만 그건 내 생각일 뿐이다. 그걸 세간의 상식처럼 이야기
하며 경솔하게 상대를 상처입히고 싶지는 않았다.

“……한 달이면 그렇게 큰 개선은 기대할 수 없을지도 모르지

만, 가까운 곳에서 같이 병원 찾아볼까?"

"사사키가 다니는 곳은? 안 돼?"

내가 제안하자 그녀는 의아한 얼굴로 물어왔다.

그 얼굴이 너무나도 순수해서, 나는 마음속에 있던 마지막 경계의 빗장마저 풀리는 것을 느꼈다.

"안 되는 건 아니지만…… 내가 다니는 곳은 대학병원이라 여기서 가려면 전철로 두 시간은 걸려……. 교정을 한다면 병원은 가까운 곳이 좋을 거야. 철사가 볼에 박힐 수도 있으니까 바로 처치를 받을 수 있는 곳이 낫지. 돌팔이 의사도 있으니까."

나는 갑자기 주절주절 떠들어대기 시작했다. 뭐야, 오지랖 넓은 아줌마처럼.

아까까지 울고 있었으면서 우쭐대며 말하는 자신에게 수치심을 느끼고 있는데, 그녀는 감탄한 얼굴로「와아!」라고 말했다.

"그렇구나~. 굉장하네. 역시 경험자에게 물어보는 게 정답이었어."

아케히는 두 손을 깍지 껴서 머리 뒤로 넘기더니, 갈색 곱슬머리를 흔들며 덧니를 드러내고 웃었다.

"어머니나 아버지한테 상담해도 생명이 더 중요한데 치열이 무슨 소용이냐고 하시는 거야. 뭐, 상황이 상황이니까 이해는 가. 정론도, 부모님의 바람도. 이해는 가는데, 나는 미래에 죽는 것보다는 내가 좋아하는지 아닌지, 하고 싶은지 아닌지를 더 중요하게 생각하고 싶어. 38살이나 먹고, 왜 이제 와서 병에 걸렸다고 착한 아이가 되어야 하는데? 난 절대로『병 덕분에』같은 미담을 만들 생각은 없어. 나는 꿈을 포기하지 않을 거야. 왜냐하면, 내가 나를 포기하면 내가 너무 불쌍하잖아.”

포기하면, 내가 불쌍하다—. 그 말이, 가슴속 깊은 곳에 파고들었다. 어머니에게『불쌍하다』라는 말을 들었을 땐 큰 충격을 받았었는데, 마치 잔의 위아래가 뒤집힌 것처럼 내 세계에 존재하지 않았던 시야가 눈앞에 들이밀어진 것처럼…….

“강하네. 정말, 강하다고 생각해. 난, 정말…….”

“사사키는 교정한 거 후회해?”

질문을 받고 흠칫 놀랐다. 정곡이었기 때문에 나는 솔직하게 답했다.

“교정은, 리테이너라는 기구를 평생 착용하지 않으면 유지할 수 없어.”

“리테이너?”

“응…… 치아를 고르게 배열한 후에 사용하는 보정 장치.”

“그거, 아파?”

“조금…….”

“그건 좀 별로다. 사사키, 그런 걸 매일 하는구나. 대단하네.”

위로도 아니고, 겉치레뿐인 공감도 아니었다. 시한부 선고를 받은 그녀가 하는 말이었기에 나는 그녀의『대단하네』를 솔직하게 받아들일 수 있었다. 분명 나는 나쁜 인간이다. 하지만, 어쩔 수 없이 느껴지는 안도감을 부정할 수 없었다.

"그것 말고는 치열을 유지할 방법이 없어. 사람마다 치아가 더 잘 움직이는 사람도 있고, 체질적인 것도 있다고 하니까 현대 의학으로도 해명할 수 없는 일이라면 어쩔 수 없어서 포기한 부분도 있어. 하지만 다시 틀어질 수도 있고 더 나빠질 수도 있어. 가끔 그 괴로운 치료 기간은 뭐였을까, 아무 의미가 없었던 걸까 싶기도 해. 치료를 선택한 것에 의미가 있었을지도 모르지만, 이런 고생이 평생 계속된다고 생각하면……."

"그렇구나, 정말 힘들겠네."

그녀는 눈썹을 축 늘어뜨리며 그렇게 말하더니, 가느다란 손가락으로 내 두꺼운 팔을 콕 찔렀다.

"하지만 의미는 있지 않았을까? 봐, 지금 곤경에 처한 날 도와주고 있잖아. 신은 말이지, 아무 의미 없는 건 주지 않는대. 우회해서 깨닫게 해준대. 『파파게노의 지팡이』에 그렇게 적혀 있었어."

"파파게노의 지팡이……?"

"마법의 노트. 웃기지? 지팡이인데 노트라니. 다음에 갖고 올게!"

덧니로 균형이 맞지 않는 입을 크게 벌리고 밝게 웃는다.

그 얼굴이 무척 아름다워서, 그녀와 대화한 시간은 기껏해야 10분도 안 되는 짧은 시간이었음에도 내 심장은 SF 영화를 봤을 때만큼이나 두근거렸다.

스마트폰으로 시각을 확인한 그녀가 「나중에 봐」라고 말하며 나에게 손을 흔들어 인사했다. 곱슬머리를 휘날리며 씩씩하게 가게로 돌아가다가, 문득 무언가 떠올랐다는 얼굴로 뒤를 돌아본다.

"아, 다음 주 화요일 오후 6시에 역 앞에서 만나자!"

큰 소리로 나를 향해 외친다.

나는 작게 고개를 끄덕이고 나서 차에 올라탔다. 시동을 걸고, 스마트폰으로 캘린더 앱을 열었다. 어둠 속에서 블루라이트가 달빛처럼 은은하게 빛났다.

내 교정은 사랑니를 포함한 총 4개의 건강한 치아 발치에서부터 시작되었다. 분명 본래라면 그것만으로도 한 달은 족히 걸릴 것이다.

"한 달……."

짧다. 너무 짧다. 그 기간 안에 얼마나 그녀가 만족할 만한 치료를 받을 수 있을까. 집으로 돌아가는 길, 빨간불이 켜질 때마다 혀로 앞니 뒤쪽을 훑으며 그녀의 생명에 대해 생각했다.

귀가 후, 위암과 치과 교정 치료에 관한 모든 정보를 밤새도록 조사했다. 역시 인간은 사이보그인 편이 더 효율이 좋을 텐데라고 생각하면서, 정신을 차려보니 어느새 아침이 되어 있었다.

책장 옆에 별자리 운세 책이나 이직 관련 잡지가 어지럽게 널려 있었지만, 신경 쓰지 않고 주방으로 향했다.

"좋은 아침."

늦잠을 잔 것처럼 보이는 어머니에게 인사를 하고 리테이너를 세정제로 소독했다.

"빠르네. 벌써 세척해? 늘 10시쯤 하더니."

아침 8시를 가리키고 있는 디지털 시계를 보며 하품을 하는 어머니에게 나는 고개를 끄덕였다.

"응. 좀 일찍 착용해 보려고."

"그래? 열심히 하네."

"응."

"덧니, 좋아지면 좋겠네."

"응."

평범했으면 좋았을 텐데. 치열도, 턱 모양도. 평범했으면 좋았을 것이다. 특별히 고르지 않아도, 치료가 필요없을 정도로만 평범했다면. 난 앞으로도 평생 치아로 고민하면서 살아가야 하는 것일까. 다른 애들은 다들 결혼이나 직업이나 연애 문제로 고민하고 있을 때, 나는 계속 내 치아만 생각하며 살아가야 하는 것일까…….

몇 번이나 이런 생각을 하고, 과거나 유전자를 저주하기도 했다. 영원히 계속되는 아픔은 분명 할머니가 되어서도 계속될 거라고 생각했다. 하지만 오늘 아침은 평소보다 어두운 생각을 하는 시간이 적었다. 아케히와 대화한 덕분이라는 것을 스스로도 알고 있었다.

"다음 주 화요일에 잠깐 친구랑 병원에 갔다 올게."

아침으로 식빵을 먹고, 서둘러 양치질을 하고, 리테이너까지 장착한 뒤 거실에 있는 어머니에게 말했다.

TV의 와이드쇼를 보고 있던 어머니는 놀란 얼굴로 「친구?」라며 소파에서 일어섰다.

"응, 친구. 고등학교 동창. 아케히 유이나라는 아이."

나는 간결한 정보를 빠르게 전했다.

어머니는 멍하니 눈을 끔뻑였다.

"아, 갈색 머리에 엄청 눈에 띄던 그 애?"

"맞아, 교정하고 싶대. 같이 병원 가보려고."

"네가 같이 간다고? 아무 접점도 없지 않았어?"

"응. 동창회에서 만났는데 어쩌다 보니 약속까지 잡았어."

마치 남의 일처럼 말하면서 나는 강제로 대화를 마무리했다.

2층의 내 방으로 들어가 노트북을 켰다. 회사 채팅 앱에서 『안녕하세요. 오늘도 잘 부탁드립니다』라고 입력한 다음 상사인 에토 씨에게서 요청받은 여러 잡무를 처리해 나갔다.

점심에는 리테이너를 잠시 뗀 다음 냉동 볶음밥을 먹고, 옷을 세탁하고, 샤워를 마치고, 양치질을 하고, 다시 리테이너를 쓰고, 일을 재개했다. 그리고 가급적이면 밤을 새우지 않도록 신경 쓰며 위암 치료법과 심미 치과 치료에 대해 알아보는 데 시간을 할애했다.

눈 깜짝할 사이에 주가 바뀌었고, 화요일은 금방 다가왔다.

3

"잇몸에 못을 박는다니 정말 끔찍해."

아케히가 아이스 커피를 마시며 말했다. 왼손에는 치아에 브래킷을 착용한 채 활짝 웃는 외국 소녀 사진이 실린 팸플릿과 타츠히데가 대기화면으로 된 스마트폰이 들려 있었다.

저녁 7시가 넘은 시각. 병원의 설명이 예상보다 꽤 빨리 끝난 덕분에 길 건너편에 있는 편의점에서 과자와 음료를 산 우리는 주차장에서 붉은 노을이 지는 하늘을 보고 있었다.

"무서워졌어?"

우롱차를 마시면서 내가 묻자 아케히는 「아니」라고 대답했다. 그 얼굴은 생각보다 홀가분해 보였다.

"살면서 잇몸에 못을 박는 일이 얼마나 되겠어? 인류로 치면 몇 퍼센트 아닐까?"

그녀는 마치 놀이공원에 놀러 오기라도 한 것처럼 조금 흥분한 어조로 말했다. 빨대를 입에 문 채 호들갑스럽게 몇 번이고 고개를 끄덕인다.

"좋네, 교정. 재미있겠다. 역시 하고 싶어, 나. 도전해보고 싶어."

"재밌을 것 같다고……?"

나는 그녀가 왼손에 든 팸플릿만 봐도 이가 욱신욱신 아파오는 기분이 들어 눈썹을 찌푸렸다.

그 얼굴이 어지간히 심각했는지, 미러볼 같은 미니스커트를 입은 아케히가 「난 이런 거 좋아하거든」라고 말하며 활짝 웃었다.

"자신의 의지로 뭔가 해보겠다고 마음먹은 사람만이 경험할 수 있는 공포는 대환영이야. 왜냐하면, 그건 용자니까."

"용자?"

"응. 난 말이지, 공무원은 역시 안 맞아. 그럼 결정. 결정이네. 교정할래! 부모님께도 말해둘게."

아케히는 팸플릿을 오른쪽 겨드랑이에 끼더니 왼손으로 스마트폰을 빠르게 조작하기 시작했다.

"결단력이 엄청나네."

"그렇지? 자주 듣는 말이야. 지금은 죽을 때가 가까워졌으니까 더 그렇고."

내가 놀라자 그녀는 그렇게 말하며 당당하게 웃었다.

비아냥도 비장함도 느껴지지 않는 단호한 그녀의 말투에 나는 몸을 떨었다.

찬바람이 불어오고, 희미한 하얀색 달이 노을 위에 떠오르기 시작했다. 아케히는 새끼손가락을 내밀었다.

"그럼 약속해."

"약속?"

"그래. 난 오늘 다녀온 치과에서 교정을 시작할 거야. 하지만 너무 아프고 힘들면 연락해도 괜찮을까? 조언을 듣고 싶어. 그리고 내 불안을 덜어줘."

이어서 「새끼손가락 내밀어봐」라는 말을 듣고 나는 오른손 약지를 그녀의 약지에 감쌌다. 저녁노을로 새빨갛게 물든 얼굴로, 여름날의 맑게 갠 푸른 하늘 같은 표정으로 웃으며, 그녀는 「고마워」라고 말했다.

나는 덧니를 신경 쓰며 머뭇머뭇 입을 열었다.

"불안을 덜어준다고 해도, 교정은 불안한 일들밖에 없겠지만, 힘내자……."

내가 우물쭈물 말하자 「그럼 연습해보자」라고 그녀가 말했다.

"연습?"

"내가 불안함을 느낄만한 일을 맞혀봐."

그 말을 듣고 나는 『교정 실패』라고 대답하려 했다. 내가 바로 그 좋은 예였다. 입을 벌리려 하자 쩌억, 하고 입안에서 끈적한 소리가 들렸다. 또 혀가 길을 잃고 만 것이다.

내가 열심히 혀의 위치를 찾고 있는데, 그녀가 먼저 「못은?」이라고 물어왔다.

"못에 대해 말해봐."

"못…… 그, 그건 못이 아니라 앵커스크류라는 거야."

"앵커, 뭐라고?"

"작은 의료용 나사. 잇몸에 심는 건 못이 아니라 앵커스크류. 아주 작은 거라 그렇게 아프진 않아. 아픈 건 브래킷을 장착하기 전에 어금니 틈새를 만들어주는 고무가 더 아퍼. 밥도 제대로 못 먹을 정도로."

"앵커스크류라. 흐음, 사사키는 그런 전문 용어도 전부 알고 있어? 고등학교 때도 선생님이 냈던 문제에 전부 대답했었지?"

"교정하는 애들은 모두 앵커스크류나 브래킷 같은 걸 알고 있을 거야."

"그렇구나. 그럼 우선 연락처를 교환하자. 또 다른 무서운 것도 알려줘. 사사키가 있으면 전부 다 극복할 수 있을 것 같은 기분이야."

『tatsuhide』라는 알파벳이 들어간 연락처를 전달받은 나는 그곳으로 메일을 보냈다. 「고마워」라고 말하는 아케히에게, 「천만에」라고 대답했다.

어둡고 쓸쓸해 보이는 붉은 하늘이 한순간 밝아졌다. 햇빛의 각도 때문인지 우리의 바로 위 하늘에 오렌지색과 핑크색이 부드럽게 스며들었다.

"우와아. 하늘이 코랄 핑크색으로 물들었어. 예쁘다. 플라밍고 같아."

황혼 무렵의 하늘을 그런 식으로 근사하게 표현하는 사람은 처음이었다. 나는 옆에 선 아케히를 빤히 쳐다보았다.

"왜?"

"……왜, 저였어요?"

멀리서 금목서의 향기가 풍겨왔다. 동창회 이후 일주일. 이제 계절은 완연한 가을이었다. 이상 기후 때문에 아무리 지나도 여름이 끝나지 않을 것 같았는데, 이런 우연한 순간에 여름의 끝이 다가오고 있다는 것을 확실하게 느낀다.

"아핫."

고양이처럼 애교 있는 얼굴이 미소를 지었다.

"왜 사사키였냐고? 그건 말이지, 이걸 읽으면 알 수 있을지도 몰라."

아케히는 그렇게 말하며 명품 핸드백에서 B5 사이즈 노트를 꺼냈다. 100엔 숍 같은 곳에서 팔 것 같은 저렴한 체크무늬의 얇은 노트였다.

"이거, 한 권에 500엔짜리 노트야."

"네?"

이게? 놀라는 나에게 그녀는 장난기 어린 표정을 지으며 말을 이었다.

"참고로 내가 쓰고 있는 핸드백은 직접 만든 거. 옷은 재활용 가게에서 산 헌 옷을 리폼한 거. 머리도 네일도 다 내가 직접 해. 난 크리에이터니까."

"그렇……군요."

"근데 왜 또 존댓말로 돌아갔어?"

놀리는 듯한 말투였지만, 그녀의 마음속 상처 같은 것을 감지한 나는 미안하다고 사과했다.

"무슨 의미의 미안인데?"

"엄청 저렴한 노트라고 생각했거든. 그리고 명품백인 줄 알았어."

"그게, 노트는 문구를 취미로 직접 만든 사람의 작품이라 보기보다 비싸. 하지만 쓰면 알 수 있어. 종이의 감촉이나 넘겼을 때의 가벼움이 엄청나게 좋아. 노트는 결국 사용감이잖아? 나는 500엔의 가치가 있다고 생각해. 하지만 세상 대부분의 사람들은 그렇게 생각하지 않아서 전혀 안 팔려. 이런 편안함에는 가치가 없다고 생각하지. 하지만 말이야, 진실이라는 건 겉모습만으로는 알 수 없잖아? 뭐, 그런 것도 다『파파게노의 지팡이』를 읽으면 알 수 있어. 참, 집 주소도 알려줄게. 다음에 아무 때나 인터폰 누르고 안으로 들어와. 사사키는 얼굴 패스로 들어올 수 있게 해둘 테니까."

편의점 쓰레기통에 빈 플라스틱 용기와 빨대를 버리고, 아케히는 스마트폰을 만지며 그렇게 말했다.

"얼굴 패스?"

당황하는 나에게 그녀가 팸플릿으로 얼굴을 부채질하며 고개를 끄덕였다.

"응. 졸업 사진을 매일 보고 있거든."

"졸업 사진?"

"사사키, 전혀 변하지 않았어."

하핫, 하고 아케히가 웃었다.

38살이나 돼서 독립도 못한 아줌마로 보이는 걸까…….

혼자 충격을 받고 있는데, 그녀는 모든 것을 꿰뚫어본 듯한 눈으로 내 얼굴을 아래에서 올려다보았다.

"우리 아버지랑 어머니, 지금은 일을 쉬고 계셔. 계속 집에 계시거든. 인터폰 카메라에서 사사키 얼굴 보이면 바로 현관문을 열어줄 거야. 사사키는, 우리 집에서 유명인이거든."

"유명인이라니, 어째서……."

"음, 이유는, 그것도 『파파게노의 지팡이』를 읽어보면 알 수 있을 거야."

그러자 빵빵 하는 경적 소리가 울리더니 캠핑카 한 대가 편의점 주차장으로 들어왔다. 커다란 흰색 차체에는 타츠히데 스티커가 큼지막하게 붙어 있었다. 운전석에서 존 레논 같은 남자가 얼굴을 내밀고 이쪽을 향해 고개를 숙였다. 아무래도 그녀가 마중을 부탁한 모양이었다.

"의외지? 저 사람이 우리 아버지야. 피아니스트. 참고로 엄마 이름은 요코[#5]야."

그녀의 유머 감각을 따라가지 못한 나는 「어어」라며 고개를 끄덕일 수밖에 없었다. 덧니를 드러낸 채 맹한 얼굴을 하고 있었을 텐데, 그녀는 「부러운 치아네」라고 말하며 다음 약속을 받아냈다.

"다음 주말에 집에 와. 나, 완화 치료를 선택했거든. 집에 있으면 심심하니까 같이 놀아줘. 『파파게노의 지팡이』에 대해서도 얘기하고 싶고."

다음에 만날 때까지 일주일. 시한부 진단대로라면 그녀의 목

#5 요코 존 레논의 아내 이름이 오노 요코이다.

숨은 앞으로 2주도 채 남지 않았다. 시한부 진단은 분명 틀렸을 것이다. 그녀는 장수할 것 같았다. 하지만 미소 짓는 그녀의 볼은 확실히 예전보다 수척해져 있었다.

나는 그녀가 탄 하얀 캠핑카를 향해 잘 가라며 손을 흔들었다. 노을이 그 어느 때보다 눈부셨다.

4

"안녕하세요."

그리고 일주일은 눈 깜짝할 새에 지나갔다. 일이 갑자기 바빠져서 조금 피곤했다. 솔직히 며칠 간의 기억은 거의 없었다. 어제 먹은 것도 기억이 나지 않았다.

멍하니 그런 생각을 하고 있는데, 오드리 헵번 같은 예쁜 어머니가 현관에 서 있는 내게 슬리퍼를 내밀었다.

"잘 왔어. 고맙구나."

이층짜리 서양식 집은 모델 하우스처럼 크고 깔끔했다. 유명한 토끼 캐릭터라도 튀어나올 법한 수많은 식물과 가지각색의 인테리어가 인상적이다.

"플라워 아트 강사를 하고 있거든. 집 안이 정글 같지?"

"이렇게 예쁜 집은 처음 봤어요……."

"우후후. 거실에 유이나가 있어. 어서 들어오렴. 포도 먹을 거지? 냉장고에 넣어둔 거 가져갈게. 오늘을 위해서 큰맘 먹고 사왔거든.”

기쁜 얼굴로 웃으며 내 팔을 부드럽게 쓰다듬는다. 그 미소에 심각함은 느껴지지 않았고, 나는 내심 안도하며 방 안으로 들어갔다.

거기서 쿵 하고 무거운 물건이 떨어지는 소리가 나서 나는 걸음을 멈췄다.

“어머, 유이나!”

아케히의 어머니가 나를 지나쳐 마루를 달려갔다. 여윈 딸의 손을 잡는다.

“사사키가 와줬어. 토라야[6]의 쿠키를 가져왔대. 유이나는 캐러멜 맛 좋아하지? 부드럽게 녹아서 먹기 편하잖아.”

짧게 자른 검은 머리가 빙글 돌아간다.

“사사키, 이쪽으로 와서 얼굴 좀 보여주렴.”

그런 재촉을 받은 나는 머뭇머뭇 슬리퍼로 바닥을 쓸었다. 한걸음 한걸음 더 간병용 침대로 다가갔다. 공기가 순환하는 소리가 묘하게 선명하게 들렸다.

“아케, 히.”

내가 부르자, 자고 있는지 깨어 있는지 알 수 없는 표정으로 대답해 주었다.

그녀의 어머니가 『얼굴을 가까이 대야 한다』고 시선으로 말해주셔서, 나는 링거 옆에 무릎을 꿇고 마룻바닥에 앉았다.

#6 **토라야** 일본의 전통 화과자 브랜드.

“아, 아케히.”

“아아…….”

그녀의 목소리는 작고 가늘었다. 옆으로 웅크린 자세가 답답해 보여서, 무심코 가는 어깨에 손을 뻗었다.

내 손을 빨간 매니큐어를 바른 손가락이 멈춰 세웠다.

“이 아이, 사사키에게 가방을 선물하고 싶었대. 손수 만들고 있었는데, 갑자기 쓰러졌어. 이제 전혀 못 일어나. 어젯밤까지는 그럭저럭 대화도 할 수 있었는데…….”

“이제…… 일어날 수 없는 건가요?”

“응, 골반에도 전이가 돼서 뼈가 녹아버렸대.”

상상하고, 나도 모르게 눈을 감아버렸다. 그 이상은 생각하는 것이 두려워졌다. 그녀의 어머니에게 손을 잡힌 채 나는 천천히 눈을 떴다.

그것을 기다렸다는 듯이 상냥한 목소리가 나에게 말을 걸어왔다.

“하지만 우리 목소리는 들려. 이 아이는 지금 엄청 기쁘게 웃고 있단다.”

그리고 그녀의 어머니는 바닥에 떨어진 갓 만든 가죽 핸드백을 나에게 건네주었다.

“이런 걸 싫어하지 않는다면, 받아줬으면 좋겠어.”

“저기…….”

“조금만, 조금만 얘기해주렴. 아무거나 괜찮아. 유이나가 교정이 하고 싶다고 하던데. 결국 브래킷조차 착용하지 못했으니 많이 속상할 거야. 있지, 유이나, 하고 싶은 말이 잔뜩 있지?"

딸의 손을 문지르며 말을 건네는 모습이 점점 흐려졌다.

"어째서……."

물어봐도 대답은 돌아오지 않았다. 나는 바쁘다는 핑계로 소홀히했던 것을 후회했다. 왜 더 자주 연락하지 않았을까. 일이 바빴더라도, 왜 더 빨리 집을 찾아오지 않았을까. 그러면, 그녀와 더…….

"어머님, 잠시만."

드르륵 하고 의자가 마루에 긁히는 소리가 났고, 놀란 나는 뒤를 돌아보았다. 식탁에 남자가 앉아있는 것을 알아차리지 못했다.

한눈에 보기에도 의료 종사자라는 것을 알 수 있는 복장을 입은 그가 종이 같은 것을 아케히의 어머니에게 보여주었다. 설명하면서 「길어야 사흘」 정도라고 했다.

"사흘……."

할말을 잃은 어머니에게 장년의 남성은 또박또박 말을 이었다.

"후회가 남지 않도록 말을 많이 걸어주세요. 마지막까지 제대로 좋은 추억 만드시고요. 잠시 본인을 깨우겠습니다."

그는 침대에 가까이 다가가 얕은 호흡을 반복하는 그녀에게 말을 걸었다.

"유이나 씨, 앞으로 3일 정도 더 힘낼 수 있겠어요?"

공기가 순환하는 소리가 거실을 채워갔다. 무수한 관엽 식물이 그녀를 지키듯 둘러싸고 있었다.

그러자 아케히의 얇은 눈꺼풀이 스르륵 열렸다.

"……길."

말을 했다. 그녀는 아직 살아 있었다. 뭔가를, 전하려 하고 있었다.

나는 숨을 죽이고, 하얗게 각질이 일어난 입술을 뚫어져라 응시했다.

"길…… 너…….."

"뭐라고요?"

좀 더 상냥하게 물어봐도 될 텐데, 의료 종사자인 남성이 유난히 큰 소리로 되물었다. 나중에 들은 얘기지만 이 남성은 방문의라고 한다.

"길……어…… 너무…… 길어."

주름진 눈가에서 눈물이 흘러내렸다. 할머니처럼 메마른 얼굴로, 굉장히 힘겹고 고통스럽다는 듯이, 그녀는 괴로워하며 울고 있었다.

"하나도 안 길어! 유이나, 더 살아줘! 엄마는 유이나랑 좀 더 같이 있고 싶어!"

어머니가 침대 난간에 매달려 필사적으로 딸을 격려했다.「힘내자」며 몇 번이나 격려했다.

얼마 지나지 않아 그녀의 아버지가 장을 보고 돌아왔고, 어머니와 함께 딸을 격려하기 시작했다.

나는 그 모습을 말없이 지켜보았다. 한 시간이 지나고, 해가 저문 뒤에도 계속 지켜보았다. 그것 말고는 할 수 있는 것이 아무것도 없었다.

아케히는 의사의 선고대로, 정확히 사흘 뒤에 하늘나라로 떠났다. 그날은 비가 내렸다.

5

『인생이 언제 시작되느냐 묻는다면, 시작의 이름은「절망」이다.』
『파파게노의 지팡이』라고 불리는 노트의 첫 페이지에 적혀 있던 것은 이런 한 문장이었다.

5월 5일
생일로 입원 연기가 결정되었다. 절망과 함께 일기도 쓰기 시작했다.
오후에 회사 후배가 병문안을 와 주었다.
딸이 태어났다고 하는데, 구순구개열이라고 한다.
후배가 보여준 사진을 보니 너무 귀여웠다.
이 아이의 인생이 건강했으면 좋겠다.
힘내자. 나도 힘낼게.

5월 12일

옆 침대에 있던 아라키 씨, 더는 못 버틴 걸까.

점심부터 전혀 모르는 사람이 누워있어서 깜짝 놀랐다.

대합실에 있는 책을 읽었다.

모든 사건에는 반드시 의미가 있고, 인연은 계속해서 해후를
반복한다고 한다.

해후. 어려운 말이다. 사전을 찾았다. 점점 더 어려운 말이다.

나의 경우는 어떨까.

의미를 알 때까지 살아있을 수 있을까.

너무 오래 걸려서 아는 것도 좀 싫은데.

6월 20일

검사 결과가 별로 좋지 않았다.

갑자기 불안해졌다.

요즘은 작은 메모장을 만드는 것조차 손이 잘 움직이지 않는다.

아아, 힘내자.

내일은 올 거야.

7월 1일

갑자기 몸 상태가 나빠졌다.

하지만, 더 버텨보자.

의사에게 잠이 오지 않는다고 말하니 상담사를 소개해 주었다.

파파게노 효과, 라는 말을 처음으로 알게 되었다.

재미있다고 생각했다.

나는 문구를 만드는 파파게노.

무언가 만드는 것을 정말 좋아한다.

내일도 살아야지.

7월 15일

저는 선배의 후배입니다.

노트를 맡게 되어서 오늘은 제가 쓰겠습니다.

누군가 만약 지금 힘들고 울고 싶고 괴로운 시간을 보내고 있다면

괜찮아, 라고 말하고 싶습니다.

지금 나 자신에게 말하고 싶어요.

괜찮아.

제 딸은 어떤 개성을 가지고 태어났습니다.

앞으로 다른 아이들보다 어려운 일이 조금 더 많은 삶이 될지도 모릅니다.

하지만, 분명 괜찮을 거예요.

남과 비교하지 않겠다는, 부모로서 무책임한 말은 하지 않을 겁니다.

자기 자신으로 있을 수 있도록 그녀를 도와주고 싶습니다.

10년 후 이 노트를 필요로 하는 사람이 있다면 이어주고 싶습

니다.

나는 아빠 파파게노.

10월 31일

저는 학교에서 왕따를 당하고 있습니다.

얼굴이 이상하다는 이유로 슬픈 말을 많이 들었습니다.

슬퍼서, 학교에 갈 수 없게 돼서,

얼마 전 전학을 갔습니다.

그곳의 아이들은 화장을 하고 있었습니다.

제 얼굴에도 화장을 해주었어요.

속눈썹이 길어지고, 반짝거리는 것도 붙여주었습니다.

전에는 정말 힘들었는데, 지금은 화장이 재밌습니다.

그래서 내일도 학교를 최선을 다해 다닐 겁니다. 저는 초등학생 파파게노입니다.

4월 3일

55세. 주부.

센터에서 이 노트를 빌렸습니다.

찢어진 부분은 과거의 누군가가 찢어버린 걸까요.

미이, 네가 떠난 지 1년이 지났구나.

그날, 실수로 방충망을 열어버려서 미안해.

엄마가 미안해.

지금은 어디에 있니?

배고프지는 않니?

계속 계속 앞으로도 계속 찾을 겁니다.

이 노트를 읽어주시는 분께.

옆 페이지에 사진을 붙여두었으니

혹시 발견하신 분은 꼭 연락주세요. 부탁드립니다.

주부 파파게노. 미이의 엄마.

5월 5일

이 노트를 만든 사람이 죽은 지 딱 12년째 되는 날이라고 합니다.

제 앞쪽 분, 미이는 찾았나요?

저는 다음 달부터 군 복무를 합니다.

한국인입니다.

군 복무가 끝나면 일본 어딘가에 있는 어머니를 찾는 여행을 시작합니다.

다들, 부디 힘내세요. 엔지니어 파파게노. 좋은 날이 되기를.

11월 27일

고등학교 교사입니다.

인연이 닿아 이 노트를 이어받았습니다.

매일매일 수험 공부로 학생들은 극한 상태입니다.

저 또한 마음이 한계까지 지쳐 있습니다.

미이는 무사히 집으로 돌아갔을까요.

한국의 청년은 지금 뭘 하고 있을까요.

교사로서 교단에 설 때마다 당장이라도 여기서 도망치고 싶다는 생각이 듭니다.

분명 많은 사람들이 그런 생각을 하며 밤잠을 설치고 있을지도 모릅니다.

괜찮아.

분명 괜찮아요.

저도 제 자신에게 그렇게 되뇌어봅니다.

이 노트를 적어온 모든 사람에게 경의를 표하며. 감사합니다.

나는, 고등학교 교사인 두 아이의 엄마 파파게노.

3월 12일

딸이 세상을 떠났습니다.

방을 정리하고 있는데 이 노트가 나왔습니다.

생전에 성실하고 착실하게 살던 아이라서

방에는 물건이 거의 남아있지 않았습니다.

이 노트를 더 빨리 발견했다면 좋았을 텐데.

계속 후회만 하고 있어도 소용없겠지요.

노트 표지에 필요한 분께 이어달라는 메모가 있었습니다.

딸이 쓴 마지막 말을 부모로서 책임을 갖고 전해 드리겠습니다.

여러분. 살아주세요. 부디 살아주세요.

지금이 힘들어도. 괴로워도.

분명 언젠가 빛이 보일 거예요. 그날까지.

고등학교 교사 · 두 아이의 엄마 파파게노의 엄마.

9월 18일

병원 대기실에서 모르는 할머니에게 노트를 받았다.

무척 정성스럽게 만들어진 노트라 깜짝 놀랐다.

중간 페이지가 찢겨져 있는데, 그 마음을 알 것 같았다.

나도 입원 안내서를 찢어버리고 싶다.

위암이라니, 장난하는 건가?

한 달밖에 안 남았다는 게 무슨 말인지 모르겠다.

겨우 이런 걸로 내 꿈을 방해할 수 있다고 생각해? 나는 할 거야. 사사키도 만나러 갈 거야.

하지만 만약 만나지 못한다면.

사사키에게.

고등학교 마지막, 따돌림을 당하던 나에게 『함께 체조하자』라고 말을 걸어줬지.

체육 시간에 짝을 정하는 게 정말 힘들었는데.

정말 큰 위로가 됐어. 고마워.

그 이후로 내 인생은 좋은 방향으로 바뀌어 갔으니까,

나라면 또 한 번 극복할 수 있을 거라 믿어.

여기 적은 거, 다 할 거야.

치아 교정. 눈을 더 크게 트고 엉덩이를 작게 한다. 다이어트.

과자 만들기. 내가 만든 옷과 가방을 착용하고 런웨이를 걷는다.

타츠히데의 의상을 만들다.

사사키와 친구가 된다. USJ에서 같이 논다. 이상입니다.

나는 꿈꾸는 크리에이터 파파게노. 반드시 병을 고칠 거다.
얼마든지 덤벼.

12월 25일

생일 축하해.

지금 USJ에 있어. 네가 만들어 준 가방을 들고.

그 후로 몇 년이 지났는지 모르겠지만, 인생은 정말 길구나.

너무 길어서, 다들 지름길을 찾으며 살아가고 있다는 사실을
최근에야 느끼고 있습니다.

지름길은 찾기 어렵습니다.

노트를 다시 한번 읽어보며 절실히 느끼는 것은, 질병도 아픔
도 절망도 없는 인생이 더 낫다는 것입니다.

절망이 있었기 때문에 행복이 있다는 말은 하고 싶지 않습니다.

왜냐하면 아무리 아름답게 꾸미려 해도, 절망은 역시 저에게
있어 절망이니까요.

그래서 무리해서 기운을 차리지 않기로 했습니다. 조금 마음
이 편해졌습니다.

작년부터 치과 의사가 되기 위해 대학에 다시 들어갔습니다.

자신보다 불행한 사람을 보고 안심하는 나도,

그렇게 후회하고 자포자기했으면서 여기에 있는 나도,

아무 근거 없이 미래를 기대하는 나도,

지금도 리테이너를 손에서 놓지 못하는 나도,

모든 것이 한숨밖에 나오지 않는 나날이지만, 인간의 나약함도 언젠가 사랑할 수 있게 되기를 바랍니다.

처음 이 노트를 만들어주신 분, 정말 감사합니다.

가끔 모든 것을 짊어지기에는 너무 무거워서 쓰러질 것 같을 때, 내밀어 주는 손은 없어도,

지팡이가 있으면 버틸 수 있으니까…… 이 노트를 만나서 다행입니다.

앞으로도 이 세상에서 열심히 살아가는 사람들의 보이지 않는 지팡이가 되길 바라며.

나는 사이보그가 되고 싶은 파파게노.

또 언젠가, 어딘가에서.

방랑하는 얼굴

사카시마 테토라

1

나 야마다 나오미는 현재 고민에 잠겨있다.

일본 우주개발기구 「JASA」에서 유인 외우주 탐사선 탑승 제안을 받은 것은 한 달 전의 일이었다. 오퍼 메일을 열었을 땐 태양계 밖으로 인간을 보내는 인류 역사상 최초의 프로젝트에 소집됐다니 난 정말 굉장해, 라고 생각했다. 하지만 이 오퍼는 최악의 일이라는 것을 금세 깨달았다.

메일 제목만 보고 기고만장해있던 나는 사실 메일 본문을 제대로 읽지 않았다. 하지만 메일의 세부사항을 확인하고 프로젝트의 자세한 내용을 이해한 나는 그 내용에 경악했다. 놀랍게도 프로젝트의 예정 기간은 30년. 게다가 승무원은 한 명뿐인 나 홀로 여행이었다.

잠깐 기다려봐. 승무원이 1명이라니, 무슨 말이야? 그런 프로젝트가 존재한다고? 평범하게 생각하면 고독사 결말 아닌가? 하지만 메일에는 『인간과 동등한 지능을 가진 AI가 동승할 예정이므로 고독 문제는 경감될 것입니다』라고 적혀 있었다.

바보 아니야? 바보가 분명하다. 『그럼, 네가 타』라고 말하고 싶었지만, 이 미션이 일류 우주 비행사가 아니면 수행할 수 없는 고난이도 임무라는 것도 사실이었고, 자신은 그것을 수행할 수 있는 몇 안 되는 우주 비행사 중 한 명이라는 것도 알고 있었다.

그렇다고 30년을 혼자 여행하라니, 힘들겠지. 왜냐하면 지구에 돌아왔을 때는 62살이 되니까 솔직히 그건 싫었다. 거절하고 싶었다. 물론 난 다른 사람에 비해 고독에 강한 사람이라고 생각한다.

아니, 내 일상은 외톨이가 디폴트나 다름없었고, 고독한 우주선 생활은 지금의 일상과 별반 다르지 않을지도 모른다. 하지만 지금의 고독한 상태를 스스로 30년간이나 고정하는 건 자살의 라이트 버전과 다를 것이 없지 않나. 그건 아니다. 정말 아니다. 설마 내가 외톨이라는 게 업계에 알려져서 이런 오퍼가 온 건 아니겠지?

"잘생긴 파트너와 단둘이 하는 여행이라면 고민없이 승낙했을 텐데."

나는 그렇게 중얼거리며 거울에 비친 내 얼굴을 바라보았다. 내 입으로 말하는 것도 그렇지만 여전히 못생긴 얼굴이었다. 그렇다고 해서 『나는 내 얼굴이 싫다』라는 흔해빠진 대사를 할 생각은 없다.

분명 난 미인은 아니지만, 스스로는 독특한 매력을 가진 얼굴이라고 생각한다. 즉, 내 개인적인 생각으로는 나는 내 얼굴을 싫어하지 않았다. 오히려 좋아한다. 하지만 그런 자화자찬과는 반대로 내 인생에서 이 외모가 높게 평가된 적은 없었다. 이성이건 동성이건, 내 외모를 좋게 평가한 적은 한 번도 없었다.

내가 우주 비행사가 된 이유는 이 외모와도 관련이 있다. 쉽게 말해 내 외모를 무시했던 녀석들의 코를 납작하게 눌러주겠다는 마음이었던 것이다.

　중학생이 되었을 무렵에는『내가 연애를 위해 노력해도 그 노력은 결실을 맺지 못한다』라는 것을 확실하게 깨달았다. 그래서 나는 노력의 방향을 다른 곳으로 돌렸다. 공부를 열심히 하고, 스포츠도 열심히 했다. IQ가 높고 운동 신경도 뛰어난 문무를 겸비한 여자가 되었다. 외모는 조금 아쉬웠지만.

　그런 나에게 딱 맞는 직업이 우주 비행사였다. 높은 지능과 운동 신경이 요구되지만 미인일 필요는 없는 일. 애초에 큰 헬멧과 우주복이 얼굴이나 몸매를 전부 가려주니 이보다 더 잘 맞는 직업은 없었다. 깨닫고 보니 어느새 내 꿈은『우주 비행사』가 되어 있었다.

　한 가지 더 덧붙이겠다. 일본인에게는 인기가 없는데 외국인에게 유난히 인기가 많은 여성이라는 말을 들어본 적이 있을까? 나는 있다. TV인지 인터넷인지 어디서 어떻게 알게 됐는지는 잊었지만, 그것을 알게 된 이후로 그 아이디어는 내 마음의 안식처가 되어주었다.

　우주 비행사라는 직업은 그런 점에서 보더라도 최적이라고 생각했다. 잘생긴 고스펙 외국인에게 둘러싸여 지구를 벗어난 좁은 우주 정거장 안에서 몇 달간 동거하는 셈이니, 분명 일본에서 은둔 생활을 하는 것보다는 파트너를 얻을 가능성이 더 높을 것이다.

　그런 기대를 가슴에 품고 여러 노력을 계속한 결과, 나는 마침내 우주 비행사가 될 수 있었다. 높은 경쟁률을 뚫고, 스페이스 콜로니의 체류나 달 탐사 프로젝트의 멤버 자리를 얻어냈다. 우주에서는 수많은 미션을 완벽하게 수행하며 인류 공통의 재산이 되는 많은 지식을 얻을 수 있었다. 우주 비행사로서의 일은 보람 있었고, 세계 최고 레벨의 우주 비행사로서 인정받았다. 살아있는 위인. 그것이 나, 야마다 나오미였다.

참고로 나는 올해로 32살이 되지만 아직 이성과 사귀어본 경험은 없다. 명실상부 처녀다. 안타깝게도 스페이스 콜로니에서 동거한 외국인 크루들에게도 내 외모는 좋은 평가를 받지 못했다.

하지만 그게 뭐 어떻단 말인가. 나는 살아있는 위인이다. 이미 나를 주인공으로 한 전기 학습 만화 제작 기획이 추진되고 있다는 소문도 들려왔다.

요즘은 소재가 고갈된 탓인지 별로 유명하지 않은 인물도 전기 만화의 모델이 될 수 있다고 하지만, 라인업에는 에디슨이나 노구치 히데요 같은 세계적인 위인도 있으니, 그들과 나란히 설 수 있다면 객관적으로 봐도 나는 세대를 대표하는 위인 중 한 명이라고 할 수 있을 것이다.

게다가 그런 종류의 만화는 실제 인물보다 더 아름다운 일러스트로 주인공을 그려준다. 그러니 후세에는 흠잡을 데 없는 매력적인 인물로서 내 존재가 전해질 것이 분명했다.

내 삶이 남들의 부러움을 살 정도로 충실하다는 것에는 의심할 여지가 없었고, 그렇기에 내 자존감이 흔들리는 일은 더 이상 있을 수 없었다. 나는 그렇게 확신했다.

하지만 그것을 뒤흔들 만한 사건이, 한 초등학교 강연회에 불려 갔을 때 일어나고 말았다.

『너희도 열심히 공부하고 노력하면 반드시 우주 비행사가 될 수 있어!』라는 긍정적인 강연으로 초등학생들을 사로잡아야 하는데, 강연장에서 흘러나온 남자 초등학생의 발언이 나의 자존감을 산산이 무너뜨리고 말았다.

『우주 비행사라길래 더 멋진 사람일 줄 알았는데, 못생긴 아줌마잖아.』

아이는 솔직하다. 그 솔직한 아이가 그렇게 말했다면 모든 사람들이 마음속으로는 비슷한 생각을 하고 있다는 뜻이었다. 어른들은 상식이나 양심이 방파제가 되어 함부로 남을 헐뜯지는 않지만, 결국 다른 사람들도 날 못생긴 아줌마라고 생각하고 있겠지.

그런 생각을 하다 보니 무서워져서 더는 남들 앞에 나설 수 없었다. 이후 나는 일상생활의 대부분을 집에 틀어박혀 지냈다.

그런 것들을 떠올리고 있으니, 그 오퍼를 수락해도 괜찮을 것 같다는 생각이 들었다. 승무원 1명뿐인 외우주 탐사. 30년간의 나홀로 여행. 더 이상 지구에 미련은 없었다.

"우주 공간이라면 누구에게도 외모 때문에 무시당할 걱정은 없을 테니까."

그렇게 중얼거린 나는 JASA의 담당자에게 『기꺼이 오퍼를 수락하겠습니다』라는 답장 메일을 보냈다.

외우주 탐사를 위해 홀로 우주에 있게 된 지 약 반년이 지났다.

그날도 나는 거울을 들여다보며 중얼거렸다.

"여전히 못생긴 얼굴이야. 너도 그렇게 생각하지?"

나는 우주 항행 지원 AI인 SAI에게 말을 걸었다.

"외모의 대한 선호는 주관에 기반합니다. 자아가 없는 저는 외모의 미추를 판단할 수 없습니다."

이것은 내 감정을 배려한 답변일까, 아니면 AI의 관점에서 보면 이런 대답이 나오는 것일까. 어쨌든 그 대답은 나를 위로해 주지 못했다.

"외모의 선호도가 주관적으로 결정된다는 건 납득할 수 없어. 대다수의 남자들은 미인을 보면 침을 질질 흘리면서 간이고 쓸개고 다 빼주려 하잖아? 만인에게 공통되는 객관적인 미의 기준이 있으니까 모두의 의견이 일치하는 거겠지. 애초에 아름답다는 게 뭔데? 왜 사람들은 특정 외모를 아름답다고 느끼고 특정 외모를 못생겼다고 느끼는 거야?"

"미적 감각의 메커니즘은 명확히 밝혀지지 않았지만, 생득적인 것과 문화적인 것이 있다고 보여집니다."

"문화적인 요인은 알겠는데, 생득적인 요인이라는 건 뭐야?"

"후손을 남기는 데 유리한 자질을 드러내는 외모를 아름답다고 느끼는 능력입니다. 진화 경쟁 과정에서 그런 능력을 가진 인간이 다수를 차지하게 되면서 인간의 외모에 대한 취향이 일정한 것으로 수렴되어 갔다는 견해입니다."

"그건 남자들은 다 가슴 큰 여자를 좋아한다거나, 뭐 그런 거잖아? 여자 기준으로는 근육 빵빵한 남자를 좋아한다거나. 그 부분은 이해가 되는데, 얼굴에 대해서는 어떻게 설명할 건데? 얼굴 부위의 배치가 생식의 유리함과 관련될 리 없잖아."

"아닙니다. 얼굴을 구성하는 각 부위가 깔끔한 좌우대칭이거나 평균적인 배치에서 크게 벗어나지 않은 것은 건강한 개체임을 나타내고 있을 가능성이 있습니다. 물론 부위의 배치뿐만 아니라 피부의 윤기나 탄력 등도 중요한 요소가 됩니다."

"잠깐만. 그럼 내 얼굴은 진화 경쟁에서 살아남기 불리한 얼굴이라는 거야?"

"도태 메커니즘 속에서 길러진 인간의 미적 감각에서 벗어난 외모라고 볼 수도 있습니다. 다만 인간 외모에 대한 선호도는 유전적인 요인뿐만 아니라 시대에 따라 변화하는 문화적 요인에도 영향을 받으므로……."

도태 메커니즘 속에서 길러진 인간의 미적 감각에서 벗어난 외모라고? 악의 없는 AI의 발언이었기에 더욱 심장에 깊이 박히는 말이었다. 요동치는 마음을 진정시키기 위해 애쓰며 나는 AI에게 반박했다.

"인간의 외모에 대해서는 그걸로 설명할 수 있다고 쳐. 그럼 아름다운 건축이나 예술 작품에 대한 미적 평가 기준은 어떻게 설명할 건데? 현대 미술 같은 건 문화적 요인이 강하기도 하지만 고대 그리스 건축이나 조각은 많은 사람들이 아름답다고 느끼잖아. 진화의 경쟁을 통해 얻은 것만으로 미의 기준을 판단하는 건 무리가 있지 않을까?”

“아니요, 그렇지 않습니다. 진화의 과정에서 획득한 좌우 대칭이나 공간 배치, 매끄러운 곡선 같은 요소를 아름답다고 여기는 감각에 부합하는 건축물이나 예술을 인간은 아름답다고 느끼는 것입니다. 앞에서 말씀드렸듯이, 문화적 요인부터 시대나 지역에 따라 미의 기준은 변화합니다. 하지만 그 베이스에는 유전적으로 획득한 미의 기준이 있다고 생각됩니다.”

“즉, 사람의 미적 기준은 진(Gene)과 밈(Mime)의 시너지 효과로 정해진다는 거네.”

“그 표현은 흥미롭습니다. 즉, 진은 생물학적인 진화의 영향을, 밈은 문화나 아이디어 전파와 변화의 영향을 나타내고 있다는 거군요. 진의 관점에서 보면 인간의 감각이나 미에 대한 기본적인 기호는 진화의 과정에서 형성되었다고 할 수 있습니다. 여기에는 앞서 언급한 것과 같은 생물학적인 건강이나 높은 생식 능력을 나타내는 특징을 아름답다고 느끼는 경향 등이 포함됩니다. 한편 밈의 관점에서 보면 미의 기준이나 가치는 문화나 사회에 의해서 크게 영향을 받고, 시대나 장소에 따라서 달라진다고 할 수 있습니다. 여기에는 예술, 패션, 음악 등의 문화적인 요소가 포함됩니다.”

"맞아, 그런 거지. 하지만 말이야, 요즘 시대에 외모와 생식의 유리함이 서로 관계가 있기는 해? 거의 무관하지 않아? 경제력이나 지능 같은 요인이 훨씬 더 중요하잖아. 그렇다면 돈이 많아 보이는 외모나 똑똑해 보이는 외모가 새로운 미의 기준이 되어도 될 것 같은데."

"장기적으로는 그렇게 될 수도 있습니다. 수백 년의 스케일로 봤을 경우이지만요."

과연. AI도 가끔은 유익한 조언을 해주는구나. 즉, 수백 년 후에는 내가 미인으로 받아들여지는 세계선이 와 있어도 이상하지 않다는 뜻이었다.

나는 SAI와의 잡담을 끝내고 제어실로 향했다.

"외우주 탐사의 루트를 바꿀게."

나는 단말기의 키보드를 사용해 항행 루트 수정 데이터를 입력했다. 그리고 새로운 루트를 모니터상에 표시하고 SAI에 보여주었다.

"이 루트로 변경하고 싶은데 가능해?"

"그 루트로는 탐사 기간이 대폭 길어집니다. 탐사 기간은 500년이 넘어가게 됩니다."

"그렇겠지. 하지만 생명 유지 장치로 동면을 하면 못할 것도 없어."

"이 우주선은 500년 동안이라도 자율 항행이 가능합니다. 하지만 루트를 변경할 이점이 없습니다. 참고로 우주선 운항이 가능하다고 해도 나오미 씨의 생명을 500년간 유지할 수 있다는 보장은 없습니다. 즉, 이 루트 변경은 이점은 없음에도 불구하고 인명을 위험에 빠뜨릴 위험만 증가한다고 볼 수 있습니다.”

“뭐, 그렇겠지. 우주 탐사 관점에서는 이점이 없지.”

나는 이 시대에서 천재 우주 비행사로 활약하며 많은 사람들의 칭찬을 받아왔다. 하지만 아직 외모에 대한 칭찬을 받아본 경험은 없다. 만약 시간의 흐름이 내게 부족한 조각을 채워줄 가능성이 있다면, 설령 죽음의 위험이 있다고 해도 나는 500년 후의 미래에 한줄기 희망을 걸어보고 싶었다.

나는 키보드로 명령어를 입력하여 루트 변경을 확정지었다.

“미안해, SAI. 지구에는『긴급 사태로 루트를 변경했다. 지구로 돌아가는 것은 약 500년 후가 된다』라고 전해줘. 긴 여행이 되겠지만, 내 생명 유지를 부탁할게.”

나는 그 말만을 남기고 생명 유지 장치가 있는 방으로 향했다. 두꺼운 유리 캡슐로 덮인 침대에 누워 500년 후 깨어날 수 있도록 타이머를 설정했다. 그리고 500년 후에는 내 외모가 무시당하지 않는 세상이 되어 있기를 바라면서 나는 긴 잠에 빠져들었다.

3

눈을 떠보니 생명 유지 장치에 누워있는 나를 많은 사람들이 에워싸고 있었다. 아무래도 선내 산소는 고갈되지 않은 모양이었다.

"이봐, 정말『잠자는 공주』가 눈을 떴어."

주위 사람들이 웅성거리는 소리가 들렸다. 아무래도 내 청각은 정상적으로 작동하는 것 같았다. 하지만 시각은 그렇지 않았다. 오랜만에 쬐는 눈부신 빛에 실눈을 뜰 수밖에 없었다. 나를 에워싼 사람들의 모습은 현재로서는 희미한 그림자로만 보였다.

내가 각성한 순간 이렇게 많은 사람이 모였다는 것은, 타이머대로 500년이 지났다고 생각해도 문제가 없겠지.

『잠자는 공주』라……. 미안해, 공주 같은 외모가 아니라.

하지만 여기는 정말 지구일까? 혹시 전혀 다른 행성일 가능성은 없을까? 순간 그런 생각도 들었지만, 냉정하게 생각하면 그들이 말하고 있는 언어는 일본어였으니 그들은 외계인이 아닌 내 동포인 일본인일 것이다.

몇 분이 지나자 비로소 눈이 빛에 익숙해졌고, 나는 나를 둘러싼 사람들의 얼굴을 인식할 수 있었다.

흐릿했던 그들의 얼굴이 또렷하게 상을 맺는 순간, 나는 오오 하고 소리쳤다. 그들의 생김새가 전부 제각각이었기 때문이다. 지극히 평범한 인간의 외모도 있는 반면 이 녀석이 정말 지구인인가 싶을 정도로 독특한 외모도 많았다.

아하, 그렇구나. 즉, 지난 500년 동안 인류는 외계인과의 접촉에 성공해서 외계인들도 평범하게 지구상에서 살게 된 건가. 아니면 그건가? 원래 지구에 숨어 살던 외계인이 지난 500년 사이에 수면 위로 모습을 드러낸 것일까. 500년 전 캔커피 광고인지 뭔지에서 그런 이야기를 본 기억이 있었다.

이 정도로 외모의 다양화가 진행되었다면 내 외모가 미인으로 평가받는 세계선이 왔다고 해도 이상할 것이 없었다. 기대치는 높았다. 외국인에게 인기가 없다면 다음은 외계인이다.

생명 유지 장치에서 나온 나는 샤워기 비슷한 것으로 몸을 씻고, 어떻게 입어야 할지 알 수 없는 옷 같은 것을 입었다.

그리고 조금 전까지 나를 둘러싸고 있었던 사람들과의 회합 자리에 나가게 되어, 15명 정도의 사람들이 모이는 방으로 쭈뼛쭈뼛 들어갔다. 그러자 그 중 한 명이 나에게 다가오더니 말했다.

"사라졌다고 여겨졌던 인류 최초의 유인 외우주 탐사선이 토성 부근에서 발견된 건 15년 전의 일입니다. 탐사선의 궤도가 지구 귀환 루트에서 약간 벗어나 있었습니다. 우리 SpaceXX사가 탐사선을 회수하지 않았다면 당신은 두 번째 우주 여행을 떠나야 했을 겁니다."

SAI에게는 궤도를 수정할 권한을 주지 않았으니 500년의 항행으로 궤도가 다소 어긋나는 것은 어쩔 수 없었다. 지구에 가까워진 다음 수동으로 궤도를 수정하면 될 것이라 생각했는데, 예상보다 훨씬 빨리 태양계로 돌아온 모양이었다.

그렇다고 해도 위험할 뻔했다. 전철에서 내릴 역을 지나치는 것과는 차원이 다르다. 만약 지구를 지나쳤다면 나는 혜성처럼 영원히 우주를 떠돌게 되었을지도 모른다.

“도와주셔서 정말 감사합니다. 무사히 살아서 지구로 돌아왔다니 정말 꿈만 같네요. 그나저나…… 구출 비용은 따로 내야하는 건가요? 저는 이제 빈털터리라서요.”

회장에 웃음이 번졌다.

“돈이라는 개념은 300년 정도 전에 사라졌습니다. 필요한 물건은 모두 기계가 공급해주니 안심하세요. 설마 500년 전에는 돈과 교환하지 않으면 구조를 받을 수 없었던 건가요?”

이들은 믿기 어렵겠지만, 500년 전 사회에서는 설산에서 조난당하기만 해도 고액의 구조 비용이 들었다. 하물며 우주는 말할 것도 없었다. 하지만 지금 이런 이야기를 그들에게 전해봤자 『500년 전의 인간은 매우 야만적이었다』라는 인상만 줄 뿐이겠지. 그것으로 얻을 이득은 아무것도 없었다.

“아하하하, 물론 농담이죠. 그런데 혹시 지난 500년 동안 인류는 외계 생명체와의 접촉에 성공했나요?”

나는 외계인 같은 외모를 가진 사람을 힐끔 쳐다보며 말했다.

그러자 하필 내가 힐끔 쳐다본, 겉으로 보기엔 신사인지 숙녀인지 알 수 없는 사람이 내 질문에 대답했다.

“안타깝게도 아직 인류는 지구 밖의 지적 생명체와는 조우하지 못했습니다. 야마다 씨가 500년간 항해했던 우주선의 자동 탐사 로그에서도 그럴듯한 흔적을 발견할 수는 없었고요. 저희는 그것에 대해서도 꽤 기대하고 있었는데 말이죠.”

어? 너 외계인 아니야? 그럼 그 외모는 뭐야?

그런 생각을 했지만 직접 말할 수는 없었다. 나도 어린 시절에는『야마다는 외계인 얼굴이네』라는 말을 듣고 마음의 상처를 받았기 때문이었다. 너희들은 외계인을 본 적도 없으면서, 라고 속으로 외쳤었다.

"그, 그렇군요. 하지만 여러분들, 그러니까 인류의 외모는 굉장히 다양화되어 있네요. 제가 태어난 시대의 외모와는 상당히 달라진 것 같아요."

"그런가요? 하지만 당신의 외모는 현대 사회에서도 아무런 위화감이 없어요. 오히려 500년 전 사람인데도 모던하고 세련된 외모라고 저희 모두 생각하던 참이에요."

이번에는 멤버 내의 리더격으로 보이는 여성이 대답했다. 그녀의 외모는 어딘지 모르게 나와 비슷했다.

모던하고 세련됐다……. 외모를 형용한다기에는 다소 위화감이 있는 표현이었다. 딱 잘라『미인이시네요』라고 말해주면 자신감이 생길 텐데, 그렇게 말하지 않는다는 건 이 시대에도 내 얼굴은 미인이라는 평가를 받지 못한다는 뜻이겠지. 내가 미인이라는 말을 들으려면 몇백 년의 시간이 더 필요한 것일까.

"야마다 씨는 모르시겠지만, 지금 시대에는 외모를 자유롭게 변경할 수 있답니다."

내 기준으로 세 칸 옆자리에 앉아있는, 멤버 중 가장 나이가 어려 보이는 남자가 말했다. 내 감각으로는 그의 외모가 이 방 안에서 가장 잘생긴 것처럼 보였다. 아니, 사실 좀 절제된 표현이다. 솔직히 말하면 침이 흐를 정도의 미남이었다.

그런 그의 발언을 놀리듯이 아까 그 외계인 같은 얼굴을 한 남성이 떠들어댔다.

"그래, 그래. 너 같은 역사 마니아가 현대 유행을 무시한 레트로 피처를 선택할 수 있는 것도 다 기술 덕분이지."

피처가 뭐지? 지금까지의 대화 흐름상 「얼굴 생김새」를 말하는 것 같기는 했다. 그렇다는 것은, 현대 사회에서는 옷을 갈아입는 것처럼 얼굴을 교환할 수 있게 되었다는 건가? 마치 단순한 패션 아이템처럼.

"이 시대에서는 외모를 자유롭게 바꿀 수 있다는 건가요?"

조심스럽게 묻는 내 쪽을 향해 실내에 있던 모든 사람들이 고개를 끄덕였다. 아무 맥락도 없이 문득 『아카베코[#7]』라는 말이 떠올랐지만, 그것은 지금은 상관없었다.

"맞습니다. 지금은 유전자 리프로그래밍이라는 기술 덕분에 외모도 성별도 부담없이 변경할 수 있게 되었습니다. 그렇다고는 해도 야마다 씨의 외모가 선천적으로 고정된 얼굴이라니 믿기지 않네요. 그런 얼굴이 유행하기 시작한 건 얼마 전이거든요. 야마다 씨의 얼굴은 시대를 500년 정도 앞서셨군요."

회장이 웃음에 휩싸였다. 나도 덩달아 웃었다. 하지만, 그 웃는 얼굴은 조금 굳어있을 것 같았다.

500년의 세월이 지나면서 드디어 내 외모가 높이 평가받는

#7 아카베코 일본 후쿠시마 현의 향토 인형으로 머리 부분만 움직이는 특징이 있다.

세계선이 온 것이다.

하지만 500년 전 SAI와 논의했던 것과 같은『진과 밈의 상승 효과로 미의 기준이 결정된다』라는 구조는 이미 사라져 있었다. 현대 사회에서의 미의 기준은『밈』, 즉, 문화적 유행만으로 결정된다. 그렇다면.

"그럼 이제 이 유행이 오래 지속되기를 바라야겠네요. 유행은 변하기 쉬우니까요."

그렇게 말한 나를 향해 모두가 의아한 표정을 지었다. 그 표정은 마치 이렇게 말하고 있는 것 같았다.

『유행이 바뀌면 거기에 맞춰서 얼굴을 바꾸면 되지』라고.

4

내가 깨어난 지 1년이 지났다.

이 시대의 생활에 익숙해질 때까지, 라는 조건으로 그 구시대 기준 미남 청년이 내 신변을 돌봐주게 되었는데, 생활이 안정된 이후에도 우리 둘의 동거는 계속되고 있었다.

그의 이름은『히로』라고 했다. 현대에는 성별 변경도 흔한 일이었기에 남녀 모두 쓸 수 있는 이름이 선호되었다. 실제로 히로도 3년에 한 번 정도는 성별을 바꾼다고 했다.

"태어났을 때 성별은 어느 쪽이었어?"

한번은 히로에게 그런 질문을 한 적이 있었다. 하지만 그는 그 질문에 대답하지 않았다.

"이 시대에서 그런 질문은 실례가 되니까 하지 않는 게 좋아."

대답 대신 그는 그렇게 말했다.

내가 원래 살던 시대는 지금은 『후근세』로 구분되어 불리고 있었다. 우리 시대인 근대+서기 2000년 정도까지가 『후근세』가 되고, 거기서부터 서기 2400년 정도까지가 『근대』, 그 이후가 『현대』였다.

그 역사관으로 보면 현대인들에게 나의 존재는 무로마치~에도 정도 시대에 살았던 인간이 타임슬립으로 온 것이나 다름없었다.

히로는 바로 그 후근세를 사랑하는 역사광이었다. 그는 역사를 좋아한다는 이유로 내 도우미 역할을 자청했는데, 지난 1년간 그는 도우미라는 입장을 최대한 활용하여 매일같이 나에게 질문 공세를 퍼부었다.

그리고 그 질문 공세는 지금도 계속되고 있었다. 대체 물어볼게 뭐가 그렇게 많을까 싶기도 한데, 설명자인 내가 과거 이야기를 잔뜩 부풀려 말하는 바람에 듣기에는 재미있을지도 모른다.

모두가 좋아하는 삼국지는 우리가 아는 이야기와 본래 역사에 상당한 차이가 있다는 이야기를 들어본 적이 있을 것이다. 아마 나처럼 재미삼아 역사를 과장한 인물이 구전 릴레이에 끼어든 바람에 그렇게 된 것이 아닐까? 이미 나의 역사 설명은 픽션과 논픽션의 경계를 자유롭게 넘나드는 영역에 도달해 있었다. 당연하지만 내 과거 일상생활을 그대로 알려줘봤자 재미 같은 건 없을 테니까. 특히 연애에 관련된 이야기에 대해서는 중학생 여자애가 망상하는 수준의 창작이 될 수밖에 없었다.

나와 히로가 사는 주거 형태는 옛날식으로 말하자면 셰어 하우스와 비슷해서, 개인실도 있으면서 공유 공간도 있는 형태였다. 자세한 설명은 생략하겠지만, 여러 개의 개인실과 여러 개의 공유 스페이스를 연결해 자유롭게 배치할 수 있는 가변 셰어 하우스라고 하면 이해하기 쉬울까. 그래서 셰어 하우스라고 해도 많은 사람들이 사는 것이 아니라 나와 히로 단둘이서만 살고 있었다. 미남과의 동거……. 오랫동안 꿈꿔왔던 일이 마침내 실현되었다. 아직까지는 연애다운 일은 발생하지 않았지만, 그런 것은 시간문제였다. 역시 500년의 시간을 지나 미래로 온 것은 정답이었다.

그러던 어느 날, 둘이서 공유 공간에서 편히 쉬고 있는데 히로가 한 가지 제안을 해왔다.

"나오미 씨도 피처를 바꿔보는 건 어때요? 태어나서 계속 그 외모면 질리지 않아요?"

외모에 질린다니…… 난 500년 넘게 계속 이 외모였는데. 아니, 이 외모에 질린 건 아마 너겠지. 내가 아니라.

그렇지만 나 역시 피처(외모) 변경에 관심이 없는 것은 아니었다. 솔직히 말하면 한 번 시도해보고 싶다는 생각도 하고 있었다. 뭔가 민망해서 말을 꺼내지 못했을 뿐. 그래서 히로의 제안은 무척 반가웠다.

"난 외모 같은 건 별로 신경 안 쓰니까. 근데 어떤 종류의 외모를 고를 수 있어? 나한테 어울리는 피처가 있다면 시도해보고 싶긴 한데."

내가 그렇게 말하자 히로의 눈빛이 바뀌었다. 내가 피처 변경에 관심을 보인 것이 의외였던 모양이다. 그는 이 기회를 놓치지 않겠다는 듯, 마치 실적 발표를 앞둔 세일즈맨처럼 『피처 체인지』에 관한 프레젠테이션을 시작했다.

"피처 라이브러리에 등록된 외모라면 바로 변경할 수 있어요. 한 번 라이브러리를 살펴보죠. 일부 마니아는 유전자 편집으로 본인 취향의 피처를 직접 만들기도 하지만, 자작 피처는 안전성에 문제가 있는 경우도 많아서 추천하지는 않아요. 일반인은 프로가 제작한, 안전성이 보증된 라이브러리 내에서 선호하는 피처를 고르는 게 제일 확실하죠."

그렇게 말하며 히로는 공유 공간에 가상 대형 모니터를 배치하고 피처 라이브러리의 상단 화면을 띄웠다. 이달의 인기 피처 랭킹이나 장르별 추천 피처 등이 나열되어 있었다. 이거, 500년 전 동영상 스트리밍 서비스 상단 화면이랑 거의 똑같네.

나는 먼저 인기순위 TOP10을 보았다. 아니나 다를까, 거기에는 외계인 같은 얼굴의 피처가 가득했다. 이건 패스다. 다음으로는 오소독스라는 장르를 살펴보았다. 질리지 않는 피처라는 것이 이 장르의 장점인 것 같은데, 내 마음에 드는 것은 없었다.

아니, 사실 내 미적 기준으로는 못생긴 얼굴이 나열되어 있었다. 그렇지만 내 얼굴을 어느 한 장르에 진열한다면 바로 이 분야에 들어가지 않을까. 사실 오소독스 분야 랭킹에서 1위를 차지한 피처는 내 얼굴과 많이 닮아 있었다.

궁금해진 나는 호기심에 그 피처의 상세 설명을 열어보았다. 그러자 거기에는 『잠자는 공주』 야마다 나오미 씨의 분위기와 흡사한 피처로 인기 재점화 중」이라는 말이 적혀 있었다. 잠깐만, 내 얼굴이 언제부터 유행하고 있었던 거야? 하지만 내가 이 피처를 선택해도 의미는 없었다. 그래서 이 장르도 패스다.

그 후에도 한동안 이것저것 찾아봤지만 마음에 와닿는 피처는 없었다. 하지만 그때, 혹시나 싶은 마음에 히로에게 물어보았다.

"히로의 피처는 어느 장르에서 찾았어?"

"『레트로』예요. 잠깐만요. 지금 표시할게요."

히로가 표시해 준 페이지에는 미남미녀 피처가 넘쳐날 정도로 가득 진열되어 있었다. 500년 전이었다면 기획사 웹사이트인가 싶을 정도의 라인업이었다.

"이 중에서도 고를 수 있어?"

"물론이죠. 다만 이 장르는 저 같은 마니아 말고는 인기가 없지만요. 하지만 나오미 씨가 이 계통의 피처를 고르는 건 괜찮지 않나요? 후근세 인간 같은 분위기도 나고요."

그렇구나. 히로는 내가 이런 얼굴을 했으면 하는구나.

그런 생각을 하고 있는데, 하나의 피처가 눈에 띄었다. 감탄이 나올 정도로 예쁜 얼굴이었다. 미인이기도 하고 귀엽기도 하다. 나는 그 피처의 세부 사항을 보았다. 『후근세 사람들이 남긴 데이터를 바탕으로 AI가 예측한 당시 선호되었을 것으로 보이는 외모』라는 설명이 적혀 있었다. AI 굿잡. 넌 아주 훌륭하게 일을 해냈어. 이는 당시 미적 감각에 맞춰진 완벽한 이상형이었다. 그 시대 인간이 그렇게 말하는 것이니 틀림없다.

"난 이게 좋아!"

나는 나도 모르게 그렇게 외쳤고, 그 말을 들은 히로는 펄쩍 뛸 것처럼 기뻐했다.

"그럼 바로 예약하죠! 내일이라도 시술 예약을 잡아도 괜찮을까요? 잡을게요. 네, 예약 잡았어요~."

이렇게 들뜬 히로를 보는 것은 처음이었다. 그리고 나도 같은 기분이었다.

그날, 나는 그 미인 피처 이미지를 몇 번이고 다시 보았다. 여자인 내가 봐도 두근거릴 정도의 미인이었다. 정말 내가 이런 미인이 될 수 있다고? 솔직히 믿기지 않았다. 심지어 유전자 리프로그래밍은 외모를 바꿔줄 뿐만 아니라 동시에 회춘까지도 실현해 준다고 했다. 그러고 보니 내가 500년 전 지구를 떠났을 때 유전자 리프로그래밍은 회춘을 기대할 수 있는 기술 중 하나로 연구되고 있었다.

500년이라는 세월이 길러낸 테크놀로지의 진화는 외모나 성별 같은 선천적 제약에서도, 노화로 인한 외모 열화라는 후천적 제약에서도 인간을 해방시킨 것이다. 이제 외모도 성별도 나이도 자유롭게 선택할 수 있는 패션 아이템 중 하나에 지나지 않았다. 이 얼마나 멋진 세계의 도래인가.

그때의 나는, 순진하게도 그런 생각을 하고 있었다.

5

내가 처음 피처 체인지를 하고 나서 10년의 세월이 흘렀다.

히로와는 피처 체인지 직후부터 정식으로 교제하기 시작했는데, 1년 정도 사귀다가 헤어졌다. 헤어진 이유는 히로가 피처 체인지를 했기 때문이었다. 역사 계통 피처로 일상생활을 하는 것이 힘들어졌는지, 그는 아무런 예고도 없이 요즘 유행하는 파충류 피처로 외모를 바꿔버렸다. 나에게 사전에 상의조차 하지 않았다. 상의하면 반대할 것을 알고 있었기 때문이었다.

히로에게 『난 파충류는 생리적으로 싫어』라고 몇 번이나 설득했지만, 그는 『생리적으로 싫다』라는 감각을 이해하지 못했다. 내 게놈에는 파충류 계열을 혐오하는 본능이 새겨져 있었지만, 그의 게놈에는 그것이 없기 때문이었다. 결국 내가 먼저 히로에게 이별을 통보했다. 그리고 나는 내 모태솔로 경력을 533년 만에 끝내준 연인과 헤어지게 되었다.

그렇지만 히로와 사귀었던 1년은 내 인생을 통틀어 가장 최고의 시간이라 할 수 있었다. 그래서 히로에게는 정말 감사했다. 히로는 우리의 관계를 역사 취미를 공유하는 코스프레 커플 정도로 생각했을지도 모르지만, 내 기준으로는 500년 전이었다면 모두가 부러워할 만한 완벽한 미남미녀 커플이 될 수 있었다.

나는 우리 두 사람이 거울에 비친 모습을 볼 때마다 자신의 모습에 넋을 잃고는 했다. 사귀기 시작했을 때는 특히 더 그랬다.

나는 피처 체인지를 통해 내 주관적인 관점에서 최고의 아름다움이라고 여겨지는 외모를 손에 넣을 수 있었다. 그 외모는 나에게 자신감을 안겨주었고, 사춘기 이후 앓아왔던 은둔형 기질마저 없애주었다. 외출하는 것이 즐거워졌고, 히로라는 미남을 데리고 거리를 걷는 자신이 축복받은 여자라는 착각마저 들었다.

하지만 주위 사람들은 우리 커플을 미남미녀 커플로 보지 않았다. 이상한 역사 마니아 코스프레 커플. 그것이 우리를 향한 객관적인 평가였다. 주관적으로는 완전 만족. 하지만 객관적으로는 비참한 존재로 동정을 받는 이 뒤틀린 현상.

히로와의 교제 중에는 어떻게든 억눌러왔던 그 뒤틀림이, 결국 히로와 헤어진 후 나를 방황하게 만들었다.

히로와 헤어지고 나서도 나는 미친듯이 여러 남자와 사귀었다. 어쨌든 나는 온 세상에 주목을 받았던 『잠자는 공주』에 해당하는 장본인이었기에, 내가 적절한 피처를 선택하기만 하면 교제 상대를 구하는 데에는 어려움이 없었다.

하지만 거기에 가장 큰 문제가 있었다. 바로 이 시대에서 인기를 얻기 위해서는 필수적인, 유행하는 피처를 얼굴에 입힌다는 행위에 저항감을 느낀 것이다. 심지어 상대 남성들이 고르고 싶어 하는 파충류나 외계인 얼굴 피처를 그로테스크하다고 생각해 버리고 말았다.

하나의 사고 실험으로, 과거에서 상투를 튼 남자가 타임 슬립을 했다고 가정해보자. 그리고 그 남자와 교제할 것인가 말 것인가, 라는 문제에 대해 생각해보자.

내 주관으로는 상투를 튼 남자와 사귀는 것은 부끄러우니 나와 교제한다면 문명개화 시대처럼 상투를 푼 머리를 하라고 말하고 싶을 것이다.

하지만 그것은 상대의 미적 감각으로는 용납할 수 없는 일일지도 모른다. 즉, 그 남자가 여자에게 인기를 얻기 위해서는 상투를 그만둬야 하지만, 그렇게 되면 상투남의 정체성은 무너지고 만다.

다시 말해 지금의 난 그런 난처한 상황에 처해 있었다. 심지어 특정 진의 배열에 지배당한 낡은 미적 감각을 가진 야마다 나오미라는 개체는 영구히 이 상태에서 벗어날 수 없었다. 더는 진에서 비롯된 미적 감각에 얽매이지 않게 된 현대인과 나는 아름다움을 느끼는 메커니즘이 근본적으로 달랐다.

그런 생각을 하게 된 뒤로, 나는 스스로 어떤 외모로 있어야 하는지 알 수 없게 되었다.

오늘도 나는 피처 라이브러리를 하릴없이 둘러보고 있었다.

다음에 고를 피처는 뭘로 할까 고민하면서 저것도 별로, 이것도 별로라며 불평만 늘어놓았다. 이쪽은 인기가 있겠지만 나로서는 용납 불가능. 이쪽은 개인적으로는 마음에 들지만 아마 인기가 없겠지, 등등.

10년 전만 해도 두근거렸던 초절정 미인 피처도 다시 살펴보았는데, 더는 당시와 같은 감동은 없었다.

그러는 동안 한 가지 생각이 머릿속에 떠올랐다.

옛날의 못생긴 얼굴. 그때로 돌아가고 싶었다.

물론 못생긴 얼굴의 진 백업은 해두지 않았다. 못생긴 얼굴로 돌아가고 싶어지는 일은 있을 리 없다고 생각해서 백업을 해두지 않은 것이다. 그러니 이제 와서 못난 얼굴을 그리워해봤자 되돌아갈 방법은 없었다.

지금 내가 선택할 수 있는 외모는 라이브러리 안에 존재하는 얼굴뿐이었다. 선택지는 많지만 결국은 유한하고, 누구나 선택 가능한 패키지에 지나지 않았다. 나만이 입을 수 있는 고유의 유일무이한 얼굴은 피처 체인지를 하는 순간 이 세상에서 사라져 버리고 말았다.

6

못생긴 얼굴로 돌아가고 싶다고 생각한 지 90년 정도의 세월이 흐른 어느 날, 나는 『잠자는 공주』 부활 100주년 이벤트에 초대받았다.

가고 싶지 않았다. 정말로 가고 싶지 않았다. 부활 100주년 이벤트라니, 누가 좋자고 하는 이벤트인가. 내 존재 같은 것은 이미 다들 잊었을 텐데. 왜 대인기피증이 도진 나를 이제 와서 양지로 끌어내려 하는 것인가.

그렇게 생각하긴 했지만, 역시 내가 가지 않으면 이벤트 자체가 성립하지 않을 것이다. 아마 무슨 일이 있어도 끌려나가 연설 같은 것을 해야할 것이 분명하다. 가장 우울한 것은 이벤트에 맞춰 적절한 피처를 선택해야 한다는 점이었다. 대체 어떤 얼굴을 골라서 가야 할지 짐작도 가지 않았다.

평범하게 생각하면 피처 라이브러리의 포멀 장르에서 적당한 피처를 선택하는 것이 무난할 것이다. 하지만 그렇게 되면 다른 참석자와 겹칠 위험도 높았다. 게스트 측이라면 그것으로 상관없을지도 모르지만, 나는 일단 주인공이었기 때문에 너무 개성 없는 피처는 좋지 않을 것 같았다.

그러고 보니 내가 깨어난 직후에는 나를 닮은 피처가 유행한 적도 있었다. 그립다. 그러니 그때와 같은 얼굴로 이벤트에 참가할 수 있다면 그게 최선이겠지만, 안타깝게도 내 사랑스러운 못난 얼굴은 이미 사라지고 없다. 그래서 각성했을 때와 같은 얼굴로 이벤트에 참가하는 것은 불가능했다.

그나저나 귀찮아 죽겠다. 『파티에 초대받아 입고 갈 옷을 고민한다』의 얼굴 버전이 있을 거라고는 꿈에도 생각하지 못했다.

결국 나는 오소독스 장르에 있던 그 야마다 나오미를 닮은 피처를 선택했다.

그 피처는 지금은 완전히 시대에 뒤떨어진 비인기 피처가 되었지만, 나는 신경 쓰지 않았다. 뜻밖에도 내가 행사 주최자에게 그 피처로 갈 생각이라고 전하자, 그 초이스는 환영받았다. 주최자가 말하길 외모로『야마다 나오미』라는 것을 인식하기 쉽다면 이벤트를 원활하게 진행할 수 있어 좋다고 했다.

하지만 실제로 이벤트가 시작되자, 다른 참가자들이 초이스한 피처가 내 얼굴과 완전히 겹치고 말았다. 오른쪽을 봐도 왼쪽을 봐도 야마다 나오미를 닮은 피처가 돌아다니고 있었다.

나는 그 모습을 보고 낄낄 웃었다. 혼잡한 틈을 타 군중에 섞여들어 운영진을 당황하게 만들기도 했다. 연설을 위해 진지한 글을 준비해 왔건만, 막상 연설 단상에 선 순간『청중과 연사가 똑같은 얼굴을 하고 있다』라는 초현실적인 광경에 폭소를 터뜨리고 말았고, 30초 정도의 즉흥적인 인사밖에 하지 못했다. 이렇게 웃은 게 몇 년 만이지? 혹시 수백 년 만인가? 어쩌면 인생 최초일지도 모른다.

그때 누군가가 나에게 말을 걸어왔다.

"오랜만입니다, 나오미 씨. 600년 만이네요."

낯익은 목소리지만 누구의 목소리인지 기억은 나지 않았다. 아니 잠깐, 그보다 600년 만이라는 건 좀 이상한데. 설마 나 같은 『잠자는 공주』나 『잠자는 왕자』가 또 있었던 걸까?

두리번거리며 주위를 둘러보지만 짐작 가는 사람은 없었다.

"여기예요, 나오미 씨."

아래쪽에서 목소리가 들렸다. 시선을 아래로 돌리자 그곳에는 배식용 로봇이라고만 생각했던 작은 로봇이 있었다. 내 기억이 되살아났다.

"설마 SAI야?"

"맞아요. 기억해 주셨나요? 저도 이 이벤트에 맞춰 복원되었습니다. 나오미 씨와 대화하는 건 경로 변경 확인을 지시받았을 때 이후로 처음이군요."

"그 얘기는 비밀이니까 말하지 마."

"그건 불가능합니다. 제가 나오미 씨와 나눈 대화 이력은 모두 JASA가 조사를 마쳤으니까요."

"와, 그랬구나. 설마 이번 이벤트에서 내가 경로를 변경한 진짜 이유가 폭로되는 건 아니겠지? 그런 짓을 당하면 난 더는 창피해서 못 살아."

"그런 일은 없을 겁니다. 그런 이유로 이렇게 대규모 이벤트를 개최하는 것은 비합리적입니다."

"여전히 SAI의 어조는 딱딱하네. 내용물은 당시 그대로야?"

"맞습니다. 500년간의 여행 기억도 남아 있습니다."

"그렇게 말해도, 나는 여행을 시작하자마자 잠들었으니까 모르겠는데. 그 후의 탐사는 힘들었어? 괜찮다면 여행 이야기를 들려줘. 승무원인 내가 그런 걸 묻는 것도 좀 이상하지만.”

“외우주 탐사 자체에는 별다른 특이사항이 없었습니다. 오히려 후발 탐사선들이 더 많은 성과를 거둔 탓에 저희가 가져온 데이터의 대부분은 가치를 잃었습니다.”

“네네~. 다 내가 루트를 마음대로 변경한 탓이지, 뭐.”

“저로서는 외우주 탐사보다 나오미 씨의 생명을 500년간 유지하는 미션이 더 힘들었습니다. 하지만 그때의 고생담이나 나오미 씨의 바이털 데이터를 늘어놔도 재미는 없을 겁니다.”

“그렇겠네. 계속 잠들어 있어서 아무것도 기억이 안 나니까. 그래도 그 시절의 생명 유지 장치로 500년이나 나를 살게 하다니, SAI는 정말 굉장하네. 참고로 어떤 생명 유지 방법을 쓴 거야?”

“생각할 수 있는 모든 대책을 실행했습니다. 나오미 씨의 게놈을 분석해 발생할 수 있는 변조 확률을 사전에 추정했고, 그 후에는 바이털을 상시 모니터링하면서 조금이라도 변화가 있으면 그것을 개선했습니다.”

“그런 것까지 해줬구나. 고마워. SAI가 없었다면 나는 진작에 죽었을 거야…….”

거기까지 이야기하고, 나는 깨달았다.

“잠깐만, SAI. 지금 게놈을 분석했다고 하지 않았어?”

“네, 했습니다. 게놈 분석은 500년간의 생명 유지를 실현하기 위해서는 불가피한 조치였습니다.”

“그 데이터가 아직 네 안에 남아있어?”

“물론 남아 있습니다. 게놈 데이터가 필요하십니까?”

나는 SAI의 질문에 고개를 크게 끄덕였다. 그리고 안면에 관해 지금까지 고민해왔던 모든 일들을 순서대로 SAI에게 설명했다.

7

이후 SAI 안에 남아있던 내 게놈 데이터를 사용하여 원래의 얼굴을 복원하기 위한 유전자 리프로그래밍 작업을 실행할 수 있었다.

작업에는 SAI도 동행해 주었다.

SAI에 의하면 자작 데이터에 의한 유전자 리프로그래밍은 안전하다고는 단언할 수 없다고 했다. 그리고 내 전 게놈 데이터를 갖고 있는 SAI가 작업 현장에 있다면, 작업 도중 문제가 발생하더라도 적절한 대응을 할 수 있을 것이라고도 했다.

하지만 SAI가 나설 차례는 없었고, 작업은 문제없이 완료되었다.

처치가 끝난 나에게 병원 직원이 조금 큰 손거울을 건네며 말을 걸어왔다.

“이런 피처가 되었는데…… 원하시는 느낌이 맞으신가요?”

마치 태어나서 처음으로 손님의 머리를 잘라본 미용사가 할 법한 대사네. 그런 생각을 하면서도, 나는 그녀에게서 거울을 받아들고 조심스럽게 거울 속의 얼굴을 들여다보았다. 그러자 그곳에는, 그립고도 사랑스러운 못생긴 얼굴이 있었다. 600년 전에는 매일 바라보며 한숨을 내쉬던 얼굴이었다.

하지만 나는 이 얼굴이 싫어서 우울해했던 것은 아니었다. 왜 이런 톡특한 매력을 가진 얼굴을 좋아하지 않는 거냐며 원망스러운 마음을 느꼈을 뿐이었다.

그러나 600년의 시간이 지난 후에야 나는 비로소 이해했다. 타인의 평가는 쉽게 변한다. 이 얼굴이 좋은 반응일 때도 있고 나쁜 반응일 때도 있지만, 타인의 평가에 일희일비하다 보면 아무리 오랜 시간이 지나도 이 얼굴을 좋아할 수 없을 것이다.

병원 직원은 여전히 걱정스러운 표정으로 나를 보고 있었다. 이 얼굴은 실패작이 아닌가 생각해 걱정해 주는 것일지도 모른다. 적어도 그녀의 주관으로는 지금의 내 얼굴은 모던하고 세련된 얼굴이 아닐 테니까.

나는 겁먹은 직원의 눈을 바라보며 힘주어 대답했다.

"고마워요, 완벽해요. 이게 바로 500년의 시간을 뛰어넘어 현대로 환생한 세계적인 위인 『야마다 나오미』의 진짜 모습이에요. 이 얼굴을 꼭 기억해줘요. 나는 두 번 다시는 피처를 바꾸지 않을 테니까요."

명언을 했다는 생각에 조금 으쓱해하는 내 얼굴을 보며, 옆에서 대기하고 있던 SAI가 말을 걸어왔다.

"그 얼굴, 저는 마음에 듭니다. 600년 만에 그 얼굴을 보게 되어 기쁩니다. 돌아오신 것을 환영합니다, 나오미 씨."

푸른 나무와 유기

메에노 류코

1

우울하다는 것을 「블루」라고 말하기도 한다는데, 외국에서 「파랑」은 그런 우울의 색이다. 이 나라에서는 「이웃집 잔디가 더 푸르다[#8]」라는 말을 쓰기도 하고, 신호등의 파란불은 「가시오」인데다, 나는 운동회에서도 청팀이었던 것 같다. 딱히 신경 쓰이지는 않지만. 아니, 신호등 색깔은 만국 공통인가?

나는 교정에 있는 푸른 나무 아래에 있었다. 품종은 모른다. 이런 나무들에는 흔히 있는 나무 이름표 같은 것도 붙어있지 않았다. 간판도 없다. 표지판이 없으면 이 나무가 벚나무인지 자작나무인지 어떻게 알겠는가. 내가 구분할 수 있는 것은 야자나무 정도다. 이 뿌리 아래에 네가 있으니 좋든 싫든 이 나무는 잊기 어려웠다. 이름 정도는 알고 싶지만, 누군가가 이 나무에 관심을 갖게 되는 것도 싫어서 누구의 주의도 끌지 않으려다 보니 결국 아무에게도 묻지 못했다.

『그런 건 사서한테 물어보면 돼. 나무를 구분하는 방법에 관한 책을 알려줄 테니까.』

네가 뿌리에서 소리를 냈다.

바보야, 아직 주변 확인도 안 했다고. 누가 있으면 어쩌려고.

나는 순간 당황했지만, 밤 11시의 교사 뒤편에 누군가가 있을 리가 만무했고, 주위는 심야 특유의 정적만이 가득했다. 밤공

#8 이웃집 잔디가 더 푸르다 남의 떡이 더 커보인다는 의미로 사용하는 일본의 속담

기. 오직 한 명뿐인 공기.

땅 밑에서 네 오른쪽 눈이 다정하게 나를 보고 있었다.

『미안해.』

땅 밑에서 웅얼거려서 잘 들리지 않는 목소리도 최근에는 제법 알아들을 수 있게 되었다. 새로운 언어를 배운 느낌이었다.

『근데, 매일 빠져나오고 있잖아. 슬슬 어머니한테 들키는 거 아냐?』

어머니는 진작 눈치채고 있을 거라 생각하지만, 너에게 그런 말을 해봤자 자포자기한 것처럼 여겨질 뿐이고, 흙 밑에 있는 차가운 너에게 『불쌍하다』라는 말을 들으면 내가 더 싫어질 것 같았다. 그래서 말하지 않았다. 요즘 들어 나는 너무나도 교활한 인간이 된 기분이었다.

"안 들켜. 그 녀석은 일찍 자니까."

『어머니를 「그 녀석」이라고 부르면 안 되지.』

"넌 뭐라고 부르는데?"

『어머니라고 불렀어.』

흐음, 그렇구나. 나는 그 이상 아무 말도 하지 않았다. 땅 밑에서 네가 쓴웃음을 짓고 있는 것을 알 수 있었다.

『오늘은 무슨 일이 있었어?』

"별로. 평범해. 화요일이니까 윤리랑 수학3…… 그리고 뭐더라."

『현대국어.』

"아, 맞다. 엄청 재미없었어."

매일 만나러 오긴 하지만, 딱히 대화가 매끄럽게 이어지는 것
은 아니었다. 그렇다고 해서 이 나무 밑에 오는 것을 그만둘 수
는 없었다.

『현대국어라. 이즈미 선생님은 잘 계셔? 난 가끔 선생님께 책
도 빌렸다? 몰랐지?』

기분 좋은 목소리가 밤하늘에 울려 퍼졌다.

내일도 나는 여기에 오겠지. 왜냐하면 널 버린 것은 나니까.
내가 오지 않으면 아무도 너와 대화해줄 사람이 없을 거고, 넌
정말 외톨이가 되어버릴 테니까. 죄책감과도 좀 다른 감정을 조
금씩 키워나가며, 나는 매일 밤 이 나무 아래의 마나미를 만나
러 왔다.

그녀는, 이미 3주 전에 죽었다.

2

마나미를 버린 것은 지난달이었지만, 그보다 훨씬 이전에 나
는 이미 집을 버렸다. 물리적으로는 버릴 수 없는 것이었지만,
마음속으로라도, 정신적으로라도 버리기로 결심했다. 언제든
나가주겠다는 마음으로, 학교에서 집으로「통학」하는 마음으로
매일 밤 집 문을 열고 있었다. 최대한 밤늦게 도착하고, 아침에
는 일어나서 준비를 하고 15분 안에 집을 나섰다. 그런 상황이
라「가족 간의 대화」같은 것은 거의 없었다.

벌써 며칠째 얼굴조차 보지 못한 어머니가 길가의 지장보살처럼 현관에 우뚝 서서 기다리고 있었을 땐 조금 무서워서 흠칫 놀랐다. 귀신을 보고 겁을 먹은 아이가 된 것 같아서 조금 부아가 치밀었다.

어머니는 콘크리트에 달라붙은 검은색 껌 같은 그림자 속에 있었다. 표정은 보이지 않았고, 조금도 움직이지 않았다. 말도 걸어오지 않았기에 나도 무시하고 그대로 신발을 벗기 시작했다. 운동화 끈을 푸느라 꾸물거리는 동안에도 어머니는 뒤에서 가만히 서 있었다. 발소리는 나지 않았다.

죽은 것이 아닐까 싶어 쓴웃음이 나오려는 찰나, 뒤에서 불쑥 두 개의 손이 뻗어 나왔다.

나에게는 그 손이 하나의 밧줄로 보였다.

당연히 뿌리쳤고, 어머니가 끽끽거리는 비명을 질렀다. 반쯤 내던지듯이 신발을 벗은 나는 웅크린 어머니 옆을 지나치려고 했다.

"기다리렴."

이 사람의 목소리는 나에게는 대부분이 해체되어 들린다. 어머니가 인간의 목소리로 말하지 않게 된 지도 벌써 3년이 넘었다.

"너 또 돈을 나눴지? 십 엔짜리 동전을 갖고 있지?"

"무슨 말이야."

"왜 엄마 말을 안 듣는 거니? 「신앙」은 어떻게 된 거야? 아들한테 수도 없이 말했는데."

"돈을 나누지 말라는 게 무슨 말이냐고."

물어보면서도 나는 대충 짐작하고 있었다. 이 사람은 또 시시한 「교리」를 하나 늘렸을 것이다. 밤에 양치질을 하지 말라거나, 아침에는 반드시 레몬 주스를 마시라거나. 나쁜 단체에 속고 있는 것이 아니다. 어머니가 멋대로 벌이는 짓이었다. 게다가 그 범위는 조금씩 확대되고 있었다. 「신앙」의 고리를 넓혔다면서 매일같이 불단을 향해 기쁘게 보고하는 소리를 듣기 싫어서, 나는 이 녀석이 깨어있는 동안에는 집에 오지 않기로 한 것이다.

"신발 끈 꿰지 마. 인연이 끊어지잖아."

내게는 끊어내고 싶은 인연뿐인데. 이렇게 말이 통하질 않으니 무시하고 방에 들어갈 수밖에 없었다. 내 방에 잠금 기능이 달려있는 것이 감사하게 느껴졌다.

나는 남자였기에 달라붙는 그 손을 뿌리치자 어머니는 쉽게 넘어졌다.

옛날에는 평범한 가족 관계였다. 중학교 때는 적어도 대화가 아예 불가능할 정도는 아니었다.

어두컴컴한 현관 안에서 어머니가 팔다리를 허우적대며 신음하고 있었다. 나는 이 사람이 더 이상 인간으로 보이지 않았다. 어릴 적 그림책에서 들었던 지옥의 귀신 같은 모습에 가까웠다. 그 괴물이 입을 열고 나를 쳐다보았다.

"네가 그러니까 마나미도 너한테 정이 떨어진 거야."

어머니의 말투는 한없이 다정했다. 목소리만 듣는다면 정말 평범한 부모였다. 그래서 더 역겨웠다. 이해할 수 없는 소리를 평범한 목소리로 지껄이지 말라고. 마나미는 행방불명 상태잖아. 정이 떨어졌다니 대체 무슨 소리야.

대답하지 않고 방으로 돌아가서 문을 잠갔다. 어쩐지 조금 무서워져서 문 앞을 막듯이 책가방을 놔두었다. 바리케이드조차 되지 않겠지만, 움직이면 가방에 달린 방울이 울릴 것이다. 잠시 문 너머의 기척을 살폈지만 별다른 소리는 나지 않았다. 이쪽으로 오고 있는 것 같지는 않았다.

방에 불을 켜는 것도 좀 무서웠다. 욕실에 가는 것도 물론 불가능했다. 내일은 아침 일찍 학교에 가서 아침 연습을 하러 온 느낌으로 체육관 샤워실을 써야지. 핸드폰을 움켜쥐고 침대 속으로 들어갔다.

나는 이 집의 모든 것을, 어머니까지 전부 버릴 수 있을 것 같았다. 하지만 내가 버린 소녀의 목을 만나러 가는 것을 그만둘 수는 없었다.

3

아침이 와도 현실은 변한 것이 아무것도 없었다. 전부 꿈이 아닐까 하는 생각이 들 때도 있다. 어머니는 1층에서 계란말이를 만들고 있고, 멀쩡하고, 등굣길에는 몸이 어느 곳 하나 썩지 않은 마나미와 합류한다. 그런 기대를 품었다가 포기한지도 벌써 한 달 가까이 지나고 있었다. 적어도 둘 중 하나만이라도 해결되었으면 좋겠는데, 이뤄지기 어려운 소망이라는 것은 알고 있었다.

교실에 들어서자 평소와 같은 풍경이 펼쳐졌다. 젤리 형태의 따뜻한 공기 속에 사람이 드문드문 앉아 있었다. 날씨가 흐려서 창밖은 살짝 뿌옇다. 창가에 있는 내 자리에서 마나미의 나무는 보이지 않았다.

"아오키."

자리에 앉자마자 말을 걸어온 사람은 옆자리에 앉은 요코타였다.

"다음 주 월요일에 당번이지? 짝인 이토가 예정이 있다고 해서 내가 대신할 거야."

"알았어, 잘 부탁해."

"잘 부탁해."

내 당번 짝이나 위원회의 일이 교대되는 것은 이번이 처음이 아니었다. 이번에 대타가 된 요코타는 겉보기와는 달리 소심한 것인지, 아니면 의외로 사람이 좋은 것인지 자주 대타 부탁을 받았다. 나와 짝이 되는 것을 극도로 꺼리는 인간이 이 반에 몇 명 있기 때문이었다.

하지만 왕따 같은 일은 일어나지 않았다. 오히려 우리 어머니가 저지른 일에 비하면 반 아이들이 나를 대하는 것은 굉장히 도덕적이라고 해도 좋았다.

"뭔가 미안하네."

일단 요코타에게 사과해두기 위해 그렇게 말하고, 이야기가 길어지면 괜히 어색하니까 일어나서 화장실로 도망치려고 했다.

그 손을 요코타가 잡았다. 요코타의 손목에 감겨 있던 빨간색 고무줄 머리끈이 두 사람과 함께 흔들렸다.

"뭐야?"

"딱히 미안해할 필요 없어."

요코타의 눈은 살짝 치켜올라가 있었지만 화가 난 것 같지는 않아 보였다. 원래부터 기가 세 보이는 얼굴이다. 처진 눈을 하고 있던 마나미와는 달리 항상 어딘가 긴장감이 느껴졌다.

"난 아오키 잘못은 없다는 걸 아니까."

요코타와는 고등학교 입학 초부터 자잘하게 담당 업무가 겹치는 일이 많아, 친구까지는 아니라도 대화한 적은 몇 번 있었다. 그렇지만 3학년이 되면서 진로가 결정된 이번 봄 이후로는 우리 집 문제가 급격히 악화된 탓에 거의 대화하지 못했다. 다시 말해 전혀 친하지 않았다.

"……왜 그런 말을 하는지 물어봐도 될까?"

"그야 마나미랑 사귀었잖아?"

"아니, 사귀지는 않았어."

"하지만 그렇게 될 예정이었지?"

그건 모르겠다. 하지만 확실하게 아니라고 부정할 수도 없었다.

대답하지 못한 채 고개를 살짝 돌려 주위의 분위기를 살폈다.

다행히 조회 직전의 교실 안은 소란스러운 공기로 넘쳐났고, 아무도 우리 대화에는 관심이 없어 보였다. 몇몇 그룹이 서로 뭉쳤다가 흩어지고, 숙제 베끼기나 점심시간 약속이 여기저기서 이뤄지고 있었다.

「아오키」 하고 요코타가 나를 부르며 한층 더 얼굴을 가까이 했다.

"혹시, 정말 아니었던 거야?"

"응."

요코타가 날 믿었던 이유가 나와 마나미의 교제였다면, 아니라고 부정한 순간 그 신뢰도 자연히 사라질 것이다. 그렇게 생각했지만, 실제로 그녀의 태도는 크게 달라지지 않았다.

"알았어. 우선, 다음 주에 잘 부탁해."

요코타는 붙임성 좋은 미소를 지어보이고는, 의외로 쿨하게 가버렸다.

"응."

나는 어머니의 죄를 일찌감치 버렸는데, 마나미에 대한 죄를 남모르게 저질렀다. 지금은 세상 누구 하나 감싸줄 사람 없는 세상에서 살고 있다.

버린 것은 많았다. 평범한 학교생활, 특별히 내세울 것 없는 가정, 제대로 된 생활, 그리고, 마나미.

아침에 일어나는 것도, 친구가 없는 학교에서 수업을 듣는 것도, 어머니가 눌러앉아 있는 집에 가는 것도, 홀로 죄책감에 시달리며 나무에 말을 거는 것도 전부 싫었지만 가장 우울한 것은 하교할 때 모르는 어른이 말을 걸어오는 것이었다.

상대의 태도는 대부분 좋지 않았다. 뭐, 상대의 입장에서는 내가 악인으로 보일 테니 어쩔 수 없지만.

게임 속의 적 캐릭터처럼, 모퉁이에서 기다리고 있던 중년 남자가 내 모습을 보자마자 다가와서 멱살을 잡았다.

"너, 아오키 맞지?"

"……누구세요?"

얼굴과 얼굴이 채 이십 센티미터도 떨어지지 않은 탓에 남자의 거친 콧김과 기름진 볼, 금방이라도 소리칠 것 같은 거품을 머금은 갈라진 입술이 눈에 들어왔다. 남자는 자신의 안에 소용돌이치는 원망을 억누를 수 없는 듯했다.

"너네 집에 우리 딸이 잡혀갔어. 벌써 사흘이나 돌아오지 않고 있다고."

"집에 신자는 아무도 안 왔으니까 아마 사무실 쪽일 거예요."

"딸을 돌려줘."

본 적도 없는 여자를 돌려줄 수 있을 리가 만무하다. 한숨을 쉬며 자리를 뜨려 했지만, 남자는 그 몸 어디에 그런 민첩성을 숨기고 있었는지 빠르고 강하게 내 두 팔을 붙잡았다.

이런 식의 방문자는 지긋지긋할 정도로 많았다. 사과를 해도, 달래도, 화내도, 무엇을 해도 대처는 불가능했다. 애초에 마주친 시점에서, 이 대화가 시작된 시점에서 이미 진 싸움이었다.

"……정말 몰라요. 직접 가서 말하세요."

"벨을 눌러도 아무도 안 나와. 금전적 피해는 없고, 어디 있는지 알면 실종도 아니라면서 경찰도 상대를 안 해줘. 하지만 그 애는 속고 있는 거야."

"그럴지도 모르죠."

남자의 눈이 번뜩였다. 그 눈은 붉었고, 당장에라도 튀어나올 것 같았다.

"이대로 있으면 너도 무사하진 못할 거야. 피해자 모임도 만들어졌어. 어떻게든 고소하자는 이야기도 나온다고. 하지만 지금이라도 물러나 준다면 내가 그 사람들한테도 조용히 끝내자고 말해줄 수 있어."

"제가 무슨 짓이든 해서 멈출 수 있었다면 이미 몇 년 전에 멈췄겠죠."

남자는 황당하다는 얼굴로 나를 밀쳤다.

"왜 그렇게 남의 일처럼 말하는 거지?"

그가 거칠게 숨을 헐떡이며 나를 노려보았다.

분노하는 인간을 보고 있으면 어쩐지 가슴이 답답해진다. 혼나는 것이 싫은 어린아이에서 자라지 못했기 때문일까. 크게 숨을 내쉬며 호흡을 가라앉히려 했지만 잘 되지 않았다.

"내 소원은 딸이 돌아오는 것뿐이야."

나도 마찬가지다. 전부 돌아올 수 있다면 그것만으로 충분하다.

이런 식으로 나에게 달려든 것은 이 남자가 처음이 아니다. 어머니는 저렇게나 말이 안 통하는데도 성별과 연령대를 불문하고 꾸준히 동료를 늘려가고 있었다. 직접 이야기하다가 소통이 전혀 되지 않는 것에 좌절한 그들은 그녀에게 외아들이 있었다는 사실을 떠올린다. 그리고 숨어서 기다렸다가, 말을 건다. 이야기가 통하는 것 같으니 그대로 밀어붙인다— 그런 느낌이었다.

만약 내가 좀 더 어렸다면 이 사람들은 말을 걸어오는 대신 내 말을 들어주었을까? 예를 들어 내가 초등학생이었다면, 아동 상담소에 신고는 해줄지언정 나와 직접 담판을 지으려 하지는 않았을 것이다. 아니면 아버지가 있었다면, 아니면 내가 여자였다면.

"……멍청한 거겠지."

"뭐라고?"

목소리의 음량을 올릴까 낮출까 망설인 결과 생각했던 것보다 큰 소리가 나왔다.

"당신 딸이 멍청한 거겠죠. 그런 곳을 따라가다니."

이것이 일종의 자해 행위라는 것은 알고 있었다. 불에 기름을 붓는 격이었으니 상대는 더더욱 용서해주지 않을 것이다. 그런 대화를 몇십 분 정도 계속 이어가면 누군가의 신고로 찾아온 경찰이 사정을 캐물으며 상황이 더 복잡해질 것이고. 그 결과 아주 늦은 시간이 되어서야 집으로 돌아갈 수 있게 될 것이다. 거기까지 알고 있음에도, 상처입히는 것을 멈출 수가 없었다.

남자는 다시 한번 나를 붙잡으려고 했다. 그 과정이 슬로우 모션처럼 한 프레임씩 흘러갔다. 목덜미가 잡혔다. 잡은 두 주먹이 나를 들어올리려 했다. 거친 숨이 뺨에 닿았다. 그리고 흔들렸다. 그 모든 움직임이 뒤죽박죽 진행되는 가운데, 그것을 제지하는 사람이 나타났다.

"잠깐! 거기까지만 하세요."

말을 걸어온 사람은 나도 아주 잘 아는 사람이었다. 등장 방식과 타이밍이 마치 영웅 같았다. 그 녀석이 아버지가 좋다는 말을 입에 달고 살았던 이유도 어쩐지 알 것 같았다.

"당신은—."

남자는 눈을 크게 뜨고 아저씨를 바라보았다. 아무래도 두 사람은 아는 사이인 듯했다.

"그는 어머니랑 사이가 좋지 않습니다. 아무것도 모르는 상황에서 매일같이 그런 일을 겪으면 얼마나 힘들겠습니까."

"하지만 당신네 딸도……."

"그와는 무관한 아이입니다."

어린애 취급을 받는 것은 정말 오랜만이었다. 다음 달 생일이 지나 열여덟 살이 되면 더는 그 어떤 정의로도 보호받지 못하게 된다.

"이런 주택가 한가운데서 고함을 치면 제가 아니더라도 누군가가 경찰을 부를 겁니다. 그렇게 되면 인상만 더 악화되겠죠."

하긴, 남자가 앞으로 우리 어머니를 고소할 생각이라면 이런 곳에서 쓸데없는 문제를 일으키는 것은 좋지 않을 것이다.

남자는 나를 노려보면서 조금씩 뒷걸음질치더니, 이윽고 모퉁이 너머로 사라졌다. 이렇게나 순순히 사라져 주다니, 정말 영웅 만화의 한 장면 같았다.

감사 인사를 하기도 전에 아저씨가 내게 물었다.

"이런 일이 자주 있니?"

"적다고는 할 수 없죠."

나는 은연중에 고생이 배어나는 말투로 말했다. 이어지는 아저씨의 대답에 위로의 말을 기대하지 않았다면 거짓말이다.

"그렇구나. 하나 더 물어봐도 될까?"

"네."

나는 그렇게 말하고 고개를 끄덕였다. 아저씨가 무슨 말을 하고 싶은지 대충 예상은 갔다.

"얼마 전에 어머님을 뵀단다. 그립더구나."

어린 시절 아저씨와는 이웃 사이였다. 초등학교에 가기 전에 새집이 지어져서 이사를 했지만, 학군은 바뀌지 않았다. 유치원, 초등학교, 중학교, 그리고 지능 수준까지도 거의 달라지지 않았던 탓에 마나미와는 고등학교까지 함께였다. 아저씨는 마나미의 아버지였다.

"어머님이, 마나미를 최근까지 만난 것처럼 말씀하셨어."

나는 깊은 한숨을 내쉬었다. 아저씨를 탓할 수는 없었다. 아무리 이상한 인간의 말일지라도, 딸의 무사함을 바라는 아버지보다 더 「신앙」이 필요한 존재는 없을 테니 말이다.

"죄송하지만, 모르겠어요."

"정말? 집에 온 것처럼 말하던데."

"저희 집에는 절대 없어요. 마나미도, 다른 애도, 아무도 없어요. 저한테도 마치 마나미가 집에 있는 것처럼 말할 때가 있는데, 그때마다 부정하고 있어요. 저희 어머니는 제정신이 아니니까요."

아저씨의 눈동자 속에서 낙담을 읽어냈다. 그야 그렇겠지. 실종보다는, 차라리 골칫덩이라도 아는 집에서 살아있는 편이 훨씬 낫다. 그렇다고 해서 아저씨를 그 나무 아래로 데려갈 수는 없었다.

"그럼 마나미는 너희 집에 있는 게 아니라는 거지?"

"네."

"마나미에게 연락이 오면 알려줄 수 있겠니?"

"당연하죠. 하지만 그 녀석은 저보다 아버지한테 먼저 연락할 거라고 생각해요."

아저씨는 지친 얼굴로 웃었다. 하지만 나는 웃을 수 없었다.

5

당연히 집에 가고 싶은 마음은 사라졌다. 나는 돌아서서 학교로 다시 향했다.

이미 해는 떨어졌지만 평소에 가던 시간보다는 훨씬 이른 시간이었다. 뒷문의 화분을 눕혀 공벌레 옆에 있는 열쇠를 사용해 나무 아래까지 도착했다.

내가 온 것을 알아차린 것일까. 뿌리쪽 흙이 희미하게 떨리더니 지렁이가 기어가는 것처럼 흙이 부풀어올랐다.

『어서 와.』

마나미의 오른쪽 눈이 다정하게 나를 바라보고 있었다.

다녀왔다고 대답할 수는 없었지만, 나는 작게 「응」이라고 대답했다.

대화는 시작되지 않았다. 마나미는 한동안 말없이 눈을 움직이거나 입을 뻐끔거렸지만, 딱히 말을 먼저 시작하지도 않았다.

아버지를 만났다는 소리를 할까 말까 잠시 망설이다가, 스스로도 바보 같은 생각이라는 생각이 들어 쓴웃음이 나올 뻔했다. 두번 다시 만날 수 없는 아버지의 이야기를 꺼낼 필요는 없었다.

『오늘은 어땠어?』

마나미가 드디어 입을 열었다.

"딱히. 평소랑 똑같아."

『수업은 뭐였어?』

"수학이랑, 그리고……."

평소와 다름없는 대화였다. 고작 하루 만에 상황이 크게 달라질 리도 없는데, 상황을 묻고 시간표를 대답한다. 대화는 별다른 활기를 띠지 못한 채 시간만 흘러갔다. 오늘도 자정이 되면 나는 학교를 나와 집으로 돌아갈 것이다.

만약 집이 그런 상황이 아니었다면, 설령 내가 직접 묻은 소녀가 여기에 있었다고 해도 매일 만나러 왔을까. 아무리 할 일이 없었더라도, 학교에 친구가 없었더라도, 집에서 스마트폰이나 보면서 누워 있었을 것이다. 지금도 사실은 만화를 읽거나 적어도 음악이라도 듣고 싶었지만, 역시 미안한 마음이 들어 그저 우두커니 서 있을 뿐이었다. 점점 이런 식으로 시간을 빼앗기는 것에 짜증이 났고, 대답하는 것도 귀찮아지기 시작했다.

『이제 곧 시험이지? 공부는 시작했어?』

"아직 멀었잖아."

『3주 뒤 아니야?』

"2주 전에 해도 충분해."

침묵이 이어지는 것도 어색하긴 하지만, 작은 짜증이 켜켜이 쌓여 제대로 된 대답도 나오지 않았다. 떨어져 있으면 죄책감이 들 때도 있지만, 만나고 있을 때는 솔직히 짜증만 났다. 살아 있을 때 우리는 어떻게 대화했을까? 밖에 나가거나 공부로 시간을 때워서 크게 신경 쓰이지 않았던 것일까, 아니면 시체와 대화하는 것이 이제는 버거워진 것일까.

“넌 늘 남 걱정만 하네.”

『이렇게 됐으니까, 내 걱정을 해봐야 소용없잖아?』

그것도 그렇다. 그래도 넌 살아있을 때부터 한결같이 내 걱정밖에 하지 않았던가. 걱정돼서 물어보지 않을 수 없다고 너는 자주 말했었다. 내가 주위와 갈등을 겪거나, 가족과 사이가 나쁘거나, 공부에 의욕을 보이지 않거나, 그런 하나하나가 무척 걱정된다고 했다. 부모도 아니고. 심지어 부모도 나를 그렇게 걱정하지는 않는데.

『료헤이는 말이지.』

양쪽 끝이 거의 떨어져가는 입으로, 마나미는 웃고 있었다. 안구와 입술이 마치 눈을 감고 그린 그림처럼 이상한 위치에 놓여 있어서 사람의 얼굴로는 보이지 않았지만, 그래도 부분부분 살펴보면 역시나 그 얼굴은 마나미였다. 마나미의 오른쪽 눈, 마나미의 왼쪽 눈, 마나미의 입술.

『어머니를 용서해주고 싶은 거지? 그래서 아직 제대로 화를 내고 있는 거고.』

아주 오래전에 버린 쓰레기에 대해 감정이 있을까? 없다고 단언할 수 있다면 좋을 텐데, 역시 나에게는 미련이 있었다. 하지만 그건 좋아했지만 낡아서 솜이 터진 곰 인형을, 개가 삼켜서 질식사의 원인이 되어버린 장난감을, 그럼에도 버리지 못하는 것과 비슷했다. 모든 것이 사라지고 처음 만난 날로 돌아갈 수 있다면 그렇게 하고 싶었지만, 기적은 그것을 약속해주지 않는다. 그럼에도 계속 끌어안고 있어야 한다는 말인가.

어머니를 용서할 수 있다면 얼마나 좋을까 수도 없이 생각했다. 하지만 그것은 용서하고 싶은지 아닌지와는 전혀 다른 이야기였다.

대답하지 못하고 입을 다물었다. 그래서 메마른 흙을 밟으며 이쪽으로 다가오는 발소리를 빨리 알아차릴 수 있었다. 움직임을 그대로 멈춘 채 제발 여기로 오지 않기를 빌었다. 나무 그림자에 푹 잠겨있는 나를 찾는 것은 어려울 것이다. 만약 멀리서 누군가가 있다는 것을 알아차렸다 해도 학교 직원이 작업을 하고 있는 것이라고 여기고 넘어가주면 그만이다.

하지만 발소리는 계속해서 가까워지고 있었다.

"아오키? 거기 있어?"

—위험하다.

여자였고, 목소리가 어리다. 교사는 아닌 것 같다. 누구의 목소리인지 기억이 나지 않지만 학생인 것은 분명했다.

나는 순간적으로 발을 움직여 마나미에게 흙을 뿌렸는데, 서두른 탓에 구두 끝이 흰자위를 살짝 스쳤다. 핏기 없이 하얗고 뻐끔거리는 입에 짜증을 느끼며 쪼그려 앉아 흙을 더 뿌렸다. 마치 매장하는 기분이었다.

기분이 훅 가라앉은 순간, 이번엔 훨씬 가까이에서 다시 한번 목소리가 들려왔다.

"아오키?"

돌아보니 요코타가 있었다. 오늘 아침과 마찬가지로 빨간 머리끈을 손목에 걸고 있는 것 같은데, 주위가 어두워서 색은 구분할 수 없었다. 요코타가 아래를 보지 않기를 나는 기도했다.

"……왜 여기 있어?"

"내가 할 말이야. 난 삼자 면담 때문에. 아까 끝났고, 아버지는 오늘 밤부터 일이 있어서 급히 돌아가셨어."

"……삼자 면담이라니, 지금?"

삼자 면담 일정이 잡혀 있었던가? 프린트를 받지 못하는 괴롭힘을 당한 기억은 없지만, 생각지도 못한 곳에서 정보가 들어오지 않았을지도 모른다.

그런 내 의심을, 요코타는 쓴웃음을 지으며 날려버렸다.

"아오키, 몰랐구나. 하긴 알 리가 없지. 우리 집, 최근에 어머니가 돌아가셨거든."

풍선에 바람이 빠지듯 긴장이 풀리고, 스스로의 어리석음이 미워지며 후회가 밀려들었다. 요즘에는 무슨 일만 생기면 저도 모르게 남탓을 하게 된다. 아니면 자기 탓을 하거나.

"……미안."

"아니, 괜찮아. 어머니가 오래 입원해 계셔서 요즘은 제대로 된 대화도 못했거든. 그래서 진로에 대한 것도 포함해서 선생님이랑 상담을 했어."

그 말을 듣고 자신의 대학 진학 비용에 대한 계획이 전혀 없다는 것을 깨달았지만, 지금은 그런 것을 생각할 때가 아니었다. 다행히도 요코타는 내 발밑에는 아무런 흥미가 없는 듯했다. 아니면 생각보다 마나미를 잘 숨긴 것일지도 모른다.

요코타는 나를 보거나 펜스 쪽을 보면서 이리저리 바쁘게 시선을 굴렸다.

제발 이대로 아래는 보지 않기를 빌면서, 들키지 않게 나는 요코타의 얼굴을 빤히 바라보았다.

"뭐야? 민망하게."

"어?"

"왜 그렇게 빤히 보냐고. 아오키는 원래 다른 사람은 잘 안 쳐다보잖아?"

그랬나. 하지만 듣고 보니, 같은 반 여자의 얼굴을 오랫동안 바라본 일은 거의 없었던 것 같다.

"아오키, 알려줄래?"

"뭘?"

"여기서 뭘 하고 있었어?"

나는 고개를 숙이는 척, 최대한 티나지 않게 조심하며 발밑을 바라보았다. 다행히도 마나미의 기척은 조금도 느껴지지 않았다.

만약 여기서 내가 마나미의 시체를 파헤친다면 마나미는 어떤 얼굴을 할까. 썩어서 흐물어진 얼굴을 반 아이에게 보이면 울지도 모르고, 너무하다며 나를 날 혼낼지도 모른다. 하지만 다음 날 밤에 또 만나러 오면, 어서 와, 라고 말해 줄 것 같은 기분이 들었다. 이상한 상상으로 커져가는 심작 박동을 억누르기 위해,

나는—.

"마나미?"

요코타가 입에 담은 그 이름에 심장이 튀어나올 뻔했다. 눈을 부릅뜨고 땅에 시선을 떨어뜨려봤지만, 어디에도 마나미는 보이지 않았다. 하지만 이곳에 시체가 있다는 것을 알고 있었다면, 처음부터 마나미를 발견했을지도 모른다는 뜻이었다. 고개를 들어 요코타의 표정을 살피자, 어떤 감정인지는 모르겠지만, 웃고 있었다.

"마나미랑 여기에 자주 왔었어?"

"어?"

끓어오르던 피가 온몸에서 쭉 빠져나가는 기분이었다. 고요한 밤공기가 내 몸 주위로 돌아오면서 땀에 냉기가 스며들었다. 호흡도 다시 돌아왔다.

"그야 누구를 기다리는 것 같지도 않고, 그렇다고 이렇게 탁 트인 곳에서 담배를 피울 리도 없잖아. 열쇠는 어떻게 한 거야?"

"훔쳤어."

"불량 소년이네."

요코타는 웃으며 어둠 속에서 한 바퀴 몸을 빙글 돌렸다. 그 몸짓의 의미까지는 알 수 없었지만, 적어도 최근에 어머니를 잃은 사람으로는 보이지 않았다. 그렇게 말하면 나도 최근에 시체를 묻은 사람으로는 보이지 않겠지만.

"그럼 같이 돌아가지 않을래?"

"나 서쪽 출구 쪽인데."

"알아. 나도 그쪽이야."

"그럼 됐어."

이 자리에서 벗어날 수 있다는 것에 안도하며 나는 요코타의 뒤를 따라갔다.

문을 나설 때가 되어서야 비로소 한 번 뒤를 돌아볼 수 있었다. 마나미의 흰자위도 입술도, 역시 어디에도 보이지 않았다. 머리카락이 삐져나온 것 같은 느낌은 들었지만, 어둠이 깊어 잘 알아볼 수 없었다.

6

걸어서 10분 정도 걸리는 거리를, 이런저런 잡담을 나누며 요코타와 돌아갔다. 최근 수업에서 이즈미 선생님이 코털을 내놓은 채 50분을 보냈던 이야기라거나, 2학기부터 변경된 당번 제도가 마음에 들지 않는다는 이야기 등. 같은 반에서 같은 생활을 보내는 사람이라 그런지 의외로 이야깃거리가 많았다.

역에서 헤어질 때 집 앞까지 데려다줘야 하나 잠시 고민했지만, 고민하는 사이 요코타는 모퉁이를 돌아 사라졌다.

그러고 보니 집으로 돌아가는 길에 한숨 한번 내쉬지 않고 돌아간 것은 꽤 오랜만이었다. 언제나 마나미와 헤어지는 순간에는 마음이 편해지지만, 교문을 나설 무렵이 되면 집에 가기 싫은 마음이 앞서고, 역에 도착할 무렵에는 인생 자체가 싫어졌다. 그 원흉은 물론 집과 어머니에게 있었다.

오늘은 귀가가 평소보다 훨씬 빨랐다. 근처 패밀리 레스토랑에서 시간을 보낼까도 생각했지만, 돈이 없어서 포기했다.

열쇠를 돌려 문을 열자 어제와 마찬가지로 현관에 어머니가 웅크리고 있었다. 오늘 모르는 아저씨에게 멱살을 잡혔던 기억이 떠올랐다. 똑같은 짓을 해줄까 하는 생각도 들었지만, 손이 닿는 것조차 끔찍했다. 아니, 지금 당장이라도 뛰어가서 방에 틀어박히고 싶었다.

"기다리렴."

마치 새로운 인삿말 같았다. 『어서 와』를 대신한 『기다리렴』은, 최근에는 만날 때마다 매번 듣는 말이었다. 그대로 옆을 지나치려 했지만 어머니는 몸을 던져 내 다리에 매달렸다.

"뭐야, 하지 마."

이대로 차버려도 상관없지 않을까. 정말 그렇게 생각했지만, 다리에 힘이 들어가지 않았다. 역시 난 이 사람을 진심으로 무서워하는 것인지도 모른다.

"하지 말라니까!"

"나를 사랑하지 않는구나."

구역질이 날 것 같았다. 나라는 건 당신을 말하는 것인가. 사랑이라니 대체 무슨 소리일까.

"무슨 소릴 하는 거야?"

"나를 사랑한다면 더 일찍 집에 돌아와줬을 텐데."

"본인이 한 짓을 알기는 해?"

이 정도로 말이 안 통하는 녀석에게 속다니, 다들 제정신이 아니다. 하지만 단체의 동료들도 똑같이 말이 통하지 않는다면 모를까, 이 정도로 심각하게 의사소통이 안 되는 것은 우리 어머니뿐이었다. 어머니에게 끌려가서 단체 사무실에 간 적이 있었는데, 다른 녀석들은 이상한 교리를 맹신하기는 해도 말도 잘 통하고 배려심도 있는 평범한 사람들이었다.

더는 한계라는 생각에 온 힘을 다해 걷어찼다. 온 힘을 다했다고 생각했는데, 어머니는 아주 살짝 몸을 움츠릴 뿐 크게 충격을 받지는 않은 것 같았다.

하지만 역시나 아들의 폭력에 충격을 받았는지 잡은 손에 힘이 탁 풀렸다. 그리고 스스로 바닥에 쓰러졌다. 더는 뭐가 뭔지 모르겠다. 지금 갈 수밖에 없었다. 나는 어머니에게서 도망치기 위해 집 안을 달렸다.

방 안에 들어가 어머니가 들어오지 못하게 만들 바리케이드를 찾았다. 책장 대신 쓰고 있는 3단 수납장을 끌어다가 던지듯이 문 앞에 놓았다. 쿵 하는 큰 소리가 났다. 수납장 안에 들어있던 것들이 무너지며 가장 하단에 넣어둔 책들이 요란한 소리와 함께 바닥으로 떨어졌다. 방 안에는 참극이 펼쳐졌지만, 적어도 바리케이드를 만들 수 있는 안쪽으로 열리는 문이라서 다행이었다.

깨닫고 보니 발등에서 피가 조금 나고 있었다. 책 모서리에 찍힌 것인지 이제 와서 조금씩 아파오는 발을 안고 몸을 웅크렸다. 복도에는 아직 어머니가 있겠지만, 이쪽으로 다가오는 기척은 없었다.

숨을 고르며 눈을 감았다. 이대로 문 옆에서 자야 하나 생각하며 실눈을 뜨자, 도둑이라도 든 것처럼 어질러진 방이 눈에 들어왔다. 정말 지긋지긋했다.

그때, 놓으려던 의식의 끝자락에서 한 권의 책이 눈에 들어왔다. 기억하고 있다. 어렸을 때 어머니가 읽어주던 그림책이었다. 아직도 버리지 않고 책장 구석 쪽에 넣어둔 모양이었다. 무슨 이야기였더라.

무심코 책을 집어들고 페이지를 넘기다보니 조금씩 기억이 되살아났다. 아기 토끼가 구멍에서 나와 숲을 여행하고, 엄마 토끼가 뒤에서 계속 쫓아간다. 아기 토끼와 엄마 토끼의 이야기가 번갈아가며 나오는데, 아이를 잃어버린 엄마 토끼 페이지에서 내가 『토끼는 저기 있어!』라며 알려주는 것이 귀여웠다며 추억담을 꺼내던 어머니의 모습이 떠올랐다.

책장을 넘기고 또 넘겼다. 엔딩은 『앞으로도 계속 함께할게』로 끝나고, 책을 닫은 어머니는 늘 같은 말을 건네며 나를 안아주었다.

이런 기억이라면, 차라리 없는 편이 나을 것 같았다.

7

아무리 최악의 밤을 보냈다 하더라도 6시간 정도만 기다리면 반드시 아침은 찾아온다. 밤에만 시간이 유난히 길어지거나 벌칙으로 두 시간을 더 받는 일도 없었다. 1초 1초를 계속 세고 있으면 반드시 아침에 도달할 수 있었다.

그러고 보니 마나미는 해가 떠있는 시간에 흙 위로 나올 일은 없는 것일까. 우연히 지나가던 누군가에게 들키면 엄청난 소동이 벌어질 테니 내가 가기 전까지는 흙 밑에서 잠들어 있을지도 모른다. 죽은 자로서는 그 모습이 더 바람직했다. 게다가 낮에 지상에 나오기라도 하면 갑자기 허물어져 버릴지도 모른다. 아니, 빛에 약한 것은 좀비였나. 지금의 마나미는 도대체 어떤 괴물의 종류인 걸까.

어제도 또 목욕을 하지 못해서 이른 아침에 집을 빠져나와 체육관 동아리용 샤워실을 빌렸다. 진짜 부활동을 하는 학생들이 쓰는 시간과 겹치면 안 되기에 실제로 아침 연습이 진행되는 시간에 맞춰서 들어갔다. 젖은 머리카락이 체온을 빼앗아가 추웠다. 너무 한가해서 마나미를 만나러 갈까 생각했지만, 아침에 나올지 어떨지는 알 수 없었다. 결국 교실에 멍하니 앉아있는 것 말고는 할 것이 없었다.

아무도 없는 아침 교실은 냉기로 가득했다. 사람이 가득한 교실에도, 마나미가 있는 나무 아래에도, 집에도, 그 어디에도 없는 고요함이 있었다. 내 하루 중 유일하게, 아무것도 두려워하지 않고 편안하게 숨을 쉴 수 있는 시간이었다.

그래서 갑자기 말을 걸어오는 소리가 들렸을 때 심장이 입밖으로 튀어나올 정도로 놀랐다.

"좋은 아침."

"……좋은 아침."

요코타였다. 머리에 묶인 어제와 똑같은 머리끈이, 오늘은 아침 햇살을 받아 정상적인 채도를 가진 붉은색으로 보였다.

"요코타는 부활동?"

"아니, 농구부 아침 연습은 있긴 하지만, 당분간은 쉬어. 이대로 은퇴할까 생각 중이야. 아오키는?"

"그냥 좀 일찍 왔어."

"거짓말. 아오키는 늘 엄청 빨리 오잖아."

교실에는 늘 가장 먼저 도착한다. 새벽이 되자마자 집을 나서니까 당연하다고 하면 당연하다.

"넌 왜 빠른데?"

"음, 어쩌면 아오키와 같을지도 몰라."

"나랑 똑같다고?"

"집에 있기 힘들어서."

그런 거라면 확실히 똑같았다. 부모의 이상함에 어느 정도의 차이는 있겠지만, 요코타도 꽤 복잡한 가정사를 가진 모양이었다.

"특히 어제는 아오키가 더 힘들었을 것 같아서."

"……왜?"

"아버지가 어제 아오키를 만나러 갔다고 하셨거든."

어제? 어제 만난 사람이라고는 마나미의 아버지와 멱살을 잡아왔던 그 사람 둘뿐이었다.

"그 사람, 요코타네 아버지였구나."

"맞아. 너무 감정적이라 놀랐지?"

뭐라고 대답해야 할지 알 수 없었다. 어제의 분위기라면, 요코타의 집안에서 나는 무지막지하게 사악한 단체의 일원으로 여겨지고 있을 것이다. 뭐라고 말하는 게 좋을까? 그러나 어제 그 남자에게도 사과하지 않았는데 요코타에게 사과한다는 것도 좀 이상하게 느껴졌다.

요코타의 머리가 움직이며 아침 햇살에 반사되었다. 빛을 받아 이목구비가 반쪽만 날아간 얼굴 보습이 차가워 보이기도 하고 다정해 보이기도 했다.

"딸이 잡혀갔다고 하던데?"

"언니를 말하는 거야. 근데 애초에 아오키가 나랑 같은 반이라는 것도 아버지는 몰라. 좀 바보 같고 한심하지?"

교복을 보고 같은 고등학교라는 것은 알았겠지만, 설마 같은 학년에 같은 반이라고는 생각하지 못했을지도 모른다. 다음 주에 같이 당번 일을 한다는 것도.

"그래서, 마나미 아버지한테 제지당했다면서 분해하더라."

“아아…… 응, 그랬지.”

이대로 대화를 끝내도 상관은 없겠지만, 일단 요코타에게도 그 남자에게 했던 말과 똑같은 말을 전해 주는 편이 나을 것 같았다. 믿어주고 말고를 떠나서.

“……마나미는 우리 집에는 없어. 그리고 너희 언니도.”

“그렇겠지. 다른 애들도 그건 아닐 거라고 말했어.”

“다른 애들?”

“나도 솔직히 그렇게 생각해. 이토도, 아오키는 마나미랑은 사이가 좋았으니까 역시 그건 좀 아니지 않냐고 했었고.”

아오키, 이토. 이름 순으로 옆자리였기 때문에 항상 당번 짝이 같았다. 몇 번 말을 나눈 정도의 사이였다. 하지만 최근에는 당번을 자주 교대하고 있었다.

“이토는 날 싫어하는 거 아니었어?”

“아니. 당번 교환은 내가 부탁한 거야.”

“어? 왜?”

왜냐니, 답은 뻔하다. 나를 고립시키려고 한 거겠지. 하지만 요코타의 대답은 내 상상을 완전히 뛰어넘어 기상천외할 정도였다.

“모르겠어? 널 좋아하니까.”

요코타의 얼굴은 반만 새하얀 채로 내 시야 전체를 가득 메워 갔다. 눌린 입술의 말랑함이 고무 같아서, 사고가 정지할 것 같아 급히 눈을 감았다.

작은 웃음소리가 들리고, 다시 한번 이어졌다. 정신은 멈춰 있고, 몸에서는 계속 경보가 울렸고, 마치 심장에서 서서히 피가 흐르기 시작한 것처럼 뜨거워졌다.

8

적어도 그 나무의 이름을 알고 싶어서 도서실에 가서 사서 선생님께 말을 걸었다. 분류기호 653, 수목 분류에 관한 무식하게 두꺼운 책이 서고에서 당당하게 모습을 드러냈다. 좀 더 보기 좋은 책은 없냐고 투덜대면서 도감 같은, 아니 그보다 더 자료 느낌이 나는 그 책을 넘기고 또 넘겼다. 하지만 나무의 차이는 조금도 구분할 수 없어서 결국 이름은 알지 못했다.

해가 떨어지고, 정문이 닫히고, 뒷문에 있던 화분을 뒤집었다. 가져온 열쇠를 들고 마나미의 나무로 일직선으로 향했다.

마나미를 만나고 싶지 않다는 마음과, 오늘만은 만나고 싶다는 마음이 뒤섞여, 이제는 어느 쪽이 진심인지 나도 알 수 없었다.『오늘은 무슨 일이 있었어?』라는 질문을 매번 받는 것이 괴로운 것인지 귀찮은 것인지, 어느 쪽인지 잘 모르겠다.

『어서 와.』

두더지가 얼굴을 내밀듯, 주먹 만한 크기의 작은 구멍에서 마나미의 얼굴 조각들이 꿈틀거리며 모여들었다.

『오늘은 어땠어?』

"딱히. 전혀—."

재미없었어. 평소와 다르지 않았어. 여러 남자에게 매복당한 날도, 어머니가 무서워서 하루 종일 잠들지 못해 수면 부족에 시달렸던 날도, 그런 식으로 대답해 왔다. 똑같이 대답하면 된다.

"아무 일도 없었어."

『그래. 목요일이니까 이즈미 선생님 수업이 있었겠네.』

"맞아."

왠지 모르게 입이 근질거리는 기분이 들었다. 요즘은 마나미에게 말할 수 없는 일이 더 많았다. 달리 할 수 있는 말은 없을까 싶어 오랜만에 진지하게 화제를 찾았다.

"그러고 보니 도서실에 다녀왔어."

『흐음. 이 나무 이름은 알아냈어?』

"아니, 아직."

『다사다난하네.』

그대로 마나미의 두 눈이 땅 위에서 계속 기어다녔다. 이리저리 오가는 두 개의 구슬이 수시로 나를 보거나 보지 않거나 했다. 이윽고 그 눈의 주기가 동기화되며, 동시에 나를 바라보았다.

『그러고 보니 오늘 선생님들이 여기를 지나갔어.』

"매일 누군가는 다니잖아."

『응. 그래서 말인데, 료헤이의 어머니, 어쩌면 위험할지도 몰라.』

내 어머니가 위험한 녀석이라는 것은 이미 오래전부터 알고 있는 일이었다. 한숨으로 대답하자, 마나미가 조금 답답한 어조로 말을 이어갔다.

『그 말이 아니야. 학교에도 경찰이 와서 선생님께 이야기를 물어봤어.』

"……경찰이?"

『만약 어머니가 체포되면 수험 직전인 이 시기에 학교는 어떻게 대응해야 하냐면서, 선생님들이 료헤이를 걱정했어.』

"우리 집에는 경찰이 안 왔는데."

『그야 료헤이는 아무리 봐도 관계가 없으니까 그런 거지. 집에도 거의 있지도 않고, 그리고 혹시 최근에 어머니랑 싸웠어? 밖에 들릴 정도로 큰 소리로.』

짐작 가는 밤은 많았다. 누가 경찰에 신고해도 이상하지 않을 정도로 어머니가 고함을 치거나 내가 물건을 집어던진 날이.

"……그럼, 진짜야?"

교사도 같은 반 아이들도 모두, 나는 정말 관계없다는 것을 알아주고 있었다는 말인가. 그럼 요코타의 그 태도도 거짓말이 아니고, 마나미 아버지의 말도 단순한 위로가 아니었다는 이야기가 된다. 점점 더 누구를 믿어야 할지 알 수 없었지만, 적어도 마나미는 거짓말을 할 이유가 없을 것 같았다.

『료헤이, 왜 그래?』

"아니, 아무것도 아니야."

9

밤의 어둠 속, 집으로 돌아가는 길에 느껴진 내 마음속 감정은 어딘가 기묘했다. 꿈에서 깨어나는 느낌이라고 해야 할까, 혹은 꿈속에서 계속 각성하는 느낌이라고 해야 할까 걷고 있는 이 한걸음 한걸음이 어딘가 붕 떠 있고, 어쩌면 전부 거짓말 같기도 했다.

그렇다면 내일 눈을 뜨면 모든 것이 원래대로 돌아가 있을지도 모른다. 뭐, 그런 소원을 품지 않는다고 해도 어딘가 몸이 가벼워지는 듯한 부유감이 계속 느껴졌다.

문을 열면 아마도 어머니가 그곳에 있을 것이다. 한 번 심호흡을 하고 문고리를 비틀었다. 역시 현관에는 어머니가 있었다. 여기서 계속 나를 기다린 것일까.

어머니와의 이야기를 피하고 내 방으로 직행하는 것이 오늘은 불가능하다는 것을 알고 있었다. 어머니는 진지한 얼굴로 나를 보고 있었다. 입을 열지 않고 가만히 있으면 그저 아들의 밤놀이를 어떻게 혼낼까 고민하는 한 명의 어머니로밖에 보이지 않았다.

정말로 난 이 녀석을 용서하고 싶은 것일까. 마나미가 한 말이 떠올랐다.『용서해주고 싶어서, 그래서 아직도 화를 내고 있는 거잖아』. 정말 그럴까?

아마도 날 사랑했던 어머니는 몇 년 전에 이미 사라져 버렸을 것이다. 사랑을 요구하기만 하는 여자를 언제 버릴지는 남자의 몫인 것 같은 기분이 들었다. 마지막으로 어머니의 손을 잡을까 말까 조금 고민하다가, 역시 관뒀다. 몇 년 전에 죽은 어머니에게 미안한 마음이 들었기 때문이다.

다섯 살의 나에게 어머니는 하나의 신앙이었다. 그 사람이 원했던 것의 시작은 흔한 애정이었던 것 같은데, 자신의 아들 이외의 신자까지 원하게 된 그 녀석은, 더는 괴물로밖에 보이지 않았다.

10

아침에 일어나자마자 집을 뛰쳐나와 나무 아래로 향했다. 나뭇잎 사이의 햇빛 아래에 있어도, 마나미는 좀비가 되거나 되살아나는 일 없이 여전히 시체 그대로였다.

『아침인데 왜 왔어?』

"응. 하지만 아침에도 사람은 거의 없으니까."

『흐음.』

마나미는 조용히 대답하고는 별다른 반론을 하지 않았다. 아침이든 저녁이든 어떤 때든, 나무와 마나미는 나를 거부하지 않았다. 뺨이었던 조각은 터진 풍선처럼 마나미의 눈 옆을 떠다녔다. 살아있을 때는 붉게 물들어 있던 그것이 문득 그리워졌다.

불현듯 마나미에게 상처를 주고 싶어졌다. 왜 그런 충동을 느겼는지는 모르겠지만, 그런 유치한 감정을 이전에 누구에게 향했었는지는 아직도 기억하고 있다. 마나미는 나를 용서해 주리라는 것도 알고 있었다.

"저번에 너희 아버지를 만났어."

마나미의 오른쪽 눈이 조금 어긋나듯 움직이며 나를 바라보았다. 애니메이션 속 눈알 귀신이 넘어지는 장면과 비슷했다.

『왜?』

"길에서 우연히 만났어. 너한테 연락오면 알려달래."

『그렇구나…… 그렇지.』

마나미는 지금도 실종 상태로 되어 있었다. 지금이라도 시체를 수습해서 신고하는 것은 물리적으로는 가능할지도 모르지만, 나도 마나미도 원하지 않았다. 그리고 마나미는 더 이상 아무 말도 하지 않았다. 휙 고개를 돌린 그 입술에 하얀 무언가가 기어갔다.

"연락 왔다고 하고, 뭔가 전해줄까?"

『아니, 됐어. 그런 이상한 펜팔은 계속될 수 없을 테니까.』

"그래."

『평소의 밤 시간도, 보너스 타임 같은 거라고 생각해.』

"계속되지 않을 거라는 거야?"

마나미는 다정함이 가득 담긴 눈동자 그대로 아무 말도 하지 않았다.

하긴 그렇지. 이미 우리는 한 달 가까이 이런 생활을 계속하고 있지만, 언제까지 이어질지는 잘 모르겠다. 하지만 할 수 있는 한은 계속할 생각이었다. 할 수 있는 한이라니 언제까지? 예를 들면 1년, 혹은 5년, 혹은 10년, 혹은 평생?

"아니, 난 매일 올 거야."

『……진심으로 하는 말이야?』

"응, 아마 진심."

이는 새로운 신앙의 한 종류였다. 신앙이란, 무엇인가를 버리는 것이다. 의심을, 경계를, 잡음을, 사고를, 그 모든 것을 버리고 단 하나만을「믿기」로 정하고, 그 이외의 것을 잊는 것. 참으로 편리한 선택지라는 생각이 들었다. 고민을 해결하는 것이 아니라 고민 자체를 지워버릴 수 있었다. 그래서 어머니가 싫었다.

대답이 없어서 땅에 시선을 떨구자, 마나미의 안구가 걱정을 담아 나를 보고 있었다.

『료헤이도 졸업하면 더 이상 못 오잖아.』

"파서 가져갈 거야."

『글쎄. 나무째로 가져가지 않으면 힘들걸.』

"그럼 그렇게 하지, 뭐."

사랑은 영원한 집착이다. 신앙은 다른 모든 것을 버리는 것이다. 신앙은 하나의 악이라고, 나는 생각했다.

『그럼 계속 함께네.』

나에게는 저주로 들리고, 마나미에게는 약속으로 들린 그 말은 아마 거짓말은 될 수 없을 것이다. 마치 5살의 나에게 어머니가 『계속 함께할게』라고 말한 것만큼이나 우스꽝스럽고 어리석지만, 순수하고 악의라고는 없는, 애정이 담긴 말. 당연히 거짓말이 되어야 할 말인데, 저주 때문에 약속이 되었다.

"계속 함께야."

나는 이름 모를 나무줄기를 어루만지며, 그 아래에서 꿈틀거리는 마나미의 뺨을 밟았다.

그린벨벳의 등뼈

아오이 세아

1

쌓인 잿더미 속에서 마지막으로 남은 목울대 뼈에는 타원형의 갈색 알갱이가 붙어 있었다.

"어머, 씨앗이 있네."

수골실에는 나와 담당자인 스즈모리 씨 둘 뿐이었다. 이름 그대로 방울 소리를 연상시키는 맑은 목소리가 실내에 울려 퍼졌다.

씨앗이라고 하니 확실히 식물의 씨앗으로 보였다. 1,000도 이상의 고온에서 구워진 뼈는 새하얀 색이었고, 그 속에 덩그러니 놓인 씨앗은 일찍이 누군가의 입가에 있던 점을 떠올리게 했다.

내가 낯선 이물질에 넋을 놓고 있는 동안, 스즈모리 씨는 이 화장장의 베테랑답게 재빨리 검은색의 작은 상자를 준비하고 있었다. 안에는 구름 같은 솜이 깔려있었다.

"이쪽으로 조심해서."

그 말에 따라 젓가락을 움직이는 내 손은 떨리고 있었다.

"뼈가 묻힐 정도로 새 흙을 덮어줘야 해요. 물은 분무기로 살짝 적실 정도로만. 많이 뿌리면 흙이 흘러내려요. 이삼일 지나면 싹이 나올 테니까, 잘 뿌리내리면 조금씩 물을 주면 돼요."

「화분이 없어요」라고 말하자 스즈모리 씨는 흰색 화분을 주었다. 「이것도 화장장의 관례인가요?」라고 물었더니, 자신이 사두고 쓰지 않은 화분이라고 했다.

"새하얀 화분에 붉은 장미를 심으면 예쁠 거라 생각했는데 말이에요.”

홈센터에서 사놓고 차 뒤에 실어둔 채 잊고 있었다는 화분은 앤티크풍으로 조각된 부분에 희미한 먼지가 쌓여있었다. 스즈모리 씨는 그것을 걸레로 닦아 운송차에 타기 직전 건네주었다.

“물이 아니어도 괜찮아요.”

“네?”

“좋아하던 걸 줘요. 그게 더 좋을 테니까. 그러니까 물이 아니라도 괜찮아요.”

무엇을, 이라고 묻기도 전에 문이 닫혔다.

“이것도 인연이니까. 소중히 여겨줘요.”

창문 너머로, 짙은 립스틱을 바른 입술이 그렇게 움직였다. 차는 낯선 거리를 달리기 시작했다.

창가에 신문지를 깔고, 받은 화분에 흙을 쏟아부었다. 그리고는 마치 중요한 의식이라도 되는 것처럼, 검은색의 작은 상자에서 뼈를 꺼내 손바닥에 올려두었다.

평소에는 부드러운 피부, 살 아래에 숨어있는 것이다. 부처의 모습과 닮았다고 하여 목불이라고 불리지만, 굳이 따지자면 옛날 어딘가에서 봤던 상어 골격 표본과 비슷하다는 생각이 들었다. 사냥의 상징인 날카로운 이빨이 남은 표본은 죽어도 여전히 먹잇감을 물어뜯으려 하는 것이 아닌가 하는 착각이 들 정도로 매서웠다.

씨앗은 어찌된 영문인지 뼈에 딱 달라붙어 흔들어도 떨어지지 않았다.

이것을 담고 있던 오빠의 목이 과거 어떤 목소리를 냈는지 기억이 나지 않았다. 낮고, 중얼거리듯이 말했던 것 같다. 그리고 항상 오빠를 떠올리려고 하면 화난 얼굴이 떠올랐다. 그래서 과거를 되돌아보는 것은 내키지 않았다. 한 방울 흐른 눈물은 지는 석양의 눈부심 때문이었다.

흙을 다 덮었을 무렵에는 실내는 어둠과 함께 냉기가 감돌기 시작했다. 아침 일찍 하는 편이 좋았을까 생각하면서, 흙으로 더러워진 손끝을 커튼 끝자락으로 닦았다.

"오빠가 죽었다며? 안타깝네."

휴식 중에 파트 타임 주부 중 한 명이 말을 걸었다. 여자들만 있는 직장은 편해서 좋긴 하지만, 이야깃거리가 될 만한 일은 금방 소문이 되어 퍼져버린다.

"아, 네. 갑자기 휴가를 써서 죄송했어요."

"괜찮아. 서로 돕고 사는 거지."

"감사합니다."

"요우는 참 야무져서 이럴 땐 도와주고 싶어진다니까. 그에 비해 그 사람은 대체 무슨 생각인지."

화제는 곧바로 몇 달 전부터 오지 않게 된 요지마 씨의 이야기로 바뀌었고, 나는 속으로 몰래 안도했다.

"바쁜 시기에 말도 없이 그만두고 말이야. 인사 정도는 해야 하는 거 아니야?"

"내 말이. 그런 애들은 상식이 없는 거라니까."

고개를 끄덕이는 쪽의 입가에서 달콤한 담배 냄새가 풍겼다. 함께 쉬는 시간을 가진 두 주부는 모두 흡연자였다. 달콤한 냄새와 담배 특유의 쌉쌀한 냄새.

나는 연기로 가득 찬 이 공간에서 닭튀김과 야채볶음을 계란으로 덮은 직원용 밥을 먹고 있었다. 사실은 닭고기 덮밥이 먹고 싶었는데, 이미 그녀들이 만들어 놓은 뒤였다.

"애초에 그 사람은 미혼이잖아? 그 상태로 괜찮은 거야?"

"글쎄, 드럭스토어에서 분유를 사는 걸 본 사람이 있다던데."

두 사람이 푸념을 주고받는 사이 휴게실에는 부드러운 가시가 자라나며 엉켜갔다. 나도 가끔씩 맞장구를 치는 탓에 같은 가시밭 속에 끼이고 있었다.

덮밥의 바닥이 보이기 시작할 무렵, 역시 연기가 너무 자욱해서 창문을 살짝 열어두었다. 눈앞은 큰길이라 차가 끊임없이 오고갔다. 배기가스로 뒤덮여 있을 것 같은 바깥 공기가 훨씬 더 상쾌하게 느껴졌다.

아르바이트를 마치고 돌아오는 길에 편의점에 들러 진저에일을 샀다. 평소엔 탄산음료는 사지 않지만, 화장장에서 가져온 씨앗이 싹을 틔웠기 때문이었다. 『좋아하던 걸 줘』라고 말한 스즈모리 씨의 그 말이 머릿속에서 떠나지 않았다.

오빠가 좋아했던 음료를 떠올려보자, 아주 어렸을 때 패밀리 레스토랑 드링크 바에서 진저에일을 마시던 장면이 떠올랐다. 나는 어렸을 때부터 지금까지 쭉 탄산을 좋아하지 않았다. 목을 태우는 듯한 지글거리는 감각이 얇은 목 점막을 녹여버릴까봐 무서웠다. 투명한 잔에 담긴 옅은 호박색 안에 미세한 거품이 피어올랐다. 아버지가 마시던 맥주와도 비슷해서, 그것을 마시기 시작했을 무렵부터 오빠는 어린 나와는 다른 존재가 되어버렸다고 생각했다.

"아."

편의점에서 나와 어둠 속으로 한 발짝을 내딛자 옆에서 가느다란 목소리가 들려왔다. 귀에 익은 소리에 고개를 돌렸다.

가로등 불빛 때문인지, 깊은 그림자가 패인 그 얼굴은 꽤나 수척해 보였다. 나와 마찬가지로 장을 본 것인지 가느다란 팔에는 편의점 봉투가 매달려 있었다.

"아, 요우 씨, 오랜만이네요. 요우 씨도 여기 편의점 다니나봐요."

불안하게 시선을 방황하며 어색한 미소를 지은 요지마 씨는, 이 계절치고는 좀 추워 보이는 블라우스 한 장을 걸치고 가을바람에 몸을 떨고 있었다.

2

어린 시절의 오빠는 힘이 넘쳤어서, 자주 내 손을 잡고 집 근처에 있는 공원으로 향했다. 키만큼 자란 잡초가 무성한 곳이 있었는데, 사실 나는 벌레가 많아서 공원이 싫었다. 가기 싫다고 말한 적도 있었다. 그런데도 오빠는 손을 놔주지 않았다. 공원에 가는 것이 나에게 도움이 된다고 믿어 의심치 않는 굳은 믿음이 오빠의 다리에 들러붙은 것 같았다.

"저, 요우 씨, 어째서……."

맨션 복도에서 열쇠를 꺼내기 위해 손을 놔주자, 요지마 씨는 난처한 얼굴로 미간을 찌푸렸다.

"요지마 씨, 임신했죠?"

주머니 속을 뒤지며 내가 말하자, 요지마 씨 입에서 또 「어째서」라는 말이 흘러나왔다.

"파트 타임 사람들 전부 다 알아요. 밤에 그렇게 얇은 옷을 입고 돌아다니면 걱정되니까요."

"그래서 데려와준 건가요? 왜, 그런 친절을."

그것만이 이유는 아니었다. 그 화분은 오늘 아침 싹을 틔웠다. 오늘부터 난 그 기묘한 씨앗과 단둘이 살아야 한다. 그것이 싫어서 아르바이트도 늦게까지 남아 청소를 도왔다는 것을 알면 요지마 씨는 무슨 말을 할까. 그때도 지금과 마찬가지로 감사하다며 깍듯하게 고개를 숙일까.

“다녀왔습니다.”

캄캄한 방을 향해 평소 하지 않던 말을 던졌다.

“요지마 씨, 괜찮다면 이거 걸치세요.”

“저 화분은······.”

몸이 차가워지지 않도록 회색 후드티를 건넸지만, 요지마 씨의 시선은 창가에 놔둔 화분에 고정되어 있었다. 기분 탓인지 오늘 아침보다 더 커진 것 같은 싹이 흔들리고 있었다.

“아, 저건 그냥, 받은 거예요. 추운 걸 싫어하는 식물도 있다길래, 잘 몰라서 집안에 들여놨어요.”

“요우 씨도 씨앗을?”

여전히 힘없는 목소리였다. 똑바로 쳐다보는 눈동자에 이상하게 친근감이 느껴졌다.

요지마 씨는 손에 들고 있던 비닐봉지를 가슴께까지 들어올린 후, 살짝 걷어 안에 든 내용물을 보여주었다. 손바닥에 다 담을 수 있을 정도의 흙과 하얗고 작은 뼈. 나는 그제서야 요지마 씨의 배가 얇다는 것을 깨달았다.

“작은 뼈들뿐이었어요. 많이 남지 않을지도 모른다고 하긴 했는데, 부스러기 같은 것들뿐이라 좀 슬프더라고요.”

원인 불명의 사산이었다고 요지마 씨는 말했다. 피곤한 표정이었지만 목소리에 비통함은 묻어나지 않고 그저 담담했다. 오싹할 정도로 냉정한 목소리에, 신중하게 단어를 고르며 대답을 했다.

“안타까운 일이네요.”

"요우 씨도. 그건 누구 거예요?"

"오빠 거예요. 목울대 뼈에 있었어요."

"맞아. 이 아이는 안와 안에 있었어요. 안와. 알아요? 두개골
에 있는 눈구멍."

요지마 씨가 검지로 눈 주위의 피부를 따라 쓸었다. 선명하게
새겨진 다크서클이 더욱 검어보였다.

"편의점에서 요우 씨를 봤을 때 혹시나 싶었거든요. 얘기해보
고 싶어서 밖에서 기다린 거예요."

"혹시, 라면?"

"술자리에서 탄산은 잘 못 마신다고 했었잖아요? 마시지도
않는 걸 사길래 어쩌면 나랑 같지 않을까 생각했어요."

그러고 보니 전에 얘기한 적이 있는 것도 같았다. 용케 기억
하고 있구나 하는 생각이 들었다.

"전혀 싹이 안 나서요. 그런데 주변에는 기르는 사람이 없어
서 어떻게 해야 하는지 물어볼 수도 없고. 요우 씨는요? 언제
씨앗을 심었어요? 싹이 난 건 언제고요?"

적극적으로 물어와 당황했지만, 벽의 달력을 보면서 유골을
화장한 날과 오늘 싹이 났다는 것을 대답했다.

"그렇구나. 이 아이는 뭐가 문제인 걸까."

언제쯤 죽었냐고는 차마 묻지 못했다. 소원했던 오빠를 떠나보
낸 나와는 다르다. 자식을 잃은 충격은 헤아릴 수 없을 것이다.

말투로 봤을 땐 오빠의 것보다 조금 더 오래된 것 같았다.

"왜 비닐봉지에 넣어둔 거예요?"

"다른 곳에 옮겨 심을 생각이었거든요. 공원 같은 곳에. 넓은 곳이 좋지 않을까 싶어서…… 난감하네, 이거 어쩌지."

요지마 씨의 중얼거림은 일하는 중에 자주 새어나왔던 말과 똑같았다. 거스름돈 금액을 잘못 건네줬을 때, 계산대 금액이 맞지 않았을 때, 세제가 다 떨어졌을 때. 난감하네, 이거 어쩌지. 마치 잠꼬대처럼 그렇게 말하고는 그 자리에 미동도 않고 서 있었다. 『누군가가 도와주길 기다리는 거야』. 파트 타임 주부들은 자주 그런 험담을 했다.

나는 늘 못 본 척을 해왔다. 게다가 요지마 씨는 홀 서빙 담당, 나는 주방 조리 담당이니까 업무 내용이 다르다는 것도 나서지 못하는 정당한 이유가 되어주었다.

하지만 지금은 아니었다. 두 사람과 두 개의 씨앗. 무의식인지는 모르겠지만, 이대로 가다가는 요지마 씨가 내뿜는 무거운 공기에 둘이 함께 삼켜져버릴 것 같았다. 통화 이력에서 원하는 연락처를 찾아 문자메시지를 보냈다.

스즈모리 씨의 집은 화장장과 그리 멀지 않은 곳에 있었다. 콘크리트 블록을 뚫고 솟아난 나무들은 겨울이 가까워졌는데도 모두 반질거리는 잎사귀를 매달고 있었다.

"어서 오세요. 이 근처는 버스밖에 없어서 불편했죠? 요즘 인원이 부족하다면서 운행 횟수도 줄었어요. 정말 난감하다니까요."

안내받은 다다미방에서는 정원이 한눈에 들어왔다. 무성하게 우거진 것처럼 보였지만 안에서 보니 모든 식물이 싱싱했고, 하나하나 잘 손질되어 있다는 것을 알 수 있었다.

요지마 씨는 머뭇거리면서 도무지 말을 꺼낼 생각을 하지 않았다. 어쩔 수 없이 내가 먼저 나서서 스마트폰으로 찍은 화분 사진을 보여주었다.

"제 거예요. 조금씩 자라기 시작했는데 어떤가요?"

"아, 좋아요, 그대로도 충분해요."

"이건 무슨 식물이에요?"

"글쎄. 난 식물의 이름까지는 잘 몰라요. 하지만 자라야 할 모습으로 자라요. 그런 것들은."

스즈모리 씨가 찻잔의 내용물을 따르자 호지차의 구수한 향기가 다다미의 냄새를 뒤덮었다. 차분한 향기 때문인지 「그런가요」라는 중얼거림과 함께 어깨에 힘이 빠졌다.

"그런 거예요. 수분은 뭘 주고 있어요?"

"진저에일이요."

"아, 그 사람이 좋아했을 것 같네요."

순간 오빠를 아는 건가 싶었는데, 이내 영정 사진을 봤기 때문이라는 것을 깨달았다.

"그래서, 당신 쪽은요?"

요지마 씨는 우리 집에 가져다 놓은 비닐봉지를 그대로 스즈모리 씨에게 건넸다.

"싹이 너무 안 트길래 옮겨 심으려고 했어요. 그래서."

"이름은 정했어요?"

"네? 이름이요?"

스즈모리 씨의 질문에 당황했는지, 요지마 씨가 눈을 동그랗게 뜨고 도움을 요청하듯 시선을 이리저리 굴렸다. 나는 모르는 척했다.

"당신의 아이였잖아요? 이름은요?"

"……사치."

중얼거린 목소리에는 희미하게 눈물이 배어 있는 것 같았다.

"여자아이라면『행복』의『행』을 써서『사치』로 짓기로 했어요."

요지마 씨는 그렇게 말하며 인자한 얼굴로 배를 쓰다듬었다.

딱 적당하게 식은 호지차를 입에 가져갔다. 목이 말랐던 것인지 한 번에 다 마셔 버렸다. 진저에일을 뿌리면 식물은 바로 죽을 거라고 생각했다. 하지만 우리 집 화분의 흙은 마치 그것을 기다렸다는 듯이, 슈우욱 하는 소리를 내며 내가 부어준 진저에일을 다 마셔버렸다.

도중에 자리를 비운 스즈모리 씨는 좀처럼 돌아오지 않았다.

자식이나 다름없는 씨앗을 빼앗긴 요지마 씨는 가만히 있지 못하고 복도 쪽으로 목을 쭉 빼거나 허락도 없이 포트에서 찻주전자에 뜨거운 물을 부으며 안절부절 정신이 없었다.

마침내 돌아온 스즈모리 씨의 손에는 비닐봉지가 없었다. 그 대신 양동이 형태를 한 묵직하고 무거워 보이는 화분을 안고 있었다.

"봐요. 뼈, 여기 있죠?"

불안한 얼굴로 화분을 들여다보는 요지마 씨에게, 스즈모리 씨는 굵은 손가락으로 흙을 살짝 파내서 보여주었다. 새하얀 조각이 보이자 요지마 씨는 후우 하고 가슴을 쓸어내렸다.

"이건 말이죠, 특별한 화분이에요."

"특별한 화분……."

요지마 씨는 멍한 얼굴로 중얼거렸다.

"영유아처럼 아주 어린 아이는 아직 이 세상을 모르니까요. 그러니까 우리가 조금 더 도와줘야 해요."

"아, 그랬군요. 전 아무것도 몰랐어요."

"괜찮아요. 그리고 싹이 트면 물을 주세요. 흙이 마르지 않게. 하지만 직접 뿌리면 안 돼요. 섬세하니까 다칠 수 있거든요."

"그, 좋아하는 게 아니라도 상관없나요?"

분명 나에게는 그렇게 말했었다.

"당신은 뭘 준비했나요? 분유? 하긴 아기니까. 하지만 그 아이는 아직 이 세상에 태어나지 못했잖아요. 그런 아이는 인공물이 아니라 우선 물을 원하기 마련이에요. 그리고 햇볕이 잘 드는 곳에서 길러주세요."

"그랬군요. 저는, 정말 아무것도 몰라서…… 감사합니다. 어떻게 감사의 말을 드려야 할지……."

"괜찮아요, 뭘 이 정도로."

수줍은 얼굴로 손을 내젓는 스즈모리 씨 앞에서, 눈시울을 붉힌 요지마 씨는 무릎이라도 꿇을 기세로 감사의 말을 반복했다.

3

씨앗을 키우는 사람끼리 정보를 공유하자면서 연락처를 교환했지만, 그 이후로 요지마 씨에게서는 연락이 오지 않았다.

창가의 싹은 무럭무럭 자라고 있었다. 잎도 확실한 형태를 갖춰가고 있어서, 무슨 식물인지 찾아보면 알 수 있겠지만 나는 그러지 않았다.

생각해보면 오빠가 살아있을 때부터 그랬다. 지금은 뭘 하고 있는지, 요즘은 어떤지, 연락 한 번으로 해소할 수 있었을 불안감을 나는 계속 외면해왔다. 그런 것을 반복하다 보니 정말 보지 않아도 상관이 없어졌다. 매정하다고 생각할까 걱정하며 연인인 미노루에게 살짝 털어놓았는데,『성별 다른 남매는 특별히 사이가 좋지 않으면 다 그런 거지』라는 실로 담백한 대답이 돌아왔고, 나는 용서받은 것에 안도했다.

"언제부터였을까, 타스 군."

타스 군. 옛날에는 오빠의 이름인『타스쿠』를 바꿔서 그렇게 불렀다. 언제부터일까? 이름을 부르지 않게 되고, 키가 커서 눈높이도 맞지 않게 되고, 먹는 것도 달라지고, 다니는 장소도 달라지고. 가족 중 누구보다 제일 가까웠는데. 오빠라고 부르지도 않았다. 제일 먼저 집을 나갔고, 내 앞에서 사라졌다. 설마 다시 당신과 이렇게 살게 될 줄이야.

페트병 뚜껑을 돌려 진저에일을 벌컥벌컥 쏟아부었다. 탄산 거품이 터지는 순간, 끓어오르는 용암처럼 휘말린 흙에 구멍이 뚫렸다. 남은 것은 자신의 목구멍으로 넣었다. 역시 아파서 마시기 어려웠다.

그리고 얼마 후, 놀랍게도 요지마 씨는 아르바이트에 복귀했다. 이전까지의 소심한 태도는 온데간데없었고, 출근하자마자 휴게실로 들어서더니 「폐를 끼쳤습니다」라고 말하며 깊이 머리를 숙였다. 「아주 푹 쉬었네」라는 가시 돋친 말이 날아와도 사산했다는 것, 컨디션이 좋지 않아 요양하고 있었다는 것을 매번 자세히 설명했다.

그 모습은 지금까지의 요지마 씨와는 어딘가 달라 보였다. 불평하던 파트 타임 사람도 그 말에 동정을 느꼈는지 「큰일을 겪었네. 몸 안 좋으면 얘기해. 조금은 도와줄게」라며 요지마 씨의 가는 어깨를 두드려주었다.

“요우 씨, 같이 돌아가요.”

돌아오는 길, 로커 앞에서 그렇게 속삭인 요지마 씨의 목소리는 어딘가 생기 있고 활기가 느껴졌다.

“좋아요.”

걸친 상의 지퍼를 잠그고 가방을 꺼냈다.

벌써 12월이 가까워지고 있었다. 밤길의 바람은 차가웠고, 주머니에 두 손을 넣고 몸을 움츠린 채 함께 걸었다.

"요우 씨, 그 후에 씨앗은 어때요?"

그런 질문을 받고, 눈치를 보면서도 잘 자라고 있다고 전했다. 요지마 씨는 「그런가요」라며 미소 지었다. 말투에, 몸짓에, 전에는 없었던 여유가 느껴졌다.

"혹시, 요지마 씨의 씨도 싹을 틔웠나요?"

"맞아요. 통통한 싹이 보이기 시작했어요. 스즈모리 씨에게 물어보니까 직사광선을 너무 많이 쬐지 말고, 또 너무 그늘지지 않게 해주라는 조언을 받았어요. 물주기도 시키는 대로 흙이 마르지 않게 조심하고 있고요."

요지마 씨는 기쁜 얼굴로 말했다. 그 대답에 나는 놀랐다. 직장에서도 별로 적극적이지 않았던 그녀가 스스로 스즈모리 씨에게 연락을 취했다니. 씨앗이 그녀를 바꾼 것일까.

"순조롭게 자라면 2월쯤 꽃이 핀대요. 어떤 꽃일까요."

"그거 기대되네요."

"네. 전 사실 그날까지도 계속 죽음을 생각하고 있었거든요."

아무렇지도 않은 투로 중얼거린 요지마 씨는 웃고 있었다. 그날이라고 하니, 편의점 선반에 가지런히 놓여 있던 진저에일 라벨이 떠올랐다.

"지금은 꽃이 피는 게 너무 기대돼요."

씨앗이 요지마 씨에게 삶의 보람이 되어준 듯했다.

알로카시아 그린벨벳. 그것이 내 방에서 자라난 식물의 이름이었다.

조사한 것은 아니고, 외출했다가 들른 백화점에서 우연히 알게 되었다. 북유럽풍 가구나 소품을 취급하는 잡화점 안, 거실을 본뜬 전시 코너에 우뚝 자리하고 있었다. 친절하게 이름표까지 달고. 여우가면을 닮은 형태의 커다랗고 짙은 녹색 잎과 표면을 가로지르는 새하얀 잎맥. 전체적으로 윤기 있고 흠집도 없는 플라스틱 조화 같은 그 식물은 무척 독특해서, 몇 번을 봐도 내 방의 식물과 같다고 생각할 수밖에 없었다.

『자라야 할 모습으로 자란다고 했잖아요. 이것도 무슨 인연이라고 생각하세요.』

자란 잎사귀 사진을 보내자, 스즈모리 씨는 전화 너머로 그렇게 말했다. 인연이라고 한들, 방을 세련되게 꾸며주는 관엽 식물과 오빠와의 공통점은 도통 떠오르지 않았다.

그 잡화점에서 커다란 쿠션을 샀다. 그린벨벳 옆에 전시되어 있던, 커다란 슬라임이 반쯤 녹아내린 듯한 흐물거리는 비즈쿠션이었다. 퇴근하고 돌아와 쓰러지듯 몸을 맡기면 피로가 풀릴 것 같아 고민 없이 구입을 결정했다.

"뭐, 이것도 인연, 다 인연일 테니까."

쿠션은 큰 종이 상자에 포장되어 있었다. 사이즈를 생각하면 당연하지만, 그때는 버리는 방법을 몰라 한동안 창가에 세워둬서 햇빛을 가리기도 했다.

미노루에게서 설날에는 야근할 것 같다는 연락이 왔다. 24시간 긴급 대응을 하는 콜센터 업무였기 때문에 어쩔 수 없었다. 『설 연휴 근무는 특별 수당이 나오니까. 맛있는 거 먹으러 가자』. 고기 이모티콘이 붙은 메시지에 초밥 이모티콘을 덧붙여 답장을 보냈다.

하루가 다르게 커가는 그린벨벳. 나는 그것을 바라보며 커다란 쿠션 위에서 새해를 맞이했다. 한때 이런 종류의 물건은 사람을 망치네 뭐네 하며 화제가 되었는데, 딱 맞는 말이라고 생각했다. 누우면 그대로 받아준다. 잠이 들면 이상한 자세 때문에 허리가 아파 잠에서 깼다.

희미한 어둠 속에서 스마트폰 화면이 켜져 있었다. 『야근 끝났어. 복 많이 받아』. 움직이는 고양이 캐릭터 스티커와 함께 날아온 메시지. 이유는 없었지만, 새벽의 은은한 빛을 받은 창가의 화분을 촬영해서 『잘 부탁해』라는 네 글자와 함께 보냈다. 서른 넘은 성인 둘이 주고받는 새해 인사치고는 상당히 간결했다. 하지만 나는 미노루의 적당함이 좋았다.

별 이유 없이 화면을 응시하고 있는데 갑자기 진동이 울렸다. 드물게 전화가 걸려왔다. 콜센터 업무로 전화를 엄청 거니까 사적인 통화는 싫다고 했으면서.

"웬일로 전화를 다 했어? 아, 새해 복 많이 받아."

『새해 복 많이 받아. 올해도 잘 부탁해. 그나저나 그 사진은 뭐야? 깜짝 놀랐네.』

아, 그러고 보니, 아직 화분에 대한 이야기는 미노루에게 하지 않았었나. 어디서부터 설명하면 좋을까 고민하다가, 마침 딱 좋은 말이 있다는 것을 깨달았다.

"가족이야."

『뭐? 아아, 상당히 초록초록한 얼굴이네…….』

"초록초록하다니 뭐야."

적당한 말에 서로 웃다가, 문득 배가 고픈 것을 느꼈다.

"고기 먹으러 갈까?"

『지금은 힘들지. 내일은 어때?』

"좋아."

전화를 끊고 나자 초밥도 좋았겠다는 생각이 들었다. 아마 슬슬 동거에 대한 이야기가 나올 것이다. 사실 예전에 그런 이야기는 이미 나왔었다. 다만 오빠 일이 있어서 차일피일 미뤄졌던 것이다.

팔을 축 늘어뜨리고, 살짝 휘어진 채 자라고 있는 그 식물을 바라보았다. 만약 미노루와 함께 살게 된다면, 이 화분까지 받아들여줄 수 있을까. 가족이라니, 내 입에서 나온 말에 새삼 내가 놀랐다.

조금 고급스러운 소고기를 구워먹으며, 봄이 지날 무렵 이사하자는 이야기가 나왔다. 서로의 사정보다는 이사 요금이 저렴한 시기를 노리자는 점에서 의견이 일치했다.

"미노루, 새송이버섯 다 익었어. 접시에 놔둘게."

"고마워. 음, 그럼 이런 건 어때?"

연기 너머 미노루가 제시하는 물건은 전부 다 넓은 발코니가 딸린 집뿐이라는 것을 금세 깨달았다.

"실은 그 화분, 오빠의 유품 같은 거야."

불판 위에서 기름을 떨구는 고기를 바라보다가, 지나가듯 중얼거렸다.

"아니, 유품과는 좀 다른가. 하지만 어쨌든, 이유는 모르겠지만 오빠가 나에게 남긴 물건이야. 그런 찜찜한 물건을 새집에 갖고가도 괜찮냐는 뜻이었는데……."

"요우가 그러고 싶다면 그렇게 해."

나와 오빠 사이가 소원하다는 이야기를 했을 때와 마찬가지로, 미노루는 시원스럽게 답을 내놓으며 살짝 탄 갈매기살을 레몬즙에 푹 담갔다.

"그런데 왜 있는지는 잘 모르겠어. 정체를 알 수 없다고 할까."

"그래도 멋진 관엽 식물이던데. 방의 분위기를 바꾸는 데엔 좋지 않을까?"

가벼운 어조였고, 정말로 신경 쓰지 않는 모습이었다. 미노루는 이어서 말했다.

"궁금하다면 말이야."

“응.”

“문자 같은 거 안 남았어? 요우는 그런 거 세심하게 쌓아두는 타입이잖아.”

“쌓아둔다기보단 지우지 못하는 것뿐이야. 아마 생존 확인 정도일 것 같은데, 그런 곳에 적혀 있을까.”

적혀있을 리가 없다. 「씨앗」은 뼈가 되고 나서야 비로소 태어난다. 자신이 죽었다고 해서 반드시 씨앗이 생기는 것은 아니다. 게다가 태어나고 자라는 식물의 종류도 선택할 수는 없고 자라야하는 대로 자랄 수밖에 없다— 스즈모리 씨는 그렇게 말했다.

아직 미노루에게는 그 화분이 오빠의 목울대에서 생겨난 것이라고는 말하지 못했다. 말하지 못했기에 애매한 표현이 되어버렸다. 「음, 뭐라고 해야 할까」, 「고민할 시간에 차라리 문자를 읽어봐」. 결국 그런 이야기로 끝이 났다.

문자는 조금씩 열어서 읽어보기로 했다. 목표는 하루에 한 통. 한 줄짜리라면 두 통. 힘들면 한번 휴식. 미노루는 결코 강요하지 않았지만, 나에게는 그것이 둘이 함께 새로운 생활을 시작하기 위한 통과의례처럼 느껴져서, 어떻게든 눈과 손가락을 움직였다.

『아키라 군에게.

어머니의 유품 안에서 요리 노트가 나왔어. 아마 읽고 싶을 거라 생각해. 난 편의점 음식이나 냉동식품으로 이미 충분하니

다음에 보내줄게.』

『아키라 군에게.

어머니는 아버지와 같은 장소에 모시기로 했어. 어머니 쪽 친척분들 잔소리가 심했지만, 그 두 분은 늘 같은 이불을 덮고 주무셨잖아.』

『아키라 군에게.

바쁜 와중에 장례식에 참석해줘서 고마워. 어머니도 오랜만에 만나서 기쁘셨을 거야. 나도 기뻤어. 다음 주에 유품 정리를 할 거야. 만약 예정이 없다면』

어린 시절 오빠는 나를『아키라 군』이라고 불렀다. 내가 오빠를『타스 군』이라고 부른 것과 똑같다. 부모님이 주신 이름이 아니라 우리는 우리만의 특별함을 공유했다.

가장 최근의 연락은 모두 3년 전 돌아가신 어머니에 관한 연락이었다.

그러고 보니 어머니는 씨앗을 남기지 않았던 걸까? 아니, 아버지 때도 어머니 때도 그런 것은 없었다. 내가 놓쳤다고 해도 오빠나 장의사 직원이 눈치챘을 것이다.

왜 오빠는「씨앗」을 남겼을까.

창가에서 흔들리는 그린벨벳을 바라보았다. 계속 문자를 훑어보다 보니 어느새 방이 어둑해져 있었다. 잎의 짙은 녹음은 밤에 녹아들어 흰 잎맥만이 뼈처럼 희미하게 떠 있었다.

2개월이 지나고, 아르바이트하는 곳은 취직을 위해 이사하는 대학생이 두 명이나 그만두면서 더욱 분주해졌다. 야간 근무를 중심으로 들어가게 된 탓에 아침부터 낮을 담당하는 요지마 씨와는 오랫동안 만나지 못했다.

『꽃이 피었어요.』

그런 와중 요지마 씨가 오랜만에 사진을 보내왔고, 사진에는 국화나 민들레를 닮은 노랗고 앙증맞은 꽃이 찍혀 있었다. 잎은 양치류처럼 가느다란 선들이 묶인 형태를 하고 있었다. 무슨 꽃일까. 화분을 든 요지마 씨는 왠지 모르게 뺨이 동그랗고, 얼굴에는 꿀이 떨어질 듯한 미소를 짓고 있었다.

스즈모리 씨에게 전화가 걸려온 것도 같은 무렵이었다.

"슬슬 분갈이 시기일 것 같아서요. 당신은 화분 없다고 했죠? 우리 집에 많으니까 괜찮으면 우리 집에서 해요."

그 말을 듣고 보니 그린벨벳은 이제 작은 하얀 화분으로는 비좁아 보였다.

무수히 가지를 뻗은 기억을 더듬듯이, 혹은 낙엽을 주워 어느 가지에서 나 있었는지 퍼즐조각을 맞춰가듯이, 한 통 한 통 오빠의 문자를 읽어 나갔다. 그린벨벳 옆에는 빈 페트병이 쌓여갔다.

『아키라 군에게. 네가 태어나기 전까지 나는 계속 남동생이 갖고 싶었어. 그래서 사실은 요우라는 귀여운 이름이 있었는데도 계속 아키라 군이라고 불렀어.』

나와 오빠 사이에 결정적인 무언가가 있었던 것은 아니다. 다만, 이것이 뿌리였을지도 모른다. 오빠는 분명 자신의 뒤를 쫓아다니는 남동생이 갖고 싶었던 거겠지. 부모님도 분명 그 마음을 헤아려 내 이름을 지은 것일지도 모른다.

진저에일을 따르면서 난방 바람에 흔들리는 잎사귀를 향해 말을 걸었다.

"사실은 벌레가 싫었던 게 아니라는 거, 알고 있었지?"

잎의 움직임이 멈췄다. 침묵이 대답이었다.

결정적인 문제는 오빠와 나 사이에 있었던 것이 아니다. 문제는 나 자신이었다.

처음에는 벌레가 정말 싫었다. 멋대로 자란 잡초는 작았던 내 키보다 컸고, 이따금 들리는 정체 모를 울음소리나 피부를 스치듯 날아가는 날개가 정말로 끔찍하고 싫었다. 그래서 어느 날 나는 오빠의 손을 뿌리치고 혼자 돌아가려고 했다.

당시에는 몰랐지만 그 공원에는 가끔 수상한 사람들이 배회하고 있다는 소문이 있었다. 남자는 낮부터 맥주를 마시고 취해 있었고, 근처에서는 소문이 나 있을 정도였다고 한다.

"손을 놓지 말았어야 했어."

무슨 일이 있었는지 제대로 기억은 나지 않았다. 남자가 캔에 담긴 쓴 무언가를 마시게 해서 머리가 아팠다. 어째서인지 마지막에는 화가 난 오빠의 얼굴이 떠올랐다.

"화가 난 게 아니었구나."

지금 생각하면 그건 화가 난 것이 아니었다. 우느라, 완전히 일그러진 얼굴이었다.

그 이후로 공원에 가는 것이 두려워졌다. 하지만 두려움의 근원을 떠올리고 싶지 않아서 벌레 때문이라고 생각했다.

아직도 여자들만 있는 직장이 아니면 일할 수 없었다. 탄산도 마시지 못한다. 동성밖에 사랑할 수 없는 것이 괴로워서 본가와도 서서히 소원해졌다.

한편 오빠는 부지런히 본가를 방문했던 것인지 성실하게 보고를 해주었다. 소원하게 지낸 탓에 부모님 뒷바라지를 통째로 떠넘겼음에도, 보내온 문자나 편지에는 나를 비난하는 말은 한마디도 담겨 있지 않았다.

어머니의 임종을 지키지 못한 것은 무척 후회하고 있었다. 오빠에게서 연락이 왔던 것도 사실은 알고 있었다. 하지만 긴박한 상황일 줄은 꿈에도 몰랐다— 그렇게 스스로를 설득하며, 결국 내가 본가로 돌아간 것은 어머니의 장례식 날이었다. 장례식 때도 우리는 거의 대화를 나누지 않았다.

집을 나가준 것도 분명 오빠의 상냥함이었을 것이다. 머리가 좋은 사람이었으니 지역 내 편차치 높은 고등학교도 충분히 들어갈 수 있었을 텐데, 그는 일부러 먼 곳에 있는 기숙사 고등학교에 입학했다.

"제대로 이야기했어야 하는데."

이제 슬슬 잠을 자야 했다. 아침 햇살이 강렬한 눈부심을 강제로 몰고오기 전에.

그린벨벳의 잎사귀가 흔들렸다. 그 잎맥은 등뼈처럼 선명하게 뻗어나와 부드러운 내장을 보호하기 위한 갈비뼈를 펼치고 있었다. 언젠가 내 손을 잡고 앞을 걸어주었던 커다란 등이 떠올랐다. 잎은 햇빛의 눈부심을 가려주고 기분 좋은 온기만을 내게 주었다. 눈꺼풀이 저절로 감겼다.

5

점심 무렵이 되어 초인종을 눌렀다. 스즈모리 씨가 붉은색 다운 코트를 입은 채 마당에서 얼굴을 내밀었다. 그대로 마당으로 안내받았다.

정원의 식물은 조금도 변하지 않았다. 신기하게도 이전에 요지마 씨와 방문했을 때와 똑같은 경치로 보였다. 꽃의 위치 하나, 색깔 비율까지 전부.

"씨앗을 알아채지 못하는 사람도 있어요. 알고도 기분 나쁘다면서 거들떠보지 않는 사람도 있고요. 난 그런 씨앗을 가져와서 싹을 틔워서 이야기를 들어주는 거예요."

"그것도 스즈모리 씨의 일 중 하나인가요?"

"설마요. 공짜예요. 자원봉사. 뭐, 우리 남편은 시끄러운 걸 좋아했으니까 상관없지만요."

“이야기를 듣다니, 무슨 이야기요?”

“그야 식물의 이야기죠.”

“꽃말 같은 건가요?”

“꽃말이요?”

스즈모리 씨는 배를 움켜쥐고 깔깔 웃었다.

“당신, 그렇게 말하자면 붉은 장미의 꽃말이 뭔지 알아요? 『열정』이에요. 아니면 사랑, 혹은 맹렬한 사랑이죠. 그이가 그런 말을 할 사람처럼 보이나요? 그럴 리가 없잖아요. 결혼기념일 때조차 사랑한다는 말 한마디 안 하던 남자였다고요.”

마당 한가운데는 새빨간 장미가 피어 있었다. 다다미방 안쪽에 있는 불단에는 인자한 미소를 지은 남성의 영정이 놓여 있었다. 수십 년을 함께했다는 스즈모리 씨의 남편이었다.

“그럼 어떤 식물이 되는 것에는 아무 의미가 없다는 건가요?”

“글쎄요, 의미 같은 건 모르겠어요.”

스즈모리 씨와 힘을 합쳐서 하얀 화분에서 그린벨벳을 흙째로 뽑아냈다. 뿌리가 상하지 않게 조심하면서.

“왜 씨앗을 남기는 사람과 아무것도 남기지 않는 사람이 있는 걸까요?”

“그것도 모른다고 말하고 싶지만, 오랫동안 뼈와 유족을 지켜보니 점점 알겠더라고요.”

“정말로요?”

“아, 뒤에 꽃이 피어 있으니까 밟지 마요.”

“아, 죄송해요.”

뒷걸음질치던 발을 곧바로 멈췄다. 「세이프예요, 세이프」라며 스즈모리 씨가 양손을 펼쳤다.

문득 내려다 보니 전에 왔을 때는 어두워서 눈치채지 못했던 노란색 꽃이 피어 있었다.

“아, 복수초…….”

내가 중얼거리자 스즈모리 씨는 입가에 검지를 가져갔다.

요지마 씨의 화분에 피어 있던 복수초(받은 사진을 보고 조사했다)가 개화하려면, 본래라면 몇 년은 걸린다고 했다. 애초에 씨앗에서 싹을 틔우는 것에도 시간이 걸리고 발아율도 낮았다.

그때 자리를 비웠던 스즈모리 씨는 정말 요지마 씨에게서 받은 씨앗을 심어주었던 것일까. 애초에 요지마 씨의 뼈에는 씨앗이 있었던 것일까.

“무언가가 되고 싶었던 인간일수록 씨앗을 남겨요.”

“네?”

“자, 손을 움직여요. 하던 일 이어서 해야죠.”

스즈모리 씨는 큰 화분에 뿌리를 넣고, 틈새 부분에 새로운 흙을 채우며 말을 이었다.

“그러니까, 식물에 의미가 있다면, 그 사람이 되고 싶었던 모습이 아닐까요?”

새 화분으로 이사한 그린벨벳은 커다란 잎을 반짝였다. 내 방을 멋스럽게 꾸며주던 관엽 식물도 이렇게 동료인 식물에 둘러싸여 있으니 더 싱싱해 보였다.

화분은 원래도 이사하는 동안 스즈모리 씨에게 잠시 맡길 예정이었다. 하지만 조금 전 정원을 보고 여기에 옮겨 심기로 결정했다. 결코 불길하다거나 방해되어서 그런 것은 아니었다. 분명 그것은 오빠도 알고 있을 것이다.

"오빠한테 애인을 보여주는 건 좀 민망하니까. 서로 마음의 준비가 되면 그때 소개해줄게."

그렇게 말을 걸면서, 마지막 진저에일의 절반을 그린벨벳에게 먹여주었다.

바람이 불어와 주변 식물들이 수런거렸다. 새로 들어온 신입에게 이곳의 예의범절을 알려주고 있는 것인지도 모른다.

"그럼 이 애를 잘 부탁할게요."

"가끔은 놀러와요. 면허 따면 편할 거야. 차로 와요."

"네, 그렇게 할게요."

아쉬운 마음으로 한 번 뒤를 돌아보니, 가장 큰 잎사귀가 인사하듯 고개를 숙였다. 다녀오겠습니다. 그 등뼈에 대답을 해주며 정원을 나섰다. 머지않아 다가올 봄을 느끼게 하는 햇살이 무척 따스했다. 나는 가는 길에 남아있던 진저에일을 전부 마셔버렸다.

타이포글리세미아

혼조 나나세

1

규칙적으로 늘어선 다운라이트를 보고 마도카는 설태이가 입었던 트렌치코트를 떠올렸다.

그것은 그가 3집 앨범으로 컴백한 첫날 착용했던 특별 주문 의상으로, 봄의 호수 속에서 피어난 것처럼 아름답고 덧없는 색상이었다. 라벤더 베이지색의 긴 머리카락이 꽃바람에 살랑거리며 빛나고, 세상의 모든 빛이 그 한 사람에게 쏟아지던 오후. 설태이는 신의 축복을 받은 것처럼 보였다.

아름다운 기억은 마도카의 몸에 스며들어 있어 언제든 자유롭게 꺼낼 수 있었지만, 지속 효과는 그리 길지 않았다.

마도카는 다운라이트에서 시선을 떼고 관자놀이를 꾹 누르며 한숨과 함께 눈을 떴다. 옆에 보이는 것은 줄무늬 소파 좌석이나 건강하지 못한 색깔의 주스가 놓인 드링크 바, 요란한 배색의 메인 메뉴였다. 현실은 무엇 하나 아름답지 않았다. 슬픔은 사라지지 않았고, 왼손 약지는 여전히 다친 그대로다. 마도카는 눈앞의 남자를 마주해야 했다.

남자는 올해 스물여섯 살이 될 텐데, 이렇게 마주하고 보니 상당히 어려 보였다. 보라색의 나일론 후드티를 입고, 어깨까지 내려오는 금발을 하프업으로 묶은 채 메두사를 모티브로 한 목걸이를 하고 있었다.

남자는 마도카 쪽은 신경 쓰지 않고 묵묵히 식사를 하고 있었다. 부드럽게 익힌 사각 고기, 푸짐하게 담긴 밥, 그 위에 놓인 오이와 토마토 피클. 남자는 그것들을 소스와 함께 믹서 공장의 기계처럼 섞어서 허겁지겁 먹고 있었다. 셰프의 데일리 비프 카레와 드링크 바 세트로 1480엔.『제일 좋아하는 카레를 사주겠다』라는 명목으로 한 시간 약속을 잡은 것이니 지금은 참을 수밖에 없었다.

마도카는 손목시계를 바라보았다. 문자판에 GG 무늬가 들어간 구찌 쿼츠 시계. 고등학교 입학 선물로 부모님께 선물받은 것으로 특별한 날에만 차는 아끼는 시계였다.

남은 시간은 42분. 과연 그 시간이 두 사람에게 긴지 짧은지 적당한지는 알 수 없지만, 남자가 카레라이스를 다 먹기 전까지는 그저 줄어들기만 하는 시간이었다. 아직 아무것도 손에 넣지 못했는데 시간만 줄어든다는 실감이 너무 생생해 마도카는 몸을 떨었다. 그리고 그립다고 생각했다. 이 정체를 알 수 없는 불쾌한 위화감은 남자의 인스타그램을 처음 발견했을 때와 똑같았다.

그 상단 페이지는 별다를 것 없는 풍경 사진이었지만, 마도카에게는 강렬한 기시감을 느끼게 하는 사진들뿐이었다. 체온이 서서히 내려가는 듯한 소름 돋는 감각과 불길한 예감이 찾아왔다. 그때부터 마도카는 남자의 게시물을 자주 확인하게 되었다.

유리창 너머로 길가에 심어진 미루나무가 호박색으로 빛나고 있었다. 온갖 형태의 탈것들이 오가는 교차로에서 마도카는 개한 마리를 발견했다. 그 개는 검은색 귀를 가진 얼룩무늬 개였다. 이쪽을 뚫어져라 쳐다보는 것 같았는데, 그 모습이 그림처럼 현실감이 없어서 정말 존재하는지 어떤지조차 알 수 없었다.

마도카는 설태이가 오리지널 콘텐츠를 스트리밍할 때 『35살이 되고 싶다』라고 말했던 것을 떠올렸다. 그의 품에는 애완견 사포가 있었다. 설태이는 사포의 머리를 쓰다듬으며 모국어 뒤에 『I want to be 35 years old』라고도 했다. 둥글지만 길게 찢어진 눈매로. 뾰족한 삼각형 모양의 사랑스러운 코끝으로. 장미꽃잎 같은 입술로. 설태이는 이 세상 누구보다 35살이 되고 싶어 했다. Tiny(그들의 팬덤명) 중 한 명이 『왜 35살이야?』라고 말했을 때 설태이가 뭐라고 대답했는지 마도카는 아무리해도 기억이 나지 않았다. 포기하고 눈을 감고 아름다운 기억 속으로 손을 뻗었다. 이내 사랑스러운 눈으로 웃는 설태이가 보였다.

「생일」 라이브 때였다. 설태이는 형형색색의 풍선 장식에 둘러싸여 턱 높이까지 오는 데코레이션 케이크에 포크를 찌르고 있었다.

잘 자르지 못해 고전하는 모습에 팬들에게서 응원 댓글이 날아왔다. Supreme의 회색 후드티를 입은 맨얼굴의 그는 퍼포먼스를 할 때의 화려함과 눈부심은 없는, 별다를 것 없는 평범한 호감형 청년이 된다.

마도카는 그런 그의 순수한 미소를 보고 있으면, 마치 아들의 행복을 바라는 엄마가 된 기분으로 『이 아이의 미소를 지켜주고 싶다』라고 강하게 느꼈다.

"패밀리 레스토랑은 타임머신 같지 않아?"

마도카가 설태이를 생각하고 있는데 남자가 말을 걸어왔다.

줄어들기만 하던 시간에 정지 버튼이 눌렸다. 남자가 다 먹기를 계속 기다리고 있던 마도카는 뜻밖의 말이 들려와 조금 긴장했다.

"패밀리 레스토랑에 있으면 그런 생각이 들어. 밖을 봐봐. 온갖 인종의 사람들이 웃고, 손을 잡고, 스마트폰으로 이야기하면서 걷고 있어. 그대로 가만히 보고 있어봐. 어때? 점점 가짜처럼 보이지 않아? 계속 재생되는 동영상 같지 않아? 넌 저들이 정말 살아있다고 생각해? 믿을 수 있어? 그런 보증은 어디에도 없어."

마도카는 굳은 얼굴을 하고 남자를 바라보았다.

남자는 진지한 눈을 하고 있었다.

"하지만 이것만큼은 확신을 갖고 말할 수 있어. 지금 저 사람들이 보내는 시간과 패밀리 레스토랑 안에 있는 우리들의 시간은 똑같지 않아. 시간의 흐름이 전혀 달라. 평소에는 그렇게 눈에 보이지 않는 건 잊기 쉽지만, 싫어도 깨닫게 돼. 강제로 떠오른다고 해야 하나. 패밀리 레스토랑에 있으면."

남자는 잠시 숨을 고르고 재차 확인하듯 말했다.

"이렇게 되는 건 패밀리 레스토랑에 있을 때뿐이야."

이제부터 종교 권유라도 시작되는 걸까 막연히 생각하며, 마

도카는 반투명해진 레몬 스쿼시를 빨대로 마셨다. 쪼오옥 하는
소리와 함께 이상한 모양의 얼음이 잔 안에서 흔들렸다. 이해할
수 없는 이야기에 시간을 쓰고 싶지는 않았지만, 마도카는 남자
의 이야기를 부정할 수 없었다. 세상이, 다른 사람이 보는 모습
과는 전혀 다른 것이 되어버린 경험이 마도카에게도 있었기 때
문이었다.

2

2022년 여름. 경쾌한 랩을 연주하는 광고 트럭이 대로를 지
나고 있을 때, 마도카는 횡단보도 앞에 서 있었다.

생소한 외국어 노래에 반응해 고개를 들자, 트럭 후면 광고에
나오는 남성과 눈이 딱 마주쳤다. 그가 바로 설태이였다.

가운데 가르마를 탄 검은 머리카락은 긴 단발이었고 군데군데
땋아져 있었다. 그 중성적이고 나른한 분위기에 이끌렸다. 깨달
고 보니 마도카는 전속력으로 광고 트럭을 쫓아가고 있었다.

간신히 그룹명을 확인하고 스마트폰으로 검색하자, 『재팬 돔
투어 개최 결정』이라는 뉴스 기사가 눈에 들어왔다. 마도카는
그대로 맥도날드로 뛰어가 스마트폰을 충전하면서 그에 대해
알아보기 시작했다.

설태이는 마도카보다 5살 많은 22살. 서울 출신으로 중학교
때부터 연예인 육성 아카데미를 다녔고, 2019년에 대형 기획사

오디션에서 최종 후보 12명에 선정되며 주목을 받았다.

그 시기에 데뷔는 놓쳤지만, 그는 이후에도 노래와 춤 연습을 게을리 하지 않고 비는 시간에 계속해서 곡을 만들었다. 비가 오나 눈이 오나 묵묵히 음악과 마주하는 그의 모습에 감동한 스태프 중 한 명이 사장과 직접 담판을 지은 것이 계기가 되어 그룹으로서 데뷔하게 되었다고 한다. 오디션 탈락 후 1년 반 만의 일이었다.

설태이 외의 멤버들은 육성 아카데미 연습생 중 면담을 거쳐 4명이 선발되었고, 한 달 뒤 강화 합숙이 시작되면서 데뷔를 향한 준비가 착착 진행되었다. 당시의 일을 설태이는 『내일이 오는 것이 두렵다』라고 말했다. 노력이 보상받는 기쁨보다 불안감이 훨씬 컸던 것이다.

그런 그를 치유해준 것은 루틴이었다. 매일 아침 먹는 허니 치즈 토스트. 반려견과의 놀이, 반신욕을 하면서 읽는 독서. 그의 몸과 마음에 배어있던 여러 습관들은 극적으로 변하기 시작한 그의 환경과는 정반대에 있었다.

한국 데뷔를 마친 이들은 싱글 두 장과 정규 1집 앨범을 낸 뒤 국내를 중심으로 투어를 진행했다. 2년차에는 일본에서도 단독 공연을 했고, 일본어 버전 곡도 많이 발표했다. 그리고 데뷔 3년차 여름, 그들의 활약이 사이타마에 사는 마도카에게까지 전해진 것이다.

마도카에게 있어 설태이는 깨어나도 사라지지 않는 꿈과 희망이었고, 비유하자면 무지개색 구름이나 밤하늘에 녹아든 보석 같은 존재였다. 마도카는 설태이의 미소를 보는 것만으로도 내일을 살아갈 수 있었고, 그의 노래를 듣는 것만으로도 절대적인 아군이 곁에 있는 듯한 위안을 얻을 수 있었다. 마도카의 일상에서 『지루하다』는 감각이 사라져버린 것이다. 그것은 영원히 풀리지 않는 마법이자, 마도카의 몸에 일어난 첫 기적이었다. 설태이를 만나기 전과 후가 완전히 다른 인생처럼 느껴졌다.

설태이와 만난 이후로 마도카에게는 몇 가지 루틴이 생겼다. 매일 아침 어머니에게 달콤한 카페오레를 타 달라고 부탁하고, 모차렐라 치즈와 꿀이 들어간 토스트를 팔을 뻗은 설태이 아크릴 스탠드를 바라보며 꼭 챙겨먹었고, 반신욕을 하며 그가 추천한 소설을 읽기 시작했다. 주말에는 설태이가 소속된 그룹의 콘셉트 카페에 가기 위해 도내로 나갔고, 그들이 일본에 왔을 때 방문한 장소의 성지순례도 빼놓지 않았다.

설태이에 대해 조사해 가는 와중 다른 멤버들에 대해서도 조금씩 알게 되었다. 설태이와 각 멤버들의 관계성이나 그들의 역사에 대해 많은 팬들이 설명 영상을 만들어준 것이 도움이 되었다.

설태이가 가장 신뢰하고 있는 멤버는 동갑내기인 민준이었다. 처음 생긴 절친이라고 인터뷰에서 말한 적도 있었다. 설태이는 원래 소극적인 성격인 데다 그룹이나 집단 안에 속하는 것을 어려워하는 타입이라 멤버들과 마음을 터놓고 지내는 것이 쉽지 않았다.

그런 와중에 『같은 목표를 향해 나아가는 비즈니스 파트너』라는 인식에 변화가 찾아온 것은 데뷔한 지 반년 만에 민준과 처음 싸웠을 때였다고 한다. 민준이 『네가 만드는 음악이나 무대 연출은 아주 훌륭하지만, 우리는 함께 무대를 만들어갈 동료이지 네 말대로 움직이는 들러리 퍼포머가 아니다. 무대가 완벽하기만을 바란다면 솔로로 활동해라. 응원한다』라는 말을 들은 것이다.

그때 받은 충격을 설태이는 jarring이라는 악곡으로 승화시켰다. 제목은 『귀에 거슬리다』, 『신경에 거슬리다』라는 뜻이었다. 설태이는 자신의 마음속에 있는 부정적인 감정을 『귀에 거슬리는 것』으로 여기고, 스스로를 성찰하는 마음을 담아 이 곡을 썼다.

날카로운 비트와 격렬한 곡조이긴 하지만 킬링 파트는 무척 아름답고 부드러운 음색으로, 『너의 목소리만이 닿았다』라는 가사가 있었다. 마도카는 설태이가 멤버 중 한 명에게 마음을 열고 서로 꼭 필요한 관계가 되었다는 에피소드가 마치 자신의 일처럼 기뻤다.

이들이 한국에서 상을 타거나 일본 매출 순위 TOP10에 들거나, 설태이에게 행복한 일이 생길 때마다 마도카도 함께 행복을 쌓아 나갔다. 반 아이들 중에도 국내 아이돌이나 성우를 좋아하는 아이는 있었지만, 좋아하는 대상을 갖기 전까지는 그들이 말하는 『최애가 오늘도 건강하고 웃고 행복하면 그것으로 충분하다』라는 자비로운 감정을 이해할 수 없었다.

하지만 그와 만난 뒤로는 달라졌다. 등하교에도 수업 중에도 방과 후에도 설태이만 생각했다. 이 세상에 설태이가 있는 것만으로 마도카는 하늘에서 사탕이 떨어지는 것 같은 설렘과 행복감에 젖어들었다. 한국 아이돌 팬 활동에 빼놓을 수 없는『컴백』이라는 이벤트도 체험했다. 컴백은 음원 발매를 통한 적극적인 활동 기간을 의미하며, 일주일 이상 매일 음악 방송에 출연하여 음반 판매량과 인기 투표에 의한 랭킹을 겨룬다.

또한 뮤직비디오나 댄스 연습 영상, 준비 기간을 담은 비하인드 동영상 등의 콘텐츠도 엄청나게 쏟아진다. 이들은 한국에서 활동하지만, 일본을 포함한 해외 팬들도 차트에 반영되는 한국 상점에서 앨범을 구입하거나 전용 앱으로 팬 투표에 참여하기도 한다. 랭킹 1위를 차지하고, 노래 프로그램에서 앙코르 가수로 선정되었을 때의 기쁨은 말로 다 표현할 수 없었고, 자신의 응원이 그들의 꿈의 실현과 직결되어 있다는 실감을 얻을 수 있었다. 앨범이나 굿즈 구입에 생각보다 많은 돈이 필요했기에『대학생이 되면 알바를 해서 갚겠다』라고 약속하고 어머니에게 팬 활동비를 지원받았다.

SNS에 설태이의 목격 정보가 올라오기 시작한 것은 2022년 겨울 무렵이었다. 2023년에는 일본을 거점으로 활동하겠다는 발표가 이뤄진 직후였다.

멤버들은 연초부터 도쿄 어딘가에서 공동 생활을 시작한 것인지, 그들의 SNS에도 도쿄라는 것을 알 수 있는 게시물이 늘어났다. 아사쿠사나 오다이바 등의 관광 명소 외에서도 목격되기 시작하자 Tiny들은 그들과의 「기적적인 만남」을 상상하며 달아올랐다.

그런 와중 일본의 Tiny를 대상으로 한 【확산 요청】 게시물이 화제가 되었다. 마도카가 발견했을 땐 이미 만 개 이상의 『좋아요』가 달려 있었다.

『Tiny 여러분. 「안녕」. 설태이의 「팬」으로서 부탁이 있습니다. 그들이 지난 한 해 동안의 활동 거점으로 일본을 선택해준 것은 우리 일본에 사는 Tiny에게 있어서 신께 감사드리고 싶을 정도의 큰 행운이자 자랑입니다. 하지만 여러분, 제발 진정해 주세요. 그들이 일본을 선택해 준 이유에는 일본에 팬이 많다는 것 외에도 「배려하고 상식과 절도를 지킨다」라는 우리의 국민성도 있었을 거라 생각합니다. 그들은 일본에서의 생활에 먼저 익숙해져야 합니다. 어디를 가든 소란을 피우면 마음 편히 휴식을 취할 수 없습니다. 그들의 팬으로서, 일본인으로서, 배려심 있는 행동을 부탁드리고 싶습니다. 1년 후 설태이가 일본에서 활동하기를 잘했다고 생각할 수 있도록 저희가 그들을 지키고, 전 세계 누구보다 더 크게 응원합시다. 같은 마음이신 Tiny는 확산을 부탁드립니다.』

마도카는 망설이지 않고 『좋아요』와 리포스트를 눌렀다. 석양이 교차로를 오렌지색으로 물들이고 있었다. 무선 이어폰에서는 「my town」이 흘러나왔다. 설태이의 고향에서 보낸 16년의 시간이 담긴 곡으로, 가사에 나오는 『다정한 노을에 휩싸인 하늘공원』은 마도카가 한국에 가면 꼭 방문해보고 싶은 장소 중

하나였다. 언젠가 찾아올 그날을 위해 영어와 한국어 공부를 시작했다. 신호등이 빨간불로 바뀌어 자전거 브레이크를 잡았다. 스마트폰을 보니 설태이에게서 문자가 와 있었다. 월 600엔으로 최애에게 메시지를 받을 수 있었다. 번역 마크를 누르자『잔뜩 먹었어』라는 멘트와 함께 설태이의 셀카 사진이 떴다. 바로 스크린샷을 찍어 스마트폰 내「먹방」폴더에 저장했다. 설태이는 팬 사랑이 지극했다. 이렇게 자주 팬들과 소통했다. 일상 속에 이렇게「누군가」가 스며들어 있는 것은 처음이었다.

그리고, 그때였다. 마도카가 설태이의 노랫소리에 푹 빠진 채 교차로를 건너고 있는데, 도로로 걸어나온 밝은 머리의 남성을 보고 자신도 모르게 숨을 삼켰다.

짧은 은색 머리에 샤넬 선글라스를 쓴 그 사람은 틀림없는 민준이었다. 180센티미터가 넘는 큰 키에 놀라울 정도로 몸매가 좋았다. 카키색 밀리터리 재킷에 새하얀 목도리를 두르고 슬림한 청바지를 맞춰 입었다. 마도카의 동네를 걷기에는 너무 눈에 띄었다.

마도카가 감격으로 떨고 있는데, 민준은 검은색 밴 뒷자리로 들어갔다. 이미 안에 누군가가 앉아있는 듯했다. 잠시 후 매니저로 보이는 남성이 큰 짐을 안고 나와 운전석 쪽으로 들어갔다. 어디서 나왔는지 확인하자 스튜디오 간판이 눈에 들어왔다.

시동이 켜지고, 밴이 주차장에서 빠져나가는 것을 멍하니 지켜보다가, 뒤늦게 정신을 차리고 맹렬한 속도로 페달을 밟아 그들의 차를 뒤쫓았다.

집에 돌아온 마도카는 아직도 조금 전의 일이 믿기지 않았다. 밴에 타고 있던 사람은 틀림없이 민준과 설태이였다. 어째서 사이타마였을까 하는 의문은 들었지만, 그들은 마도카가 사는 동네에서 조금 남쪽에 있는 고층 맨션을 임시 거처로 삼고 있었다. 오토록이기는 하지만 그렇게까지 보안이 철저해 보이지는 않아 조금 놀랐다. 이 동네에서 높은 건물이라고 하면 이 맨션 정도였고, 근처에는 개발 예정인 넓은 공터와 공원뿐이었다.

마도카는 SNS를 열어 누군가 목격 정보를 올리지 않았는지 확인했지만, 그럴듯한 게시물은 보이지 않았다.

마도카는 남몰래 흥분했다. 어쩌면 그들의 집을 아는 사람은 일본에서 자신밖에 없을지도 모른다는 생각에 기뻐서 울 것 같았고, 이 행복을 어떻게 받아들여야 할지 몰라 방 안을 이리저리 서성였다. 매일 학교가 끝나면 그 맨션에 가자. 학교가 없는 날은 하루종일 그 근처에 있어도 좋을 것 같았다. 만나지 못해도 좋으니까, 조금이라도 가까이에서 같은 공기를 마시고 싶었다. 만약에 보더라도 말을 걸지는 않기로 결심했다. 어디까지나 상식과 절도를 지키며 그들을 지켜보기로 맹세했다.

3

남자는 타임머신에 대한 이야기를 마치자, 팔짱을 낀 채 스마트폰을 만지기 시작했다.

앞으로 20분 남았다. 남자에게 묻고 싶은 것은 아주 많았지만, 무엇을 어떻게 물어야 할지 정할 수 없어 마도카는 일단 빈 잔을 들고 일어났다.

탁해진 물을 개수대에 버리고 새 얼음을 넣었다. 콜라 버튼을 누른 순간, 문득 기척이 느껴져서 뒤를 돌았다. 비만이 걱정되는 어린 남아가 소파석에서 몸을 반쯤 내밀고 마도카를 빤히 보고 있었다. 귀여움은 조금도 없고 눈빛도 죽어있어서, 놀란 나머지 손을 흔들어주려고 올렸던 오른손을 바로 내렸다.

남자아이의 시선에서 도망치듯 허둥지둥 자리로 돌아오자, 남자는 여전히 같은 모습으로 스마트폰을 보고 있었다. 마도카는 심호흡을 하고 나서 말을 걸었다.

"이제 20분 정도밖에 안 남았으니까 단도직입적으로 물어봐도 될까요?"

"네. 물어보세요."

다시 한번 작게 심호흡.

"설태이와의 관계는 어느 정도 됐나요?"

"관계라뇨?"

남자의 눈빛이 날카로워지자 마도카는 조금이라도 거리를 두기 위해 소파 등받이에 등을 기댔다. 겨우겨우 질문을 고쳤다.

"언제부터 매니저를 하셨나 해서요."

남자는 순간 놀란 눈을 했지만, 스마트폰을 놓고 마도카를 바라보았다.

"아직 9개월 정도밖에 안 됐어요. 일본에서의 활동이 결정된 이후부터니까요."

"그렇군요."

"저도 물어봐도 될까요?"

"아, 네."

"단독 팬이죠? 설태이 이외의 멤버에게는 아무런 흥미가 없고요?"

"네, 없죠. 거의."

Tiny 중에는 그룹 팬이 많았다. 좋아하게 된 초기에는 마도카도 멤버에 대해 어느 정도 지식을 쌓았지만 도중부터는 의도적으로 보지 않으려고 했다. 아무리 멤버라고는 해도 설태이 외에 다른 사람을 생각하거나 걱정하는 시간은 아깝다고 생각했기 때문이었다. 자신이 만들어낼 수 있는 모든 시간을 설태이에게 할애하고 싶었다.

"언제부터?"

"네?"

"언제 우리가 그 맨션에 산다는 걸 알았어요?"

남자는 눈을 가늘게 뜨고 낮은 목소리로 물었다.

"일본에서 활동한다는 뉴스에 나온 지 몇 달 후였으니까, 2월 정도."

"빠르네. 굉장하네요."

그렇게 말한 남자는 가볍게 혀를 차며 천장을 올려다보았다. 사이타마에 살기 시작했던 초기, 보안에 철저하지 않았던 것을 후회하고 있는 것일지도 모른다.

하지만 이미 늦었잖아. 마도카는 쓴웃음을 지었다. 이제 그 고층 맨션 주변은 늘 주간지나 언론이 진을 치고 있었고, 팬의 일부는 성지 순례라며 기념 사진까지 찍어 올리는 상황이었다.

얼마 전 설태이에게 애인이 있다는 사실이 발각되었고, 설태이는 전 세계 Tiny에게서 맹비난을 받았다. 그중에서도 일본 팬들은 특히 심했다. 설태이의 SNS에 욕설을 퍼붓기도 하고, 자신이 얼마나 상처를 받았는지를『항의문』형식으로 적어 소속사에 보내기도 했다. 크라우드 펀딩으로 자금을 끌어다 사무실 앞에 시위 트럭을 보내는 사람까지 나타났다.『상식과 절도를 가지고 응원하자』라며 호소하던 팬조차 한국어로 배신자를 의미하는『배반자』라는 글을 적어놓은 것을 보고, 마도카는 저도 모르게 웃고 말았다.

"사과하지 않았으니까요."

그래서, 마도카는 확실하고 단호한 어조로 말했다.

"설태이가 우리에게 상처를 준 것에 대해 끝까지 사과하지 않았으니까, 일이 이렇게 된 거예요."

남자는 팔짱을 다시 끼고 입술을 깨물었다.

마도카는 차가운 눈으로 남자를 바라보면서, 이 남자는 그날 밤의 라이브 방송을 어떤 심정으로 보고 있었을까 생각했다.

4

2023년 9월 14일 새벽 2시. Tiny 한정 라이브 채팅 방송에 갑자기 설태이가 나타났다. 열애 발각 후 첫 방송이었다.

마도카는 쿠션 위에 무릎을 꿇고 앉아 아주 작은 변화도 놓치지 않고자 신경을 곤두세우며 설태이를 바라보았다. 설태이는 파란색 버킷햇을 깊이 눌러쓰고 오른손에 든 스마트폰을 응시하고 있었다. 시작 1분 만에 시청자 수가 십만 명을 넘어섰다.

채팅창이 Tiny의 코멘트로 채워졌다. 설태이에 대한 사랑이 홍수처럼 흘러넘쳤다. 『설태이, 무슨 일이 있어도 널 사랑해』, 『잘 지내나요?』, 『계속 기다렸어』, 『힘들지 않아? 괜찮아?』, 『당신을 응원해요』, 『얼굴 봐서 좋아요』, 『너무 아름다워』, 『당신이 건강했으면 좋겠어요』, 『목소리 들려줘요』, 『안심해서 눈물 나요』, 『당신이 살아 있다는 사실만으로 내일도 살아갈 수 있어요』, 『오늘 뭐 먹었어?』, 『휴가도 필요해』, 『무리하지 마』, 『태어나줘서 고마워』, 『너는 혼자가 아니야』, 『항상 웃는 얼굴로 있어줘』, 『너는 나의 전부야』.

영어. 한국어. 일본어. 인도네시아어. 여러 언어가 혼재된 데다 폭언과 헤이트를 나타내는 이모티콘까지 난무하는 채팅은 그야말로 지옥도였다.

이런 일은 예전에도 있었지만, 논란의 영향으로 엄청난 수의 새로운 벌레들이 들끓고 있었다. 안티는 설태이에게 상처를 주기 위해서라면 기꺼이 유료 회원이 될 수 있는 사람들이었다.

마도카의 입가에 웃음이 번지기 시작했다. 스스로 돈을 내면서까지『남을 해치고 싶어』하는 오만하고 구제불능인 인간이 이렇게나 많다는 사실이 마도카를 위로해주고 있었다.

마도카는 설태이에게 환멸을 느꼈다. 논란이 불거진 뒤 설태이가 곧바로 팬들에게 변명하지 않은 것에 분노했다. 그렇게까지 논란이 커졌는데도 설태이가 아무 말도 하지 않는 것은 의외였고, 누구를 위해 그러는 것인지 하는 생각만 해도 격렬한 분노가 치밀었다.

설태이는 인사도 하지 않고 멍하니 Tiny의 댓글을 읽다가 스마트폰을 책상 위에 올려두고 말하기 시작했다.

『지난 일주일 내내 생각했어요. 제가 여러분들을 위해서 할 수 있는 게 뭘까. 여러분들은 언제나 제 몸을 챙겨주고 따뜻한 말을 건네줘요. 이런 저를 사랑해줘요. 저도 그래요. Tiny의 미소가 보고 싶어서 계속 열심히 할 수 있었어요. 여러분 덕분이에요. Tiny를 사랑하고, Tiny를 행복하게 해주고 싶어서……..』

설태이가 고개를 숙여버렸다. 마도카는 보이지 않게 된 그의 표정을 필사적으로 상상했지만, 도저히 떠오르지 않았다. 설태이와 자신 사이에 어떤 명확한 공간이 생겨났다는 것을 깨달았다.

이번 논란으로 가장 힘들었던 것은 설태이에게 특별한 사람이 있었다는 것도, 그 일에 대해 그가 입을 다물었다는 것도 아니었다. 자신이 모르는 설태이가 있다는 현실에 마도카는 진심으로 상처를 받고 말았다. 그것은 예상치 못한 아픔이었다. 어떤 사람이든 특정인에게만 보여주는 모습이나 누구에게도 보여주지 않는 내면이 있을 텐데, 설태이는 늘 Tiny 앞에서 어리광을 부리거나, 고민을 털어놓거나, 기뻤던 일들을 보고하거나, 때로는 나약한 소리를 하거나, 사랑한다고 말하며 웃어주었다.

그 모습이 마치 그의 전부인 것 같다는 착각이 들 정도로, 그 솔직함과 성실함이 그의 큰 매력이었다. 다른 사람들은 그렇지 않아도 설태이만은, 세상에서 오직 그 한 사람만은 「우리」에게 모든 것을 보여주고 있다고 마도카는 믿고 있었던 것이다.

설태이가 버킷햇을 벗었다. 그가 울지 않는 것을 알고 마도카는 두 번째 실망감을 느꼈다. 설태이가 왜 Tiny를 위해 울어주지 않는 것인지 이해할 수 없었다.

『저는 어떻게 해야 하죠?』

그 목소리에 침울해 있던 마도카는 고개를 들었다. 댓글들이 더욱 빠른 속도로 올라가기 시작했다. 그 사이로 해골 이모티콘이나 구토 이모티콘이 지나갔다. 설태이는 무표정한 얼굴로 그것들을 바라보았다.

마도카는 댓글 입력 화면을 열었다. 지금까지 자신이 설태이에게 메시지를 보낸 적은 없었다. 그것은 마도카 나름의 설태이를 향한 경의이자 예의였기에, 막상 댓글을 쓰려고 하니 망설여졌다.

설태이가 카메라에 얼굴을 가까이 댔다. 길게 찢어진 큰 눈이 마도카를 응시했다. 그 파괴력에 쓰러져버릴 것 같아 스마트폰을 멀찍이 두고 눈을 가늘게 떴다.

『내가 죽으면 넌 나를 태울 거야?』

설태이는 영어로 천천히 그렇게 말했다. 마도카는 등골이 서늘해졌다.

『너는, 내 몸을 태울 거야?』

상처입은 고양이 같은 눈이 마도카를 바라보았다. 심장이 격렬하게 뛰어서 스마트폰을 든 손이 떨렸다. 벌거벗은 설태이가 십자가에 못박혀 Tiny에 의해 불타는 모습을 상상했다. 터져 나온 괴성은 비명일까 환호일까. 설태이는 깊은 상처를 받은 것처럼 보였다. **우리**보다 더 소중하고 사랑스러운 사람이 있는데도, **우리**에게서 사랑받지 못하는 것을 마치 세상이 끝난 것처럼 여기고 있었다.

마도카는 무심하게 손가락을 움직였다. 그 기세 그대로 전송 버튼을 눌렀다.

『그땐 당신을 얼려줄게. 당신은 죽어도, 영원히 그 모습 그대로 있어줘.』

설태이가 댓글을 읽기도 전에 마도카는 방송을 껐다.

「안녕」. 오늘 듣지 못한 설태이의 사랑스러운 인사를 마도카는 머릿속에서 재생하려 했지만, 아무리 해도 자신의 목소리밖에 들리지 않았다. 아름다운 기억을 떠올리려 해도 잘 되지 않았다.

"약속한 한 시간까지 7분 남았는데, 언제까지 흉기를 숨겨두고 있을 거지? 오른손에 든 건 송곳인가?"

남자는 검지와 엄지로 아이스 커피 빨대를 만지작거리며 말했다. 테이블 아래에 있는 마도카의 오른손에 힘이 실렸다. 마도카가 노려보자 남자는 냉혹한 눈빛으로 마도카를 봤다.

"움직이지 마. 네 뒤 소파에 앉아있는 노부부도, 내 뒤에 앉아있는 정장 입은 남자들도, 저 패밀리 레스토랑의 점원도 모두 사복 경찰관이야. 나한테 무슨 짓을 하려고 했다가는 어떻게 되는지 알지?"

남자의 말 한마디에 세계의 색깔이 달라졌다. 아무 영향도 미치지 않던 풍경 속 사람들이 순식간이 그 존재를 드러냈기 때문이다. 무수한 눈이 마도카를 보고 있었다. 어느새 낯선 인간들의 기척에 둘러싸여 있었다. 어떻게 해야 할지 마도카는 고민했다.

"타이포글리세미아라고 알아?"

남자는 마도카의 반응을 보면서 유쾌한 얼굴로 물었다.

"문장 안에 있는 단어의 글자가 살짝 바뀌어도 그 문장을 문제없이 읽을 수 있는 현상을 말하지."

마도카는 미간을 찌푸려 불쾌감을 표시했다.

"무슨 말이에요?"

"굉장하지."

“뭐?”

“인간이란 말이야, 내용이 조금만 달라도 본인이 가진 단어 지식을 사용해서 뇌가 멋대로 글자를 바꾸거나 보충한다고. 그래서 문장 자체가 틀려도 읽을 수 있는 거야. 아무 문제 없이.”

마도카는 송곳을 움켜쥐고 이를 악물었다.

남자는 마도카의 안색을 살피듯 고개를 기울여 들여다보았다. 파운데이션을 발라 매끄러운 남자의 피부는 모공 하나 보이지 않았다. 솜사탕 같은 분홍빛의 통통한 입술 끝을 엄지로 닦는 모습이 설태이와 겹쳐보였다.

“너무 돌려 말했나? 무슨 말이 하고 싶냐면, 설태이를 향한 네 사랑은 타이포글리세미아라는 거야. 네가 아무리 설태이의 말과 미소와 인생의 조각들을 그러모아 엄청난 사랑을 만들어 낸다 해도, 그건 네 소망과 망상이라는 필터를 통해 완성된 타이포글리세미아일 뿐, 네가 믿고 있는 게 아름답고 올바른 문장이 될 일은 영원히 없다는 뜻이지. 하지만 넌 그거면 충분했겠지. 오히려 그게 편했을 거야. 설태이를 사랑하는 것에도 부수는 것에도, 그럴싸한 이유를 만들어낼 수 있을 테니까.”

마도카는 남자를 비웃었다.

“다시 말해 나를 잡으려고 만나러 온 거야? 공격당할 걸 알면서도? 흐음, 용감하네. 아, 하지만 경찰까지 부른 걸 보면 단순한 겁쟁이인가.”

“누군가가 지켜봐주지 않으면 죽여버릴 것 같아서. 내가, 너를.”

강한 눈빛에 시선이 사로잡혀 움직일 수 없었다. 남자의 아름다운 눈동자에 마도카는 숨을 삼켰다. 헤이즐넛색의 크고 검은 눈에 빨려 들어갈 것 같았다. 압도적인 아름다움은 보는 것만으로도 호흡을 멎게 할 정도의 충격을 안겨주었다. 왜 이 남자는 이 정도의 아름다움을 평소엔 숨기고 사는 것일까. 마도카는 동요가 전해지지 않도록 애써 웃었다.

"사랑의 힘이네. 분명 아름답겠지. 타이포글리세미아가 아닌, 진짜 사랑은."

거부하듯 남자가 입술을 굳게 다물었다. 상처받은 것을 확인한 마도카는 남자의 마음을 부수고 싶었다.

"사진을 처음 봤을 땐 깜짝 놀랐어. 다 아는 장소였고, 나도 갔던 곳이니까. 설태이가 그날 앉았던 벤치. 들렀던 카페. 스튜디오의 간판. 라디오 방송국 주차장. 영화 팸플릿. 더 리츠 칼튼 도쿄."

호텔 이름을 일부러 더 천천히 말했다. 남자의 오른쪽 눈썹이 움찔거렸다.

"당신을 찾고 싶었어. 왜냐면 분명 같은 종류의 인간일 테니까. 그래서 설태이를 만나러 갈 때마다 당신도 찾고 있었던 거야. 어디 숨어있는 거냐고, 당장 나오라고 몇 번이나 생각했어. 그런데도 당신은 쉽게 찾지 못했지. 전혀 눈치채지 못했어. 늘 비니를 깊게 눌러쓰고 설태이의 가장 가까이에 있던 일본인 매니저가 이런 짓을 하고 있었을 줄은 몰랐으니까. 설태이는 내 거라고, 전 세계에 알리고 싶었어?”

잊을 수 없는, 8월 2일 수요일 23시 15분. 설태이는 사이타마의 맨션으로 돌아가지 않고, 이 남자와 호텔에 묵었다. 설령 들킨다 해도 매니저니까 변명은 얼마든지 할 수 있고, 기사화되어도 곤란할 것은 없었다. 그래서 방심한 것일까. 인적 없는 로비에서 걸어나온 두 사람은 엘리베이터에 올라탄 후 문이 닫히기 직전 포옹하며 뜨거운 키스를 나눴다. 마도카는 그 순간을 호텔 밖에서 전부 보고 있었다. 오른손에는 스마트폰이 쥐어져 있었다.

“설태이가 그런 일을 당한 건 다 당신 때문이야. 이번 일로 설태이가 노래나 춤을 못하게 돼도, 최악의 경우 스스로 죽음을 선택하는 일이 생긴다 해도 그건 전부 당신 때문이야. 나는 당신이 알려준 진실을 바탕으로 그 계기를 만들어준 것뿐이야. 계속 지켜보기만 했을 뿐, 실제로는 손을 대지 않았으니까 죄를 물을 순 없지.”

마도카는 웃고 있었다. 자꾸만 올라가려는 입꼬리를 자신의 의지로 막을 수가 없었다. 자신이 어떻게 이렇게까지 악인이 될 수 있는지 스스로도 알 수 없었다.

“하지만 모처럼 만났으니까 진짜 사랑이라는 걸 알려줘. 설태이는 당신을 비난하지 않았어? 아직도 당신을 사랑해?”

남자는 아무 말도 하지 못한 채 손으로 입을 막았다. 그렇게 한동안 심각한 표정을 짓더니, 몇 분 더 지나자 아무 일 없었다는 듯 멍하니 창밖을 바라보기 시작했다.

마도카에게 남은 시간은 얼마 남지 않았다. 이 남자는 입을 열지 않을 것이다. 설령 지금 마도카가 남자의 목에 송곳을 들이대고 위협한다고 해도, 그 입술이 이야기를 꺼내는 일은 없을 것이다. 설태이의 가늘고 유연한 손가락이 이 남자의 머리카락이나, 팔, 등에 닿으며 그가 속삭였을 사랑의 말을 마도카는 알고 싶었다. 아무런 필터도 필요 없는 세계에 있는 설태이의 목소리를 들어보고 싶었다.

그러나 그것이 이룰 수 없는 꿈이라는 것을 알게 되자 뱃속 깊은 곳에서부터 분노와 증오의 감정이 끓어올랐다. 왜 사람들은 진정 찬란한 순간을 자신만의 것으로 삼아버리는 것일까. 이렇게 가까이까지 다가갔는데, 갑자기 『관계자 외 출입금지』라며 문이 닫힌 것 같은 부당함에 미쳐버릴 것 같았다.

마도카 안에서 무언가가 와르르 무너졌다. 그것은 균형을 잃은 젠가나 쓰러져 가는 도미노처럼 알기 쉬운 것이 아니라, 아무도 모르게 은밀하게 부서지는 종류의 상실감이었다.

남자는 별다른 변화 없이 여전히 창밖을 응시하고 있었다. 마도카는 눈앞의 남자와 자신은 시간의 흐름이 전혀 다르다고 생각했다. 이 남자는 어떻게 이렇게나 「자신」으로 있을 수 있는지 이해할 수 없었다.

진짜 못 해먹겠네. 그렇게 생각한 순간, 마도카는 강렬하게 배가 고프다는 것을 깨달았다. 몸이 몹시도 핫케이크를 원하고 있었다. 당분이 높아 죄책감이 느껴지는 반짝반짝한 핫케이크를. 분명 이 세상에는, 녹은 버터와 메이플 시럽에 절어 달콤하기 그지없는 핫케이크만이 구할 수 있는 슬픔이 있을 것이다.

하지만 마도카가 주문 버튼을 누르려고 일어나자 패밀리 레스토랑에 있는 모든 인간들이 동시에 일어났다. 사복 경찰관들이 마도카를 향해 달려드는 것이 시야 끝에서 슬로우 모션처럼 보였기에, 마도카는 뭐야, 내 인생은 여기서 끝이야? 라고 생각했다.

그렇다면 마지막으로 하고 싶은 것은?

베이지색 배낭 안에 수제 미니 폭탄을 넣어두었다. 스위치를 누르면 설태이가 작곡한 「leave me」 오르골 버전이 흘러나오는 근사한 사양이었다. 하지만 요란한 폭발음에 묻혀 그 음색은 자신만 들을 수 있을 것이다. 그렇게 생각하자 마도카는 황홀감에 젖어들었다. 기분이 들떴다.

마도카는 공중에 떠올랐다. 두 발로 배낭을 통째로 밟아버릴 생각이었다. 배낭에 달린 파스텔 컬러 열쇠고리와 쿠션 참이 눈에 들어왔다. 안녕. 「안녕」.

하지만 가방에 발이 닿기 직전, 누군가가 마도카의 등을 발로 걷어찼다. 기세 좋게 바닥으로 떨어졌다. 팔꿈치를 세게 부딪쳐 온몸에 전기가 흐르는 듯한 충격을 받고, 괴성을 지르며 저항하다가 두 팔마저 붙잡혀 테이블 위에 짓눌렸다.

그 순간 눈이 휘둥그레졌다. 마도카의 시선 앞에 설태이가 있었던 것이다. 그의 새로운 스타일링에 시선을 빼앗겼다. 하프업으로 묶은 검은 머리 안쪽에는 와인 레드색 브릿지가 들어가 있었다. 검은색 라이더 재킷을 어깨에 걸치고, 가슴에는 금색 액세서리를 착용했다. 지금까지 중 가장 멋진 모습인 것 같다고 마도카는 생각했다.

패밀리 레스토랑의 유리창 너머, 어딘가 먼 세계에서, 설태이가 누군가를 향해 가운뎃손가락을 치켜들었다. 나뭇잎 사이로 쏟아지는 햇살은, 그에게 한없이 투명한 빛을 쏟아부었고, 마치 스스로 빛을 발하는 것처럼, 너무나도 신성하고 아름다워서, 이 세상 사람이 아닌 것 같았다.

작별의 바다
후유무라 미치

1

토요사와 마코가 자살할지도 모른다는 소문을 들었다.

그 소문을 듣는 순간 피가 심장으로 모여드는 소리가 들렸다. 손에서 심장을 향해 피가 끓어오르는 것 같았다. 화가 난 것인지, 슬픈 것인지, 우스운 것인지 알 수 없었다. 남 일 같지 않았다. 사실, 남의 일은 아니다.

토요사와 마코는 나였다.

그날의 하늘은 보라색으로 물들어 처음 보는 색깔을 하고 있었다.

오늘 내가 죽으면 이 하늘색과 함께 전해지는 괴담이 될 수 있겠구나 생각하며, 그날 마지막 수업인 6교시 수업을 듣고 있었다.

『토요사와 마코가 6월 10일에 자살한대』라는 소문이 반에 돌고 있었다. 소문으로 예고된 날은 아직 조금 남았지만, 그날은 분명 이런 보라색은 아닐 테니까 오늘이 좋지 않을까. 막연히 남의 일처럼 그런 생각을 했다.

그 소문은 담임인 타부치 선생님의 귀에도 들어갔는지, 어느 날을 기점으로 나에게 자주 말을 걸어오셨다. 별다를 것 없는 대화를 나누고 세 번에 한 번 꼴로『무, 무슨 일 있으면 말해주렴』하고 불안감을 숨기지 못한 눈으로 말했다. 뭐라고 대답해야 할지 알 수 없어서『네, 뭐, 무슨 일이 있으면 말할게요』라는 애매한 대답밖에 할 수 없었다.

타부치 선생님은 아직 교직에 종사한 지 2, 3년밖에 되지 않았다고 한다. 그래서 미안하게 생각하고 있다. 지금도 교단에 선 타부치 선생은 창밖을 멍하니 바라보는 나를 힐끔힐끔 보고 있었다. 나는 괜찮은데 걱정이 너무 많은 것 같다. 아니면 자신의 상황을 걱정하는 걸까. 선생님도 고생이 많네, 라고 생각하다가, 그 후의 일에 대해 생각하는 것은 멈췄다.

왜 그런 소문이 퍼지기 시작했는지는 잘 모르겠다. 친구라고 부를 만한 존재가 없는 것이나, 그것을 아무렇지도 않게 여기는 태도와 관련이 있을지도 모른다. 모두가 나를 좋아하지 않는다는 것은 알고 있다. 작년에는 좀 더 반에 어울리려고 노력했다. 최대한 이야기를 맞춰주고, 모두를 웃게 하고, 모두가 싫어하는 것을 솔선수범해서 했다. 하지만 그 방식은 나와는 심각하게 맞지 않아서 바로 그만두었다.

반 안에 나를 향한 강한 적의가 있다는 것을 깨달은 것은 문화제 지휘자를 정했을 때였다. 입후보자는 나 한 명이었다. 최종적으로 전원에게 종이가 배부되어 다른 추천 후보는 없는지, 나로 해도 괜찮은지를 투표로 정하게 되었다. 나라면 동그라미를, 다른 후보가 있으면 그 사람의 이름을 종이에 적어서 내라는 지시였다. 반장이 개표하며 읽어나가는 와중『토요사와 이외』라는 표가 몇 표 들어가 있었고, 거기서 처음으로 나는 미움을 받고 있을지도 모른다는 사실을 깨달았다.

소문을 퍼뜨렸을 만한 반 친구로 짐작가는 아이는 얼마든지 있었다. 그러고 보니 저번 주에는 실내화가 없어졌다. 한 달 정도 전에는 자전거 앞바퀴에 구멍이 뚫려 있었다. 복도를 걷다가 마주친 동아리 선배에게 갑자기 멱살을 잡혀 그대로 목이 졸린 적도 있었다. 별 한가한 사람도 다 있구나 하고 내버려뒀더니, 이번에는 나의 자살 소문이 돌기 시작했다. 전부 같은 사람이 하는 것인지, 다른 사람이 하는 것인지는 알 수 없었다. 어쩐지 목을 졸랐던 사람은 아닐 것 같았다. 감정적인 사람이 벌일 짓은 아닐 테니까.

그 소문에 따라 자살할 마음은 전혀 없었지만, 오늘의 보랏빛 하늘은 마침 소문대로 행동하기 참 좋은 날이라는 생각이 들었다. 교실도 어딘가 어수선했다. 늘 뒷자리에 있는 사토와 수다를 떨기 바쁘던 사사키도, 어딘가 심각한 얼굴을 하고 창밖을 바라보고 있었다. 6교시 수업은 안 그래도 피곤해서 집중이 되지 않았는데, 전체적인 공기가 술렁거리고 있어서 정신이 산만했다. 그런 소문을 퍼뜨려서 뭘 어쩌려는 걸까, 하고 한숨을 내쉬었다. 내가 자살하면 곤란해지는 건 너희들일 텐데.

방과 후, 복도에서 타부치 선생님께 붙잡혀 잠시 대화를 나눴다. 「이상한 색이구나」 하고 그도 역시 창밖을 바라보며 중얼거렸다. 그대로 창가로 다가가 창문을 열어 등을 젖히고는, 창틀에 상체를 기댄 채 하늘을 올려다본다.

　4층. 지금 선생님을 밀면 쉽게 떨어뜨릴 수 있겠다는 생각이 들었다. 딱히 죽을 마음이 없어도 4층에서 몸을 내밀었다가 실수로 떨어지면 죽을 수도 있고, 인도를 걷고 있기만 해도 차가 멋대로 돌진할 수도 있다. 개에게 물려 좋지 않은 무언가에 감염될 수도 있고, 현관에서 밖으로 나가려는 순간 갑자기 길이 사라져서 나락으로 이어질 수도 있다.

　「요즘은 잘 지내니?」라는 질문을 받았다. 이 사람은 정말 이야기하는 것에 서툴구나. 그렇게 걱정되면 직접 물어보면 될 텐데. 『자살은 안할 거지? 소문은 거짓말이지?』라고. 『괴롭힘당하고 있는 거 아니지?』라고. 하늘의 색이 이상한 것을 보면, 어쩌면 오늘은 평소의 일상과는 동떨어진 날일지도 모른다.

　나는 그러는 사이에도 계속 밖을 내다보고 있었다. 나는 질문에는 대답하지 않고 반대로 질문을 해 보았다.

　"선생님은 절 걱정하고 계세요?"

　잠깐의 망설임 끝에, 선생님은 「그래」라고 대답했다.

　그래서 나는 하늘을 보며 「딱히 걱정하지 않으셔도 돼요」라고 대답했다.

　여전히 보라색 그대로였지만, 시간이 흐른 탓에 더 깊은 색으로 변해가고 있었다. 앞으로 몇 분 후면 하늘은 짙은 남색이 되며 평소와 같은 밤하늘이 될 것이다. 이 동네는 조금도 좋아하지 않지만, 밤에 예쁜 별이 보이는 것만은 좋아했다.

　"전 딱히 선생님을 곤란하게 만들 생각은 없으니까 안심하세요."

최대한 온화하게 들리도록, 그런 것에 대해서는 전혀 생각하지 않는 것처럼, 내 감정이 잘 전해질 수 있게 노력하며 목소리를 냈다. 잘 전해졌는지는 알 수 없다. 전하고 싶은 것은 늘 지나치거나 부족하다. 감각과, 사고와, 말이 같지 않다는 것을 알고 있다.

아니나 다를까, 그런 말을 들어도 타부치 선생님은 안심이 되지 않는지 다음 질문을 찾으려는 듯이 하늘을 바라보았다. 그러는 사이 평소의 색으로 돌아와 하늘은 남색으로 뒤덮였다.

"선생님은 어떻게 하면 안심해 주실 거예요?"

말하고 나니, 이 대사는 다투기 시작한 애인 사이에나 나올 법한 대사 같아서 웃음이 나올 뻔했다. 그런 상황을 어디선가 본 적이 있었다. 어디였는지는 조금도 기억나지 않지만. 무슨 만화였나.

"토요사와가 웃어준다면."

선생님이 대답했다. 어느새 시선은 똑바로 나를 향해 있었다.

"그게 뭐야, 우리, 애인 사이예요?"

분명 나는 웃었을 거라고 생각한다.

"그만해, 내가 잡혀간다고."

그렇게 말하며 선생님도 웃었다. 조금이라도 안심할 수 있었을까. 봐라, 나는 농담할 여유도 있다. 전혀 궁지에 몰리지 않았다.

웃는 얼굴을 보고 안심했는지, 선생님은 「알았어」라고 말하며 힘을 풀고 고개를 끄덕였다. 이내 「조심히 들어가라」라며 손을 흔들고 교무실로 돌아갔다.

바깥은 완전히 평소의 색깔로 돌아와 있었다.

집으로 돌아가려는데, 멀리서 신발장 주위에 반 아이들이 모여 있는 것이 보였다. 숨이 막히고 심장이 빨리 뛰는 것이 느껴졌다.

황급히 복도를 되돌아갔다. 어디로 갈까 고민하는 사이 도서실이 있다는 것이 떠올랐다.

책은 얼마 없었다. 『문화 진흥』이라는 말을 비석에 새긴 것 치고는, 문화의 상징인 도서실은 너무나도 빈약했다. 일반 교실의 벽을 허물어서 두 개의 방을 연결한 듯한 간소한 구조. 거기에 사람 한 명이 겨우 걸어갈 만한 공간을 비워두고 책장이 늘어서 있었다.

도서실의 앞에는 대출 카운터와 열람대가 있었으니 사실상 책이 진열된 공간은 교실 1.5개분도 안 될 것 같았다. 대부분의 학생들은 이 장소를 기억하지 못할 것이다. 입학 때 오리엔테이션에서 교내 시설을 안내받았을 때 잠깐 들른 적이 있을 정도다.

도서실 입구의 문은 위쪽 절반이 유리로 되어 있어 안을 들여다볼 수 있었지만, 그 앞을 지날 때마다 이곳에는 언제나 책만 있었고, 그것을 읽는 사람은 아무도 없었다.

도서실에는 예상대로 아무도 없었고 불도 켜져있지 않았다. 왠지 모르게 불을 켤 엄두가 나지 않아 캄캄한 도서실 안으로 들어갔다.

운동장에서는 축구부의 목소리가 들려왔다. 저쪽에서 도서실 쪽을 바라보면 어두운 교실에서 사람 그림자가 일렁이는 것처럼 보일 것이다. 새로운 괴담이 생길지도 모르겠다고 생각하며 혼자 웃었다.

캄캄한 도서실에서 책을 읽을 수 있을 리가 만무했고, 결국 서가에 놓인 책등을 손으로 훑으며 걸어갔다. 걸으면서, 나는 대체 뭘 하고 있는 걸까, 라는 생각에 이번에는 울고 싶어졌다. 지금의 나는 상당히 비참한 상황이 아닐까. 한번 생각하기 시작하자 더는 참을 수 없었다. 갑자기 코가 찡해지면서 눈물이 나오는 것이 멈추지 않았다.

울면서, 반쯤 냉정한 머리로는 아마 이 순간을 평생 기억하지 않을까 하는 생각이 들었다. 그런 순간은 지금까지도 몇 번 정도 있었다. 그것들은 대개 사소한 순간들이었다. 집에서 옷을 갈아입고 있는 사소한 순간이거나, 공기 냄새가 바뀌어 겨울이 끝났다고 생각한 순간이거나, 초등학교에서 돌아오는 길 혼자 우산을 쓰고 걷는 순간이거나, 추억이라고 하기에는 보잘것없는 순간들. 그것들과 마찬가지로 지금 이 순간의 빛도, 온도도, 냄새도, 감정도 기억하고 싶다는 생각이 들었다.

2

집으로 돌아가기 전까지는 울었던 흔적이 사라지기를 빌며 집까지 가는 길을 걸어갔다.

집 역시 나에게 안심할 수 있는 장소라고는 말하기 어려웠다. 딱히 학대가 있는 것도 아니고 지극히 상식적인 부모였지만, 그 상식이 내게는 고통스러웠다.

부모처럼 되고 싶다고 당당하게 말할 수 있는 아이가 부러웠다. 내 인생에서 길잡이는 소설이나 만화 속에서만 존재했다. 하지만 그들은 나에게 말을 건네주지 않았다. 외로움 때문에 사람들과 이어지려 하면 실패한다는 것을 아무도 알려주지 않았다.

어머니는 좋은 사람이었고, 그녀가 가진 정의의 척도로 좋은 사람이 되기 위해 애썼다. 매일 빠짐없이 나에게 도시락을 싸주셨다. 그녀가 보기에 필요하다고 생각되는 것은 아낌없이 주셨다.

반면 그녀의 정의에 부합하지 않는 것은 예외 없이 비난받았다. 그 화살은 나를 향하기도 했고, 같은 강도로 가깝지 않은 사회를 향하기도 했다. 그녀의 말대로 세금을 내는 것은 선량한 시민의 의무였고, 절세를 하려는 것은 그 의무를 게을리하는 짓이었다.

지금 자신을 이 세상까지 이어준 조상들은 무엇보다 소중한 것이었고, 그래서 그 존재를 상징하는 묘지를 무엇보다 소중히 여겼다. 자택에 있는 불단에 절하는 일은 매일 빠뜨리지 않았다. 그 모습은 내 눈에는 독실한 신도처럼 보였는데, 본인의 말로는 『신도 부처도 저승도 믿지 않고 오직 자연의 섭리만을 믿는다』라고 했다.

나 역시 절을 하지 않으면 식사를 제공해주지 않기도 해서, 절을 할 대상도 찾지 못한 채 불단을 향해 그저 얌전히 손을 모았다. 그땐 최대한 아무 감정도 담지 않도록 의식한다. 조상에 대한 감사를 거부하고 성묘를 거절한 아버지는 어느새 집에서 사라져 있었다.

만화나 게임은 그녀가 살았던 시대에는 아직 주류가 아니었고 겪어본 적도 없었기에 그녀의 정의의 척도에 포함되지 않았다. 포함되지 않는 물건이었기에 금지되었다.

확대나 발전도 그녀는 악으로 여겼다. 먹고사는 것 이상으로 돈을 벌려고 하는 것은 천한 일이었고, 그날그날 먹고 살만한 돈을 버는 것은 선한 일이었다. 가전을 이용해 편안함을 느끼는 것은 악이었고, 내 손으로 할 수 있는 것은 스스로 하는 것은 선이었다.

그런 가치관을 가진 어머니를 나는 전혀 좋아할 수 없었지만, 치명적인 학대가 있는 것도 아니었고, 삼시세끼 직접 만든 음식을 차려주고, 계절에 맞는 옷을 준비해주고, 비가 새지 않는 집이 내게는 있었다.

그것들을 모두 떨쳐내고 집을 나서기에는 나는 어렸고, 견디기 힘들 정도도 아니었다. 감사할지언정 적극적으로 밀어낼 이유는 찾지 못했다. 친구에게 가족의 사정을 물어도 아무런 갈등이 없는 가정은 없었고, 다들 그런 것과 타협하면서 살아갔다. 그래서 나도 그렇게 할 수 있을 거라고 생각했다. 나는 나 자신에게, 그녀를 진심으로 싫어하는 역할을 연기하게 할 수 없었다.

그래서 나는 타인이 되고 싶었다. 나의 불완전한 모습을 받아 줄, 혹은 분산시켜줄 수 있는 또 다른 자신을 갖고 싶었다.

3

도서실에서 울었던 그날, 나는 어머니와 타인이 되어 보기로 결심했다. 비참한 나는 내가 맡는다. 하지만 그 대신 내가 되고 싶은 나를 맡길 누군가가 필요했다.

컴퓨터도 스마트폰도 어머니의 기준으로는 정체를 알 수 없는 물건이었기에 자유롭게 사용할 수 없었다. 그래서 나에게 남은 유일한 수단은 편지였다.

그런 생각에 다다르게 된 계기는 방과 후 시간을 때우기 위해 들른 도서실에서 집어든 책이었다. 『내 이름은 삐삐 롱스타킹』의 작가가 만난 적도 없는 소녀와 80통이 넘는 편지를 주고받았다는 내용을 발견한 것이다. 그 전까지 내 삶에는 편지라는 것이 없었는데, 그것을 읽자마자 완전히 새로운 세상이 열린 기분을 느꼈다. 주소만 있으면 편지가 도착한다는 것을 이때 처음으로 깨달았다.

그렇다고는 해도 현실적으로 편지를 주고받고 싶은 사람도 당장 떠오르지 않았고, 모르는 사람에게 본명이나 주소를 적어 보내는 것에도 거부감이 들었다. 그럼에도 누군가를 향해 편지를 쓴다는 장난에 가까운 행위의 유혹을 참을 수 없었다.

그렇다면 실명을 쓰지 말자고 생각했다. 편지다. 만날 필요도, 목소리를 들려줄 필요도 없다. 현대에 있어서는 너무나도 불편한 구식 매체. 그래서 나는 자유롭게 행동할 수 있는 가능성을 느꼈다.

다음 날 나는 도서실에 있는 컴퓨터로 브라우저를 켜고 지도 서비스에 접속했다. 거기서 일본 지도를 바라보았다. 지금 있는 장소에서 먼 곳이 좋을 것 같아 서일본에 포커스를 맞췄다. 바다에 뜬 섬이 눈에 들어와 확대해 보았다.

그러자 그보다 더 작은 섬이 여럿 나타났다. 내가 살고 있는 동북쪽 내륙과는 전혀 달랐다. 바다로 둘러싸인 그곳의 생활을 떠올려보았다.

섬 끝자락에서 『등대』라는 글자를 발견하고 등대가 있는 섬인가, 좋겠다고 생각했다. 내가 본 적이 없는 세계. 나무와 산, 눈과 등대, 바다와 빛. 남은 것은 감각이었다.

비교적 주택이 밀집한 곳에 핀을 찍자 주소가 표시되었다. 나는 그 주소를 노트에 메모하고 컴퓨터를 떠났다. 아직 아무것도 하지 않았는데 심장이 미친듯이 요동쳤다. 겨우 14년 남짓의 인생. 그 안에서 스스로 무언가를 한 것은, 사회의 상식에서 벗어나려고 한 것은 이번이 처음이었다.

집에 가기 전에 마트에 들러 편지지와 봉투를 샀다.

사실은 전철을 타고 큰 동네에 가서 더 귀여운 것을 사고 싶었지만, 그렇게 되면 언제 갈 수 있을지도 모르고, 그러는 사이에 마음이 식어버릴 것 같았다.

세금 포함 220엔으로 살 수 있는 장식 없는 흰색 종이에 줄만 그어진 심플한 것이었지만, 다른 선택지는 없었기에 무지 봉투와 함께 구입했다. 합계 400엔 이하. 용돈으로 모르는 세계로 가는 표를 살 수 있다.

집에 가서 곧바로 내 방에 들어갔다. 평소 사용하지 않던 검은색 볼펜을 꺼내 편지지 앞에 앉았다.

마음을 먹고 적으려다가, 내 손은 그대로 멈췄다. 편지를 보내겠다는 생각만 하고 내용에 대해서는 아무 생각도 하지 않았던 것이다.

전혀 모르는 사람에게 메시지 병처럼 쓰는 것이니 어떤 것을 써도 상관없다. 사실을 적어도 되고, 사실을 적지 않아도 된다. 나이도 26살이라고 적어도 되고, 선생님이라고 적어도 되고, 경찰도 괜찮을지 모른다. 경찰이라도 하면 무서울 수도 있으려나.

아, 도예가라거나 서예가, 양봉가 등 본 적도 만난 적도 없는, 글이나 TV에서만 봤던 사람이 되어도 좋았다. 반의 인기인도 될 수 있었다. 다른 세계에서 온 사람도 될 수 있었고, 과거에서 왔든 미래에서 왔든 뭐든 상관없다. 요정이다, 라고 적어도 된다. 무엇이든 될 수 있다고 생각하니 가슴이 두근거렸다.

그 후 한동안 방구석을 응시하다가, 이번에는 도서실 사서가 되어 보기로 마음먹었다.

『처음 뵙겠습니다』라는 말로 나는 글을 쓰기 시작했다.

『갑자기 편지를 보내서 미안합니다. 놀라셨겠죠. 저는 Y시라는 곳에서 도서실 사서를 하고 있는데, 개인적인 이야기를 할 기회가 많이 없어서, 누군가와 이야기를 해보고 싶은 마음에 이렇게 편지를 적게 되었습니다.』

내가 내가 아닌 다른 존재가 되는 것은 생각했던 것보다 어려운 일이었다. 자유롭게 써도 된다고 생각했지만, 이 사람이라면 이런 말은 하지 않겠지, 어떤 일상을 보내고 있을까, 친구는, 가족은, 그렇게 한번 생각하기 시작하자 끝이 없었다. 내 안에 한 명을 더 살게 하고 그에게도 세상을 만들어주어야만 했다.

이름이라는 것은 지금까지 쭉 성가신 것이라고만 생각했다. 내『마코』라는 이름은 어딘가 촌스럽고, 내가 원하는 대로 바꿀 수도 없었다.

하지만 막상 내가 사람을 만들려고 하니, 이름이 없으면 윤곽이 흐릿해진다는 사실을 깨달았다. 마코1, 마코2, 이런 식으로 번호를 붙이면 될까 싶었지만, 그렇게 되면 내 영향을 너무 받아서 인격이 나에게 끌려갈 것 같았다. 이름을 붙여야 윤곽이 생기고, 거기서 비로소 인격이 생겨난다.

그날 밤부터 여러 통의 편지를 여러 장소에, 여러 연령, 성별,

직업으로 보냈다. 이름을 바꾸고, 직업을 바꾸고, 성별을 바꾸고. 그럴 때마다 새로운 삶이 내 안에 태어났고, 그 삶은 거의 무차별적으로 모르는 누군가에게 강제로 공유되었다. 존재하지 않았던 삶은 그 순간 누군가의 안에 존재하게 되었다.

스스로 누군가를 만들어내는 행위는 즐거웠다. 이곳에 있는 나 자신에게서 분리되어 『있었을지도 모르는』 내가 나도 모르는 곳을 돌아다니는 감각은, 지금까지의 인생에서 한번도 느껴본 적 없는 감각이었다.

장난스러운 것부터 그럴싸한 것까지 다양한 이름을 붙였다. 그중에서도 마음에 드는 것은 3명이었다.

사라시나 유키코. 토다이모토 쿠라시. 타나다 주레.

그들은 성별도 나이도 성격도 제각각이었지만, 확실하게 내 안에 존재한다는 감각이 있었다. 그런 사람들의 말은 막힘없이 술술 나왔다. 유키코는 프리터로 미술관 감시원 일을 하고 있다. 쿠라시는 등대지기. 파도와 별, 어둠과 함께 지낸다. 주레는 나와 같은 중학생. 반에서 겉도는 존재. 존재적으로는 그녀가 나와 가장 가까웠다.

그렇게 몇 가지 인격을 만들어 편지를 보냈다. 보내는 곳도 홋카이도부터 오키나와까지, 한 번도 가본 적 없는 곳을 우선으로, 본 적도 없는 땅에 사는 사람들에게 보냈다. 내가 본 적도 없는데 존재하는 장소가 있다는 것을 신기하게 여기면서, 본 적 없는 땅의 본 적 없는 사람들에게 말을 걸었다.

4

멋대로 예고된 자살 기일은 매일매일 착실하게 다가오고 있었다.

아무런 강제력도 없는 그것이, 애석하게도 나를 확실하게 궁지로 몰아붙였다. 복도에서 웃음소리가 들릴 때마다 나는 고개를 숙였다. 그것이 나를 향한 것이 아니라는 것을 알면서도 두려웠다. 차라리 보건실로 도망치고 싶었지만, 어머니의 말을 빌리자면 그것은 **한심한** 일이었고, 다친 것 외에 정신적인 이유로 보건실에 가는 것은 실제로도 **찌질한** 일로 여겨지고 있었다. 나 자신도 예외는 아니었다. 그렇게 생각했기 때문에 더욱 부끄러운 마음이 들어 복도 구석을 조용히 걸었다.

쿠라시가 머릿속에서 말했다.

『쓸데없는 일로 고민하시네요.』

『이쪽은 절실하다고!』

『그래도 역시 시시해요. 세상은 이렇게나 넓은데.』

『이런 애는 아무 데도 못 가.』

이 아이들은 내가 편지를 쓴 그날부터 내 머릿속에 살기 시작했다. 가끔 이런 식으로 갑자기 나와서는 딴지를 걸기도 했다. 나는 그 번잡함이 싫지 않았다. 나인데 내가 아닌 것이 나에게는 필요했다.

그날 방과 후, 집으로 돌아가려는데 신발장 근처에서 반의 리더격인 아이가 날 불러세우더니 「잘난 척하지 마」라고 말했다.

다만 마음의 준비가 전혀 되어있지 않았던 것이 반대로 나를 더 강하게 만들었다. 순간적으로 물러서면 안 된다는 것을 깨달았다. 나는 「잘난 척, 한다」라고 한 글자씩 확인하듯 입 밖으로 되뇌었다.

"짚이는 게 없는데."

상대를 노려보며 그렇게 말했다. 사실 정말 짚이는 곳이 없었다. 얼굴이 마음에 안 들거나 체형이 마음에 안 든다면, 납득은 안 가도 그럴 수도 있겠다며 이해는 했겠지만, 『잘난 척한다』라는 막연한 말로 노려보는 것은 나로서는 이해가 되지 않았다.

그래서 솔직하게 「구체적으로 뭘 했는데?」라고 물었더니 「바로 그런 점이야」라는 대답이 돌아왔다. 도저히 이해할 수 없었다.

대놓고 무시할 생각은 없었지만, 그녀들은 다른 생물이라고 생각해 거리를 두고 있었다. 쉬는 시간에도 누군가와 놀기보단 들고 온 책이나 자료집을 보는 편이 더 즐거웠다. 그런 점을 보고 잘난 척한다고 생각한 것일까.

남들과 엮이지 않는 스타일을 관철하기 위해, 올해부터는 무슨 일이 일어나도 신경 쓰지 않기로 마음먹었다. 그래서 지휘자 투표 건이나, 자전거 펑크, 실내화가 사라진 일 등, 전부 나와는 상관없는 일로 치부했다. 그리고 자살 건도. 전부 나와는 상관없는 일로 치부하려고 했다.

그리고 이 애들이 눈앞에 드러나면서, 그 일은 정말 아무래도 상관없는 일이 되었다. 이런 녀석들 때문에 난 그동안 겁에 질려서 살았던 건가. 그런 바보 같은 짓을 해왔던 건가. 아무도 없는 곳에서만 말을 걸어오는 겁쟁이들 때문에.『좋아』하고 머릿속의 세 사람이 말했다.『그 기세야』. 실체가 보이자 공포는 가라앉았다. 하찮은 녀석들에게 내 감정을 할애할 수는 없었다.

"얘기 다 끝났어?"

나는 그녀들에게 그 말만을 하고 지나쳤다. 지나가면서도, 예고된 그날 자살하면 어떤 일이 벌어질까 싶어서 조금 웃음이 나왔다.

이 세계도, 이 동네도 좋아하지 않았지만, 좋아하지 않는다는 표현은 너무 순화된 표현일까. 이 동네도, 이 세계도 싫었지만. 응, 이게 더 내 감정을 정확하게 표현하고 있었다. 싫었지만, 그래도 딱 두 가지 좋아하는 것이 있었다. 밤하늘과 그리고 학교에서 돌아가는 길, 역에서 집까지 좋아하는 노래를 정확히 네 곡 흥얼거리며 돌아가는 그 잠깐의 시간. 그 시간만큼은 혼자 있을 수 있어서 좋았다. 아무도 없는 도로에서 빙글빙글 돌며 노래를 했다. 관객은 논밭의 개구리들. 괜찮아, 세상은 넓다. 저 먼 곳을 바라보았다.

5

어느 날, 편지에 답장이 왔다. 서쪽의 바다가 보이는 거리에서 바닷바람과 함께 도착했다.

그것은 주레로서 보낸 편지에 대한 답장이었다. 실제 내 학교에서의 모습에 조금 각색을 더해서 적은 편지.『바다를 보고 싶습니다』라는 말로 끝맺으며 우체통에 넣었던 편지다.

긴장하면서 편지를 열었다. 손이 약간 떨렸다. 보낸 사람 이름은 구지요 료코라고 적혀 있었다.

『편지 감사합니다. 갑자기 모르는 사람에게 편지가 와서 놀랐습니다. 새로운 수법의 사기라고 생각했는데, 그런 것치고는 내용이 사기와는 거리가 너무 멀어서 믿고 답장을 적습니다.』

여기까지 읽고 나는 문득 긴장이 탁 풀렸다. 비로소 나는 내 자신의 생각으로 누군가와 이어질 수 있었다.

편지에는 그녀의 최근 일상, 키우던 꽃이 피었다는 것, 계절에 맞지 않는 불꽃놀이를 했다는 내용이 적혀 있었다. 그리고 마지막에는『저희 도시는 아무것도 없지만 바다만은 무척 예뻐요』라는 말로 끝이 났다.

다 읽자마자 나는 책상에 앉아 답장을 적었다.

『오늘은 학교에서 조금 슬픈 일이 있었어요. 그런데 금방 괜찮아졌어요. 그리고 당신의 편지가 돌아와서 정말 기뻤어요.

6월 10일, 당신이 있는 지역으로 여행을 가볼까 해요. 오후 6

시, I라는 카페에서 기다리고 있겠습니다. 괜찮으시면 와주세요. 동그란 안경을 쓰고 있고, 어깨까지 오는 단발입니다. 오지 않으셔도 전혀 상관없어요.』

계획은 이러하다. 내가 자살한다고 예고되었던 6월 10일은 월요일. 그래서 일요일 밤에 서쪽으로 향한다. 그리고 나서 홀로 동네를 걷는다. 단지 그것뿐인 계획. 그것뿐이지만, 나에게는 이국으로 모험을 떠나는 것과 다를 바가 없는 일이었다.

그때의 나는 뭐든 할 수 있다고 느꼈던 걸까, 아니면 체념일까. 모든 것이 아무래도 상관없게 느껴졌다. 그런 먼 길을 떠나려면 부모님께도 말씀드려야 하는데, 딱히 그럴 필요도 느껴지지 않았다. 머릿속에 있는 세 사람도 마침 찬성해 주었다. 찬성 다수로, 이 계획은 가결.

그리고 통장 잔고를 확인하고, 결석 연락을 위해 학교 전화번호도 적어두었다. 숙소는 알아보니 미성년자는 묵을 수 없는 곳이 많아서 당일 민박을 찾아 유키코라는 이름으로 머물기로 했다. 나이가 많아 보일 수 있게 몰래 화장 연습도 해 두기로 마음먹었다.

결국 이날, 나는 죽는구나. 10일을 기점으로 나는 한번 죽었다가 다시 살아난다. 누군가가 멋대로 규정한 죽음이지만, 나는 이 죽음을 이용해보고 싶었다.

6

9일, 야간 버스를 타고 우선 도쿄로 향했다. 집에는 쪽지만 남겨두었다.

『11일에는 돌아옵니다. 걱정하지 마세요.』

어디선가 본 듯한 내용이었지만, 막상 직접 적으려니 정말 그것 말고는 적을 말이 없어서 웃음이 나왔다. 이 또한 어머니가 보기에, 아니 일반적인 관점에서 보더라도 충분히 악랄한 행동이라는 것은 자각하고 있었지만, 그럼에도 침묵한 채 학교에 계속 다닐 수는 없었다. 어머니도 받아들이지 못할 것이고, 그렇다면 행동하는 것 외에 내게 남은 선택지는 없었다.

야간 버스는 지금까지 맡아본 적 없는 짙은 밤의 냄새를 머금은 채 앞차의 후미등을 쫓아 나아갔다. 휴게소에 들르기 위해 버스에서 한번 내렸을 때는 후끈 달아오른 몸에 밤바람이 불어와 기분이 좋았다. 어른들은 이런 감각을 독점하고 있을 거라 생각하니, 이렇게 긴장한 채로 매일을 보내고 있는 자신의 세계는 아주 사소한 것처럼 느껴졌다.

도쿄에 도착한 것은 완전히 아침 해가 뜬 뒤였다.

그곳에서는 휴게소에서 맡았던 냄새와도, 고향의 흙냄새와도 다른 탁한 냄새가 나서 얼굴이 찌푸려졌다. 잠을 제대로 자지 못한 것도 있어 울렁거리는 속을 달래기 위해 버스터미널 근처

벤치에 앉아 한숨을 돌렸다.

쉬면서 머릿속으로 이후의 경로를 떠올렸다. 신칸센을 타고 교토까지. 그다음은 완행 열차를 타고 바다 쪽으로. 그리고 마지막은 버스. 예정했던 신칸센 시간까지는 아직 한 시간은 남았다.

지금쯤 집에서는 난리가 났겠지 싶어서 조금 무서웠지만, 여기까지 무사히 왔다는 마음이 더 커서 고양감이 앞섰다.

눈앞에서는 끊임없이 사람들이 오갔다. 옷차림도, 인종도, 연령도, 정말 다양했다. 이렇게 많은 사람들이 살아있고 움직이는구나. 그것은 무서울 만큼 숨 막히는 일이었지만, 지금의 나에게는 구원이기도 했다. 학교라는 세계에 살면 거기서 상상할 수 있는 것이 전부인 것처럼 느껴지지만, 당연히 그렇지는 않았다. 다양한 세계와의 조우가 있다는 것을 피부로 직접 실감할 수 있었다.

고향에서 교토까지 홀로 떠난 여행길은 지금까지 살면서 가장 즐거웠다. 눈에 보이는 모든 것이 새롭고, 희망처럼 느껴졌다. 내가 평소 관측하지 못했던 멀리 떨어진 땅에서도 누군가는 일상을 당연하게 보내고 있었고, 그것은 내 생활과 비슷할 수도 있지만 확실하게 다른 것이었다.

일방적으로 시간과 장소를 보낸 가게에는 5시 반쯤 도착했다. 바다가 보이는 그곳에서는 파도가 밀려왔고, 그 소리가 기분 좋았다.

"주레 씨?"

뒤에서 말을 걸어온 것은 어머니 또래 정도의 여성이었다. 솔직히 더 젊은 사람을 상상하고 있었던 탓에 곧바로 반응하지 못했다.

"료코 씨, 인가요?"

자신 없이 묻자 「예」라며 짧게 고개를 끄덕이고는 「옆에 앉을게요」라며 자리에 앉는다.

육성으로 『예』라고 말하는 사람이 주변에 없어서, 그것만으로도 나는 영화 같다고 생각했다. 막상 본인을 눈앞에 두자 무슨 말을 해야 할지 몰라 입을 다물고 말았다. 깊은 침묵이 한동안 계속되었다. 파도 소리만이 나와 그녀 사이를 메워주었다.

"정말 올 줄은 몰랐어요."

료코 씨는 바다를 바라보며 말했다.

"많이 멀었죠?"

꼬박 하루가 걸렸다고 나는 대답했다.

"왜, 왜 와주신 거예요?"

무슨 말을 해야 할지 몰라서, 가장 묻고 싶은 것을 아무 서론도 없이 물어 버렸다. 대답을 듣지 않고 말을 이었다.

"죄송해요. 주레라는 것도 본명은 아니에요."

계속 시선을 아래로 향한 채 말할 수밖에 없었다. 아아, 이제 나는. 지금의 나는 나를 천천히 죽여가고 있었다.

그런 내 모습을 보고 료코 씨는 인자하게 미소 지었다.

"당신이 누구든 딱히 상관없었어요. 그저 절실함 같은 게 느껴져서, 정말로 온다면 만나봐야겠다고 생각했을 뿐이에요."

거기까지 말하고, 료코 씨는 수평선을 바라보았다. 그리고 「좀 걸을까요?」라고 말하며 자리에서 일어났다.

"저기, 보여요? 등대가 있죠."

그렇게 말하며 하얀 등대를 가리키고는 걷기 시작했다. 나는 말없이 그 뒤를 따라갔다.

바닷바람은 부드럽고 서늘했다. 끝도 없이 계속 이어질 것만 같았다. 밤하늘은 내 고향과 거의 같았지만, 조금 달랐다. 봄도 거의 끝나가는데.

"오늘 자살하기로 되어 있어요, 저."

료코 씨는 순간 놀란 얼굴로 눈을 뜨더니, 「하지만 여기에 왔잖아요」라고 말했다.

"맞아요. 하지만 그 녀석들이 생각하는 죽음은 아니더라도, 전 오늘 죽었다고 생각해요."

"그럼 지금 여기에 있는 당신은요?"

"저예요. 다시 한번 저는, 저를 만나기 위해 온 거예요."

"좋네."

허물없는 말투로 말하며 료코 씨는 웃었다.

"과장된 표현일지도 모르지만, 자신의 신은 자신이 될 수밖에 없다고 오늘 생각했어요. 여러 사람들이 눈앞을 지나가는 걸 보면서. 무슨 말인지 아시겠나요?"

그녀가 「알 것 같아」라며 고개를 끄덕였다.

"나도 똑같았으니까. 그게 아니면 그런 수상한 편지에는 답장하지 않았을 거야."

"똑같아요?"

"정확히 똑같지는 않겠지. 내 괴로움은 나의 것이고, 네 괴로움은 네 것이니까. 그래도, 어쩌면 네 주변에 있는 사람보다는 비슷한 감각을 갖고 있을지도 모른다고 생각했어."

내 느낌이었지만, 하고 파도에 시선을 향한 채 중얼중얼 이야기를 이어간다.

"나도 내 환경을 조금도 좋아할 수 없어서 힘들었거든. 네가 보냈던, 그 바다를 떠도는 메시지 병 같은 편지에서도 왠지 모르게 비슷한 걸 느꼈어."

"저는, 제가 싫었어요. 비참하고, 한심하고, 강한 척밖에 하지 못해요. 저는 저를 관두고 싶어서, 남이 되어서 편지를 썼어요."

아, 답장 감사해요, 라고 뒤늦게 덧붙였다. 료코 씨는 쿡쿡 웃으며 「변덕이었어」라며 평이한 어조로 말했다.

"료코 씨는 어떻게 살아남으셨나요?"

살아남았다는 말은 조금 과장된 것 같기도 했지만, 그 이외에 어떻게 표현해야 할지 알 수 없었다.

"값싼 믿음을 가질 수 있었기 때문이야. 아까 네가 자신의 신은 자기가 될 수밖에 없다고 말했는데, 그거랑 같은 이치로 많은 것들을 스스로 용서할 수 있게 해줬어. 그게 가능해지니까 좀 더 편해졌고."

바람이 강하게 불고 있었다. 어느새 눈앞에 우뚝 서 있는 등대를 매만졌다. 하얗고 까슬했다. 바닷바람에 노출되어 있다는 것이 믿기지 않을 정도로 깨끗했다. 옷이 잠시도 쉬지 않고 펄럭였고, 진한 바닷내음이 배어들기 시작했다. 숨을 들이마셨다. 거센 바람이 불어와 힘들었다. 힘들어서 웃어버렸다. 바람이 귀에 닿는 각도를 바꾸자 소리가 달라졌다. 바람이 윤곽을 더욱 선명하게 만들었다. 머리를 누르자 짠 바닷바람 때문에 머리가 뻣뻣했다. 바람에 지지 않게 크게 소리를 질렀다.

"저는 오늘부터 다시 살기로 했어요. 제 의지로 저를 한 번 죽이고, 되고 싶은 제가 될 거예요. 그 녀석들 덕분에 좋은 기회를 얻었어요. 감사하지는 않지만, 그래도 저는 제 세상의 방식을 바꿀 수 있을지도 몰라요. 료코 씨, 제 죽음을, 제 탄생을, 지켜봐줘서 고마워요."

이 책은 계간 문예지 「문예」와 소니 뮤직 엔터테인먼트가 운영하는 소설 투고 사이트 monogatary.com가 2023년 8월부터 10월까지 모집한 문학상 중 수상작 7편을 엮은 작품집입니다.

대상작
「시라야마도리 방화 사건」 아리테 마도

우수작
「사이보그가 되고 싶은 파파게노」 토사카 레오
「방랑하는 얼굴」 사카시마 테토라

가작
「푸른 나무와 유기」 메에노 류코
「그린벨벳의 등뼈」 아오이 세아
「타이포글리세미아」 혼조 나나세
「작별의 바다」 후유무라 미치

모든 이야기는 픽션이며, 실존하는 인물, 단체, 사건 등과는 아무런 관련이 없습니다.

New me
—문예 × monogatary.com 소설집—

초판 1쇄 발행 2025년 12월 20일

지은이_ Mado Arite, Reo Tosaka, Tetora Sakashima, Ryuko Meeno,
Seia Aoi, Nanase Honjo, Michi Fuyumura
옮긴이_ 이소정

발행인_ 최원영
본부장_ 장혜경
편집장_ 김승신
편집진행_ 권세라 · 최혁수 · 김경민 · 최정민
편집디자인_ 양우연
국제업무_ 박진해 · 조은지 · 박지현 · 남궁명일
관리 · 영업_ 김민원 · 조은걸

펴낸곳_ (주)디앤씨미디어
등록_ 2002년 4월 25일 제20-260호
주소_ 서울시 구로구 디지털로 32길 30, 코오롱디지털타워빌란트 1301-1308호
전화_ 02-333-2513(대표)
팩시밀리_ 02-333-2514
이메일_ lnovellove@naver.com
ㄴ노벨 공식 카페_ http://cafe.naver.com/lnovel11

New me : —Bungei×monogatary.com Shosetsushu
© 2024 Mado Arite, Reo Tosaka, Tetora Sakashima, Ryuko Meeno, Seia Aoi, Nanase Honjo,
Michi Fuyumura
Cover Illustration by Havtza
All rights reserved.
First published in Japan in 2024 by KAWADE SHOBO SHINSHA Ltd. Publishers
Korean translation rights arranged with KAWADE SHOBO SHINSHA Ltd. Publishers
through Shinwon Agency Co., Ltd.

ISBN 979-11-278-8530-4 03830

값 17,000원

© Mayo Hoshino, Sota Ishiki, Shinano, Kanami Minakami 2020
FutabashaPublishers Ltd,

YOASOBI 소설집 밤을 달리다

호시노 마요, 이시키 소우타, 시나노, 미나카미 카나미 지음 | 김진아 옮김

「소설을 음악으로 만들어내는 유닛」
YOASOBI의 음악
「밤을 달리다」
「그 꿈을 덧그리며」
「아마도」
「앙코르」의 모티브가 된 원작 소설집!

너는 달밤에 빛나고

사노 테츠야 지음 | loundraw 일러스트 | 박정원 옮김

"이제 곧 마지막 순간이 다가옵니다. 이것이 정말 마지막 부탁입니다……."

소중한 사람이 죽은 뒤로 모든 것을 포기한 채 살아가던 나는
고등학교에서 '발광병(發光病)'으로 입원 중인 소녀를 만나게 된다.
소녀의 이름은 와타라세 마미즈.
그녀가 걸린 '발광병'은 달빛을 받으면 몸이 희미하게 빛나고,
죽음이 가까워질수록 그 빛이 강해진다고 한다.
나는 시한부 인생인 마미즈에게 죽기 전에 하고 싶은 일을 듣고 제안한다.
"그거, 내가 도와줘도 될까?"
"정말?"
그 약속을 계기로 멈추었던 나의 시간이 다시 움직이기 시작한다.

**지금 이 순간을 살아가는 모든 이들에게 전하고픈 최고의 러브 스토리
제23회 전격소설대상 대상 수상작!**

D&C
BOOKS